DUKES UND DIAMANTEN
VICTORIANISCHE JUWELEN
BUCH I

LAUREN SMITH

Übersetzt von
MARTIN WICK

LAUREN SMITH
BOOKS

ISBN: 978-1-962760-81-2 (E-Book-Ausgabe)

ISBN: 978-1-962760-82-9 (Druckausgabe)

PROLOG

L *ondon, England – 1876*
      Der Regen tränkte das Kopfsteinpflaster und vertrieb die meisten der üblichen Marktbesucher, die die Straßen bevölkert und Tabitha Sherborne mit Beute versorgt hätten. Sie verweilte in der Gasse, schlang ihren maskulinen Mantel enger um ihren Körper und zog ihre flache Mütze über die Augen. Von der Krempe ihrer Mütze tropften Wassertropfen, die es noch schwieriger machten, irgendetwas in diesem Wolkenbruch zu sehen. Obwohl sie darunter ein Kleid trug, verliehen ihr Hut und Mantel das Aussehen eines jungen Mannes, was an Tagen wie diesen, an denen sie ignoriert werden musste, dazu beitrug, unerwünschte Aufmerksamkeit von ihr abzuhalten.

      Ein lauter Donnerschlag hallte in ihren Ohren wider, und sie beobachtete, wie die Straßenkünstler unter den schmalen Türen der nahegelegenen Geschäfte Schutz suchten. Ein paar Hausierer trotzten dem Wetter und riefen den wenigen Passanten zu, dass sie ihre Küchenmesser schärfen oder Töpfe und Pfannen ausbessern lassen sollten. An Tagen wie diesen verlor jeder auf dem Marktplatz die Chance, seine Familie zu ernähren. Regen wie dieser verscheuchte alle, außer den entschlossensten Kunden.

Eine Handvoll kleiner Kinder umklammerte Körbe mit durchnässtem Lavendel und Veilchen, und ihre traurigen kleinen Gestalten zerrten an Tabithas Herz. Nur die Gemüsehändler und Fischverkäufer schienen bei diesem Wetter zu überleben.

Als Tabitha in diesem Regenwetter ihren wachen Blick wieder auf die Straße richtete, entdeckte sie einen hochgewachsenen Gentleman mit einem Gehstock. Er schlenderte die Straße hinunter und hielt seinen Hut zum Schutz seines Gesichts vor Wind und Regen mit einer Hand fest. Die gute Qualität seines Mantels und seiner Stiefel erregte sofort ihre Aufmerksamkeit. Er hielt inne und griff in die Tasche seiner Weste, um nach der Uhrzeit zu sehen. Das Glitzern einer silbernen Taschenuhr war das, was sie zu sehen erhofft hatte. Sie schlüpfte aus der Gasse und verfolgte ihn. Bei diesem Wetter würde es schwieriger sein, ihren Auftrag zu erfüllen, aber sie musste essen, und das war die einzige Möglichkeit, es sich zu verdienen.

Tabitha ging von einem Ladeneingang zum nächsten und achtete darauf, den Mann nicht anzustarren. Stattdessen behielt sie ihn im Blickfeld, während sie die in den Schaufenstern vor ihr ausgestellten Trilby-Hüte für Herren untersuchte. Als der Mann anhielt, um mit einem jungen Zeitungsverkäufer zu sprechen, trat sie zu ihm und tat so, als würde sie auch auf eine Zeitung warten.

Mit geübter Leichtigkeit beugte sie sich an ihm vorbei, um dem Jungen eine Ausgabe abzunehmen. Mit der gleichen schnellen Bewegung hob sie ihre Handfläche an, schob sie in seine Tasche, nahm die Uhr heraus und ließ sie in ihre eigene Tasche sinken. Der Mann hatte erst vor kurzem auf die Uhr geschaut, also würde er es wohl erst in einer halben Stunde wieder tun. Sie würde längst weg sein, wenn er den Diebstahl bemerkte.

Mit der Uhr in der Tasche zwinkerte sie dem Jungen zu, der auch das Theaterprogramm im Angebot hatte, und ging davon. Eine Frau wie sie rannte nicht. Niemals. Sie blieb bei einem der kleinen Mädchen stehen, die Veilchen verkauften. Tabitha ließ eine Münze in die Handfläche des Mädchens fallen, nahm dann ihren Hut ab und setzte ihn dem Kind auf den Kopf, um es etwas trockener zu halten. Das Kind rieb sich die rote Nase mit einer kleinen Faust und murmelte ein schüchternes „Danke sehr". Sie konnte nicht älter als sechs Jahre sein. Etwas zerrte an Tabithas Brust, aber sie konnte nicht mehr für sie tun als ihr diese eine Münze und den Hut zu geben. Sie hatte selbst nichts, wovon sie leben konnte. Was konnte sie für ein Kind tun, das noch schlechter dran war?

Der Regen hatte nachgelassen, als Tabitha um die Ecke bog und an einem üppigen Blumenstand auf einem Rollwagen vorbeikam. Eine schöne blonde Frau in einem leuchtend saphirblauen Kleid stand an dem Blumenstand und bewunderte die frisch geschnittenen Blüten. Ihr Kleid war mit zarten rosa Fransen verziert, die das Schleppenbustier und die wogenden Schleifen säumten, die über den vollen Rücken ihrer Röcke fielen, und diese Röcke wurden sorgfältig von einem um ihr Handgelenk gewickelten

Riemen angehoben, der verhinderte, dass die schöne Schleppe auf dem nassen Boden schleifte. Die Frau trug rote Wanderstiefel, die vorne aus den Röcken hervorlugten.

Das elegante Bild, das sie vor dem Wagen mit den blühenden Blumen abgab, war atemberaubend. Tabitha sah nicht oft Frauen wie sie bei diesem Wetter auf der Straße, und schon gar nicht allein.

Die Lady sprach mit der Frau, die die frischen Blumensträuße verkaufte. Sie war eine feine Dame, hineingeboren in ein Leben ohne Kampf und Leid. Ihre Haut war blass mit einem Hauch von Röte, und ihr Haar war unter dem adrett aufgesetzten Hütchen frisiert. Tabitha suchte nach Anzeichen von Schmuck an der Frau, aber sie trug keine Ringe, Halsketten oder sonstige Wertgegenstände, die man hätte stehlen können.

Verdammt!

Als die Frau sich Tabitha zuwandte, rutschte ihr der Korb aus den Armen und die Blumen fielen in einem bunten, schönen Durcheinander zu Boden.

„Oh nein!", rief die Frau erschrocken. Instinktiv reagierte Tabitha auf den entsetzten Gesichtsausdruck der Frau und griff nach den Blumen, um sie ihr anzureichen. Sie fühlte sich seltsam gezwungen, aber das war doch bei hübschen jungen Frauen immer so, nicht wahr? Sie sahen so hilflos und kätzchenhaft aus, und es war kein Wunder, dass die Männer sich immer verbeugten und ihnen Komplimente machten, um ihnen zu gefallen und sich um sie zu kümmern. Tabitha konnte sich nicht vorstellen, dass ein Mann das jemals für sie tun würde. Ein plötzlicher Schmerz der Sehnsucht traf sie so hart, dass sie die brennenden Tränen in ihren Augen wegblinzelte. Wie würde es wohl sein, solch ein Leben zu führen?

Irgendetwas in den Augen der Lady verriet ihr, dass diese Blumen für sie mehr bedeuteten als nur einen hübschen Tafelaufsatz. Die Frau errötete. „Ich danke Euch."

Tabitha legte ihr die Blumen in den Korb.

„Vielen Dank. Ich hatte vor, diese meiner kranken Mutter zu bringen", gestand sie. „Blumen sind das Einzige, was sie im Moment zum Lächeln bringt."

„Keine Ursache", antwortete Tabitha. Sie war immer noch voller Ehrfurcht vor der feinen Dame. Sie waren in einem ähnlichen Alter, obwohl Tabitha schätzte, dass diese Frau ein oder zwei Jahre älter war als sie selbst. Tabitha war zwanzig Jahre alt und hatte nichts vom Glanz oder eleganten Glamour dieser Lady, doch die Freundlichkeit im Gesicht der Frau erweckte eher Tabithas Sympathie als ihre Eifersucht.

Sie richtete sich auf und nickte der Frau höflich zu, bevor sie davoneilte. Sie konnte nicht lange in diesem Teil der Stadt bleiben. Sie war so schnell auf der Flucht, dass sie in der Nähe eines Kiosks mit zwei schlechtgekleideten Männern zusammenstieß, die sie beschimpften.

Als sie die Gegend um Covent Garden erreichte, fühlte sie sich sicher genug, um nach ihrer Beute zu sehen. Sie griff in ihre Tasche, in der Erwartung, den kühlen Hauch von Silber zu spüren, aber ihre Finger fanden nur leere Luft. Tabitha suchte tiefer, fand aber immer noch nichts. Sie überprüfte das Futter auf Löcher und suchte schließlich in ihrer anderen Tasche, wo sich ihre Finger um ein Stück Papier schlossen. Als sie es herauszog, bemerkte sie das Emblem eines kleinen Vogels. Ein Rotkehlchen, so wie es aussah. Sie drehte das Papier um und fand auf der Rückseite eine handschriftliche Notiz:

Sehr gut gemacht. Wir sind beeindruckt. Um Eure Beute abzuholen, besucht uns um zwei Uhr nachmittags.

Darunter war eine Adresse aufgedruckt.

„Was zum Teufel?" Tabitha blickte sich finster um. Jemand hatte ihre entwendete Uhr gestohlen. Oder besser gesagt, mehr als eine Person, denn auf dem Zettel stand „wir". Sie hatte nichts gespürt. Wurde sie etwa langsam? Das passierte Taschendieben gelegentlich, wenn sie älter wurden. Als sie die Momente nach dem Diebstahl der Uhr noch einmal Revue passieren ließ, wurde ihr klar, dass es die beiden Männer gewesen sein mussten, die sie getroffen hatte, nachdem sie der jungen Frau mit den Blumen geholfen hatte. Ihr leerer Magen knurrte bei dem Gedanken. Wenn sie nicht zu dem Treffen ging, das diese Leute vorgeschlagen hatten, konnte es sein, dass sie an diesem Tag kein Glück hatte, einen anderen Gegenstand zu ergattern, den sie verkaufen konnte, bevor es dunkel wurde. Das bedeutete, dass sie heute nicht in der Lage sein würde, eine richtige Mahlzeit zu sich zu nehmen.

Es war noch etwas mehr als eine Stunde bis zu dem auf der Karte angegebenen Termin. Tabitha nahm ihren Geldbeutel heraus und zählte ihr Geld, während sie überlegte, was sie tun sollte. Sie konnte sich eine Brotscheibe und eine Tasse Kaffee an einem Stand leisten, aber nicht mehr, bis sie die Uhr zurückbekommen und sie verkaufen konnte. Während sie ihr Brot und ihren Kaffee kaufte, überlegte sie weiter, was sie tun sollte. Dann ließ sie sich an einem Laubengang nieder, um zu essen. Ihr Bauch war dankbar, aber in ein paar Stunden würde sie wieder hungrig sein.

Sie las die Adresse erneut und schnaubte. Es war ein Haus in der Nähe des Grosvenor Square. Dort wohnten die reichen Schnösel. Gott, was sollte sie nur tun? Es war üblich, dass Männer aller Klassen Frauen in die Falle der Zwangsprostitution lockten – oder Schlimmeres. Nach reiflicher Überlegung beschloss Tabitha, früh loszugehen und das Haus diskret zu beobachten, um sich ein Bild davon zu machen, bevor sie sich mit diesen „Rotkehlchen" traf.

Als sie die Upper Grosvenor Street erreichte und das schicke Stadthaus mit der Adresse auf der Karte entdeckte, hielt sie Abstand. Sie verweilte auf der Straße und tat so, als ob sie die frische Luft einatmen wollte, nachdem die Gewitterwolken größtenteils weitergezogen waren. Sie konnte niemanden sehen, der aus dem Haus kam oder hineinging.

Ich kann jetzt gehen, oder ich kann es riskieren, die Uhr zurückzubekommen...

Die Bedürfnisse ihres Magens siegten schließlich über ihren Selbsterhaltungstrieb, und sie überquerte die Straße und betätigte den silbernen Türklopfer. Sie war eine Viertelstunde zu früh dran, aber vielleicht würde ihr das einen Vorteil verschaffen.

Ein Butler öffnete. Er war ein großer Mann in den Fünfzigern mit einem distinguierten Aussehen und einem feinen Bart. Genau die Art von Mann, die sie erwartet hatte, um sie zu begrüßen.

„Ja, bitte?" Es klang wie eine Aufforderung, zu beweisen, dass sie überhaupt etwas an seiner Tür zu suchen hatte. Er starrte sie hochmütig an. Sie brauchte einen Moment, um sich von seinem Tonfall und seinem Verhalten nicht beirren zu lassen.

Tabitha hielt die Karte hoch, die sie in ihrer Tasche gefunden hatte. „Ich habe einen Termin."

Seine Augen verengten sich. „Mir wurde gesagt, ich solle eine junge *Dame* erwarten." Sein Blick schweifte über ihr graues Wollkleid und ihren zerschlissenen Mantel, ihr durchnässtes Haar und ihre fingerlosen Handschuhe.

„Eine Lady, ja?" Sie schnaubte über seinen Scherz, aber er lächelte nicht. „Tut mir leid, dass ich Euch enttäuschen muss, Sir." Sie vollführte einen sarkastischen Knicks.

„Hier entlang, Miss..." Er hielt inne, als ihm kein Name einfiel, mit dem er sie ansprechen konnte.

Sie lachte. „Oh, sehr schlau. Ich werde Euch meinen Namen sicher nicht nennen, damit Ihr mich später aufspüren und ins Gefängnis werfen lassen könnt."

„Mir wurde nicht aufgetragen, etwas Derartiges zu tun, Miss." Er klang, als hätte sie ihn zutiefst beleidigt.

Tabitha folgte dem Butler hinein, und ihre Augen weiteten sich. Gleich hinter der Tür stand ein großer Ständer mit einem Spiegel für Mäntel und Schirme bereit. Sie warf einen Blick auf ihr Aussehen in diesem Spiegel und runzelte die Stirn über die ertrunkene Ratte, die sie anstarrte. Vorsichtig ging sie um den mittleren Tisch voller blühender Blumen herum und blickte zu dem glitzernden Kronleuchter über ihrem Kopf hinauf.

Dies war ein wunderschönes Haus. Schöner als alles, was sie je in ihrem Leben gesehen hatte. Sie hatte sich nie vorstellen können, dass Menschen tatsächlich in solchen Häusern leben konnten. Tabitha teilte sich ein enges Dachgeschoss mit einem halben Dutzend anderer Mädchen in einem alten Lagerhaus an den Docks.

„Zum Salon geht es hier entlang." Der Butler öffnete ihr eine Tür am Ende des Flurs und geleitete sie hinein.

Der Salon war ein hoher Raum mit einer hellen blau-orangefarbenen Blumentapete, die das Gefühl eines endlosen Sommers vermittelte. Es zauberte ihr ein Lächeln auf die Lippen, bevor sie sich beherrschen konnte. Wenn sie an einem Ort leben würde, der ein solches Zimmer hätte, würde sie es nie wieder verlassen wollen. Prächtige Teppiche bedeckten den Boden, und Tabitha war froh, dass sie ihre Stiefel abgetreten hatte, bevor sie hereingekommen war. Mehrere Porträts angesehener Gentlemen und Ladys hingen über einem Schreibtisch voller Papiere und Briefe.

Der Kamin war von hoch aufragenden Bücherregalen umgeben, die bis zum Rand mit Büchern gefüllt waren. Tabitha hatte vor langer Zeit lesen gelernt und sich geschworen, diese Fähigkeit nie wieder zu verlernen. Ihr Vater hatte ihr gesagt, dass einer Frau, die lesen konnte, die Welt zu Füßen lag. Alte Erinnerungen, die sie am Herzen trug, um sie immer wieder aufleben zu lassen, wenn ein tiefer Schmerz an die Oberfläche zu kommen drohte.

Dann richtete sie ihre Aufmerksamkeit auf eine Vitrine in einer Ecke des Raums, die mit silbernen Gegenständen gefüllt war, die ein Vermögen wert wären, wenn sie sie verkaufen könnte. Sie wandte ihren Blick absichtlich von der Versuchung ab und studierte den Rest des Raumes.

Es gab zwei Sofas und einen Teetisch, die kunstvoll in der Nähe des Kamins angeordnet waren. Trotz der Größe des Raumes wirkte er gemütlich, wie die Zimmer, in denen sie und ihr Vater vor seinem Tod gewohnt hatten. Die Tapete war an den Rändern abgeblättert und die Möbel waren abgenutzt und verstaubt, aber so war es gemütlich gewesen. Wieder stotterte ihr Herz.

„Bitte wartet hier." Die Worte des Butlers rissen sie aus

der Vergangenheit. Er trat in den Korridor, schloss die Tür und ließ sie allein zurück. Tabitha untersuchte den Raum erneut, bevor sie sich der Vitrine näherte. Dekorativer Schmuck, Silberschalen, Skulpturen und andere Dinge, die schwer und teuer aussahen, riefen die Diebin in ihr auf den Plan. Es juckte sie in den Fingern, sie anzufassen, aber sie wagte es nicht. Sie nahm einen Brieföffner vom nahegelegenen Schreibtisch und steckte ihn in ihre Tasche, falls sie sich verteidigen musste. Wenn die Männer, die sie hierhergerufen hatten, auf die Idee kämen, über sie herzufallen, würden sie einen netten kleinen Schlag in die Magengrube bekommen.

Als sich die Tür zum Salon wieder öffnete, zuckte Tabitha zusammen, als eine Frau eintrat. Es war nicht nur irgendeine Frau. Es war die Frau, die all die schönen Blumen auf dem Markt gekauft hatte. Die Frau drehte sich um und schloss die Tür hinter sich. Ihre schönen blauen Röcke flüsterten über die Teppiche, als sie sich bewegte. Trotz des voluminösen Stoffes des Kleides bewegte sie sich leichtfüßig. Tabitha beneidete sie um die sorglose Anmut, mit der solche Damen geboren zu sein schienen. Sie selbst mochte die flinken Bewegungen einer Diebin haben, aber sie besaß keine Anmut.

Die Frau lächelte sie herzlich an. „Danke, dass Ihr gekommen seid. Ich bin Hannah Winslow." Sie streckte ihre Hand zum Schütteln aus, als wären sie Gentlemen, die sich zum ersten Mal in einem Club trafen.

Seltsamerweise gefiel Tabitha die offene Art der Frau, aber sie konnte es sich nicht leisten, die potenzielle Gefahr zu vergessen. Diese Frau hatte sie schon einmal abgelenkt, und das durfte ihr nicht noch einmal passieren.

„Wo sind sie?", fragte Tabitha, während sie die angebotene Hand der Frau ignorierte.

„Wer?", fragte Hannah, deren haselnussbraune Augen sich vor Verwirrung weiteten.

„Die Männer, die mir die Uhr gestohlen haben."

„Ihr meint also die Uhr, die *Ihr* zuerst gestohlen habt?", fragte Hannah höflich.

„Genau." Tabitha behielt die Tür im Auge. Jeden Moment würden diese Männer hier hereinkommen und... nun, tun, was auch immer sie vorhatten zu tun.

„Es gab keine Männer. Nur mich... und Julia, natürlich." Die Tür öffnete sich und eine weitere Frau trat ein, als hätte sie ihren Namen gehört.

„Entschuldige bitte die Verspätung, Hannah. Oh, sie ist da!" Die Frau, Julia, hielt inne, als sie ihren Hut von ihrem rotbraunen Haar zog. Ihre warmen braunen Augen musterten Tabitha neugierig.

„Sie ist früh dran", bemerkte Julia, als sie ihren Hut auf einem Beistelltisch absetzte und mit ihren Händen über ihr burgunderrotes Samtkleid strich. Es war reich mit gestickten Rotkehlchenmustern versehen, genau wie das Emblem auf der Karte.

„Ja, es scheint so", pflichtete Hannah mit einem amüsierten Kichern bei. „Dies ist meine gute Freundin, Julia Starling."

Tabitha starrte die beiden Frauen an und war völlig verwirrt. Wo waren die Taschendiebe, die ihre Uhr gestohlen hatten?

Julia schob eine Hand in eine versteckte Tasche an ihrer Hüfte und zog die silberne Taschenuhr heraus. Sie baumelte in der Luft unter ihrer Hand und drehte sich langsam im Kreis, wobei das Licht auf ihrer geätzten Oberfläche glitzerte.

„Wie habt Ihr das gemacht?", fragte Tabitha.

„Nun, genauso wie Ihr es getan habt. Ich habe sie gestohlen." Julias braune Augen leuchteten schelmisch auf.

„Aber–" Tabitha konnte es nicht fassen. Eine feine Lady hatte ihr die Uhr gestohlen? Sie zuckte zusammen, als sich die Tür zum Salon erneut öffnete, aber es war nur ein Dienstmädchen, das ein Teetablett trug.

„Bitte setzt Euch doch, Miss... Oh je, wir wissen immer noch nicht, wie Ihr heißt." Hannah gestikulierte in Richtung eines der beiden Sofas am Kamin.

Tabitha zögerte. Sie traute diesen Frauen nicht, aber das hier war sicher nicht die Gefahr, mit der sie eigentlich gerechnet hatte.

„Bitte, wir wollen Euch nichts Böses. Wir werden nicht die Behörden rufen. Wir haben Euch hierher eingeladen, um Euch etwas zu fragen."

„Dann fragt nur", antwortete Tabitha.

„Würdet Ihr Euch setzen und erst einmal einen Tee trinken?", bot Hannah an.

Tabitha ließ sich widerwillig auf eines der beiden Sofas sinken. Ihr leerer Magen nagte an ihr, aber sie wollte die beiden Frauen nicht wissen lassen, wie verzweifelt sie war. Die seltsamen Damen setzten sich ihr gegenüber, und Hannah schenkte Tee für sie drei ein. Tabitha nahm die angebotene Tasse zögernd, aber als sie das Aroma des Tees roch, seufzte sie vor Vergnügen. *Echter Tee.* Wie lange war es her, dass sie so etwas gekostet hatte?

„Wir haben gesehen, wie Ihr die Taschenuhr gestohlen habt", begann Julia, während sie Tabitha den Zeitmesser überreichte. Tabitha schnappte sich die Uhr und steckte sie in ihre Tasche. „Wir waren ziemlich beeindruckt."

„Ja, das waren wir", stimmte Hannah zu. „Und das bringt uns zu dem Grund, warum wir Euch hierher eingeladen haben."

Tabitha hielt ihre Tasse in der Hand und wartete auf die schlechte Nachricht, die sie gleich erhalten würde.

„Wir sind auf einer Mission, um jenen zu helfen, die weniger Glück haben. Wir wollen noch mehr tun, aber wir brauchen Unterstützung, um unser Vorhaben voranzutreiben."

„Und genau da kommt Ihr ins Spiel." Julia grinste.

„Ich verstehe das nicht ganz", erwiderte Tabitha. „Wie genau komme ich da ins Spiel?" Sie nahm einen hastigen Schluck von ihrem Tee, alles, um etwas in den Magen zu bekommen. „So feine Damen brauchen doch sicher keine Diebin in ihrer Nähe."

Die beiden Frauen tauschten einen Blick aus, dann beugte sich Hannah vor. „Doch, das ist genau das, was wir brauchen."

Tabitha verschluckte sich an ihrem nächsten Schluck Tee. „Ihr macht Witze."

„Das tun wir bestimmt nicht", versicherte Julia. „Wir möchten, dass Ihr weiterhin Eurem Beruf nachgeht."

„Ihr wollt, dass ich für Euch stehle?", fragte Tabitha und sprach die Frage langsam aus, um sicher zu sein, dass sie die Damen richtig verstanden hatte.

„Nicht *für* uns. Wohl eher *mit* uns. Immerhin haben wir Eure Uhr gestohlen. Wir sind nicht ganz unbegabt", erinnerte Julia sie mit einem Grinsen. „Aber wir brauchen eine dritte Person, um das richtig zu machen. Wir brauchen jemanden, der die Stadt und ihre Straßen auf eine Art und

Weise kennt, wie wir es nicht tun, wenn wir größere Raubzüge durchführen wollen."

In Tabithas Kopf drehte sich alles. „Raubüberfälle?"

„Oh ja", sagte Hannah. „Wir haben ein konkretes Ziel vor Augen, und ich bin der Meinung, dass wir zwei Leute brauchen, um das Ziel abzulenken, und eine dritte Person, um die Juwelen zu bergen."

Diese Frauen waren sicher verrückt, dachte Tabitha.

„Habt Ihr vor, einen Juwelier zu bestehlen, oder...?"

„Nein, das ist das Beste daran. Wir wollen nur von denjenigen stehlen, die... na ja... es verdienen", erklärte Hannah.

„Sie meint damit Leute, die böse sind, oder auf andere Weise schrecklich."

„In Ordnung", keuchte Tabitha. „Ihr wollt also von den Reichen stehlen?"

„Nur von den ganz Schrecklichen, ja. Und es dann den Armen geben." Julia reichte ihr eine Karte, eine ähnliche wie die, die man ihr in die Tasche gesteckt hatte.

„Wir nennen uns selbst die Fröhlichen Rotkehlchen. Unser Emblem ist ein Rotkehlchen." Sie deutete auf den Vogel, der auf der Karte abgebildet war.

Tabitha stöhnte innerlich auf. *Die Fröhlichen Rotkehlchen? Wie eine Art Robin Hood?* Diese Frauen dachten, sie seien wie die alte englische Legende von dem Mann, der die Reichen bestahl, um es den Armen zu geben. So naiv konnten sie doch nicht sein, oder doch? Sicherlich mussten sie doch erkennen, wie dumm das war.

„Und wohin fließt das Geld, das Ihr damit verdient?", fragte sie. „Ihr sagtet, es ginge an diejenigen, die weniger Glück haben, aber ich nehme an, Ihr habt nicht vor, den

Leuten eine Tüte mit Münzen vor die Tür zu stellen, oder?"

„Natürlich nicht." Hannah stand auf und ging zu ihrem Schreibtisch, um eine Liste zu holen. „Das sind die Waisenhäuser, Altenhäuser, Suppenküchen und andere Einrichtungen, die dringend Hilfe benötigen. Sogar diejenigen, die im Schuldnergefängnis sitzen, brauchen Unterstützung für ihre Familien. Die Wohlfahrtsverbände, die wir auf unserer Liste haben, werden von guten Menschen geführt. Sie veruntreuen kein Geld, das sie erhalten, und tun nichts, was wir für unmoralisch halten. Aber sie erhalten auch nicht genug Unterstützung von der Gesellschaft, um so effektiv zu sein, wie sie es sein könnten."

Tabitha konnte immer noch nicht verstehen, warum diese beiden Frauen, die alles zu haben schienen, sich um die kümmerten, die nichts hatten. Es machte keinen Sinn.

„Warum?", fragte Tabitha. „Was kümmert Euch das? Ihr habt Eure hübschen Paläste und Eure hübschen Kleider, und alles, was man von Euch erwartet, ist, dass Ihr zu Tees und Bällen geht. Ihr müsst Euch um all das nicht kümmern."

Zum ersten Mal sah Tabitha, wie sich ein Riss in der Höflichkeit der beiden Frauen bildete. Hannahs freundliche Augen wurden hart wie Stahl.

„Wir tun das, weil wir helfen *können*. Frauen und Kinder sind diejenigen, die am meisten leiden, wenn es Ungerechtigkeit auf der Welt gibt. Ich habe es satt, dass Männer unser Geschlecht zum Opfer machen, und ich habe es satt, Kinder auf den Straßen verhungern zu sehen. Habt Ihr jemals die Flut unten am Fluss gesehen?"

Tabitha schüttelte den Kopf. Die Docks waren ein

gefährlicher Ort, besonders für eine Frau, egal zu welcher Tageszeit.

„Wenn Boote bei Ebbe im Schlamm steckenbleiben, können sie nicht tun, was sie eigentlich sollen... nämlich über das Wasser zu segeln. Wenn die Flut eintritt", erklärte Julia, „steigt das Wasser überall an. Dabei hebt sie jedes einzelne Boot an. Diese Flut hebt *alles* an. Was wäre, wenn *wir* die Flut wären? Was wäre, wenn *wir* unsere Mitmenschen aufrichten würden? Mehr Essen in ihren Bäuchen, weniger mottenzerfressene Kleidung, mehr Chancen, ein Zuhause mit Schutz für die Wintermonate zu finden. Je mehr Hoffnung jemandem zuteil wird, desto mehr wird er aufgerichtet, versteht Ihr? Und wenn sie von der Hoffnung getragen werden... können sie den Weg zum Segeln wiederfinden."

Die feinen Härchen auf Tabithas Armen stellten sich auf. Diese beiden Frauen glaubten tatsächlich an etwas. Und was noch wichtiger war, Tabitha fing an, es auch zu tun. Sie begann sich vorzustellen, was sie gemeinsam tatsächlich Gutes tun könnten. Keine Kinder mehr, die verwelkte Veilchen und Lavendel auf der Straße verkaufen. Keine Jungen mehr, die im Dunkeln Kutschen hinterherlaufen und die Herren anbetteln, Zeitungen zu kaufen. Keine Leichen mehr, die auf dem Bürgersteig erfroren sind, keine weinenden Babys, die keine Milch mehr haben. Kein Schmerz und kein Leid mehr.

„Ist eine solche Welt überhaupt möglich?", fragte sie laut, obwohl sie es nicht beabsichtigt hatte.

„Unsere Welt wird nie perfekt sein, und es wird jeden Tag ein Kampf sein. Aber würdet Ihr nicht lieber Euren Kopf nachts auf ein Kissen legen und besser schlafen, wenn Ihr wüsstet, dass Ihr selbst ein Teil dieses Kampfes wart?"

Tabitha schwieg einen langen Moment, als sie darüber nachdachte, was es bedeuten könnte, sich diesen Frauen anzuschließen – nicht nur für sie selbst, sondern auch für andere.

„Sagen wir, ich bin einverstanden. Wen würden wir zuerst bestehlen? Und was genau würden wir stehlen?"

Hannah strahlte sie an. „Nun, ich glaube, wir sollten erst ein bisschen üben, bevor wir unsere primären Ziele angehen, aber der Mann, den wir letztendlich bestehlen wollen, ist ein besonders unhöflicher und arroganter Duke, der *viel zu viele* Diamanten hat..."

KAPITEL 1

Die Serie von Einbrüchen am Grosvenor Square und in Mayfair hat die Behörden vor ein Rätsel gestellt. Es wurden noch keine Verdächtigen identifiziert. Das jüngste Opfer ist Lady Ashburg, der am vergangenen Sonntag während einer Gartenparty in ihrem Haus ein Smaragdcollier gestohlen wurde. Scotland Yard hat alle Gäste und Bediensteten befragt, die zum Zeitpunkt des Diebstahls anwesend waren. Dennoch wurden keine Verhaftungen vorgenommen. Für Hinweise, die zur Identität des Diebes und zum Verbleib der Juwelen führen, ist eine Belohnung ausgesetzt.

—*Illustrated Police News*, September 1876

FITZWILLIAM SEAGRAVE, DER DUKE OF HELSTON, ODER Fitz, wie ihn seine Freunde und seine Familie nannten, faltete die illustrierte Zeitung auf seinem Schoß zusammen und runzelte die Stirn. Die Zeitung enthielt reißerische, grelle Berichte über Verbrechen und Bestrafungen in England. Er legte sie vor sich auf den Lesetisch und nippte nachdenklich an seinem Brandy, während er die Illustration auf der Titelseite betrachtete. Sie zeigte einen schwarz gekleideten Mann mit Maske und Handschuhen, der hinter einer schönen jungen Frau herschlich, deren Hals mit einer großen, juwelenbesetzten Kette geschmückt war.

„Juwelendiebe... Haben die armen Kerle nichts Besseres zu tun, als unbescholtenen Bürgern Dinge zu stehlen?", murmelte er vor sich hin. In den letzten Monaten hatten die *Police News* und andere Zeitungen über die Schmuckdiebstähle berichtet, als ob es sich um eine Angelegenheit von nationaler Bedeutung handelte. Als ob eine wahre Welle der Kriminalität über England hereinbrach.

Er starrte auf die leeren Stühle im Berkley's, seinem Gentlemen's Club. Der Lesesaal war um diese Zeit normalerweise leer. Er war allein, bis auf einen älteren Mann, der auf einem Sessel am Kamin auf halbem Weg zwischen Fitz und der Tür eingeschlafen war. Die meisten Männer waren um diese Zeit im Kartenzimmer oder im Speisesaal.

Normalerweise wäre er inmitten dieser Menge gewesen und hätte sich in Glücksspiele gestürzt, aber in letzter Zeit hatten sie ihn gelangweilt. Die üblichen Vergnügungen, auf die er sich verließ, hatten ihren Reiz verloren. Er war zu gut darin, beim Derby die richtigen Pferde auszusuchen, es war zu einfach, eine Frau in sein Bett zu bekommen, und er hatte die Taschen der meisten Männer im Kartenzimmer ein Stockwerk tiefer leergeräumt.

Fitz betrachtete die Porträts der ehemaligen Mitglieder an der Wand. Vor fast sechzig Jahren war das Leben in

England ein ganz anderes gewesen. Es hatte keine Industrie und weniger Mühlen gegeben, die die nördlichen Städte mit der Baumwolle aus den Fabriken weiß färbten, oder Kohle, die die Industriestädte schwarz vor Ruß machte. Die Männer auf diesen Leinwänden hatten nie das Summen von Gaslicht, das Rattern von Zügen oder das Gefühl einer Dampfmaschine in einem Schiff gekannt, das schneller über das Wasser fahren konnte als jedes Segelschiff.

Dennoch hatte Fitz das Gefühl, dass die Männer, die diese Leinwände zierten, in ihrem Leben viel gesehen und getan hatten, während er das nicht getan hatte. Es war seltsam zu denken, dass sein Leben in einer Welt der Erfindungen und der Industrie weit weniger abenteuerlich war als das der Männer, die in der Vergangenheit gelebt hatten.

Am anderen Ende des stillen Lesesaals öffnete sich eine Tür, und ein großer Mann kam herein. Sein Eindringen und das Geräusch der Tür störten das ältere Mitglied, das am Kamin schlief. Es erwachte mit einem dumpfen Grunzen und fluchte über den Eindringling.

„Was zum Teufel? Könnt Ihr die verdammte Tür nicht etwas leiser aufmachen!", knurrte der Mann, dessen ergrauter Schnurrbart zuckte, während seine Augen das Gesicht des Neuankömmlings absuchten. Der Mann, der den Krawall verursacht hatte, war ein vertrauter und willkommener Anblick für Fitz.

„Evan, hier drüben", rief er. Der Mann entdeckte ihn und schritt zu ihm herüber, wobei sich in seinen Augen ein Gewitter zusammenbraute. Er knallte sein eigenes Exemplar der *Police News* auf den Tisch vor Fitz.

„Hast du das gesehen?" Evan legte einen Finger auf den Artikel, den Fitz gerade gelesen hatte.

„Ja, eine ziemlich unglückliche Angelegenheit."

Evan Haddon, der Earl of Brightstone, war einer seiner besten Freunde. Evans tiefschwarzes Haar war leicht zerzaust, als ob er ständig mit den Händen hindurchfuhr. Angesichts der langen Geschichte ihrer Freundschaft konnte Fitz erkennen, wenn sein Freund wütend war, auch wenn er sein Bestes tat, um es zu verbergen.

„Eine *unglückliche* Angelegenheit? Fitz, diese Diebe sind eine Bedrohung. Meiner Cousine, Lady Alice, wurden ihre diamantenen Ohrringe mitten auf einem verdammten Ball gestohlen."

„Bist du sicher, dass sie sie nicht zu Hause in einem Juwelensafe gelassen oder vielleicht einfach verlegt hat?", erkundigte sich Fitz. Es wäre nicht das erste Mal, dass sich Lady Alice beschwerte. Trotz ihrer Schönheit war sie nicht die angenehmste Frau.

„Nein. Guter Gott, Mann. Sie sind ihr irgendwie während eines Tanzes von den Ohren genommen worden. Als sie merkte, dass sie fehlten, durchsuchten alle die Tanzfläche, aber niemand fand sie."

Fitz stellte sich vor, wie Evans hübsche Cousine tanzte, und mitten in einer Drehung ein Paar schwarz behandschuhte Hände ihr die Ohrringe abzupften. Dann lachte er plötzlich.

„Das ist nicht amüsant, Fitz. Das ist eine *ernste* Angelegenheit. Diese Diebe haben eine Visitenkarte hinterlassen, wie Straßenmagier. Alice fand sie hinten in ihrem Abendkleid versteckt." Evan ließ sich auf einen Stuhl neben Fitz fallen und warf eine Karte auf den Tisch.

„Eine Visitenkarte?" Fitz wurde aus seinem Zustand der Trägheit geweckt. „Das macht mich neugierig. In den Zeitungen wurde ein solches Detail nicht erwähnt."

„Das würden sie auch nicht schreiben. Das würde andere Diebesbanden ermutigen, das Gleiche zu tun. Überall in London würden Karten auftauchen", prophezeite Evan, dessen Wut sich in mürrische Resignation verwandelte. „Was kommt als Nächstes? Eine Visitenkarte, die dort liegt, wo früher die Kronjuwelen im Tower von London waren?"

„Zeig mal her." Fitz beugte sich vor und nahm die Karte, die neben Evans Hand lag.

„Auf der Karte steht ,Die fröhlichen Rotkehlchen', und es gibt eine kleine Gravur in Form eines Vogels. Bei jedem Diebstahl wird eine solche Karte am Tatort zurückgelassen. Das hat der Detective von Scotland Yard Alice gesagt, als sie ihre Anzeige erstattet hat."

Fitz drehte die Karte um und strich mit dem Daumen über das Emblem des Rotkehlchens. „Interessant." Er war jetzt mehr als nur ein wenig neugierig auf diese Diebe, da sie Evans Cousine ihres Schmucks beraubt hatten. Wäre es nicht lustig, wenn er das Rätsel lösen und diese Männer fangen würde? Der Gedanke entfachte ein Feuer in ihm, das schon lange nicht mehr da gewesen war.

„Eher *verärgernd*. Jemand muss diese Bastarde fangen."

„Die fröhlichen Rotkehlchen... Weißt du, an wen mich das erinnert?", fragte Fitz leise und unterdrückte ein Lächeln. Er traf Evans Blick, und die Augen seines Freundes weiteten sich vor Schreck.

„Du glaubst doch nicht, dass..." Evan setzte sich auf, sein Gesicht verfinsterte sich. „Sicherlich nicht. Beck hat sich schon lange von solchen Geschäften zurückgezogen."

„Das denke ich auch, aber er könnte vielleicht wissen, wer diese Rotkehlchen sind." Fitz hatte das sichere Gefühl, Beck würde diese Männer kennen oder wissen, wie man sie fand, und die aufregende Aussicht, diese Diebe zu fangen, brachte ihn in die Stimmung, sofort zu handeln.

„Vielleicht sollten wir unserem alten Freund einen Besuch abstatten", stimmte Evan zu. „Ich schwöre, wenn er Alices Ohrringe hat, dann..."

„Dann bin ich sicher, dass er sie ihr höflich zurückgeben wird", meinte Fitz voller Zuversicht.

Evan sah auf seine Taschenuhr. „Es ist neun Uhr dreißig. Was glaubst du, wo er sein könnte?"

„Wahrscheinlich an den Kartentischen." Fitz stand auf und Evan folgte ihm aus dem Lesesaal. Sie stiegen eine Treppe hinunter in den Kartenraum, der sich ein Stockwerk tiefer befand. Zigarrenrauch bildete eine dicke Wolke über ihren Köpfen, und die Geräusche von wettenden Männern und flatternden Karten erfüllten den Raum, während gespielt wurde. In diesem Raum war im Laufe der Jahre viel Geld gewonnen und verloren worden.

Es dauerte einen Moment, bis sie ihren Jugendfreund Walter Beckley, oder Beck, wie sie ihn nannten, gefunden hatten. Er saß mit drei anderen Herren an einem Whist-Tisch. Er und sein Partner hatten gerade ein Spiel beendet, als er aufblickte und sah, dass Fitz und Evan ihn beobachteten. Ruhig nahm er seine Hälfte des Gewinns entgegen, schüttelte die Hand seines Partners und stand auf. Wie Evan und Fitz war Beck über einen Meter achtzig groß und sah aus wie der Teufel selbst, was in ihrer Jugend immer für Ärger gesorgt hatte. Sein charmantes Lächeln entwaffnete jeden, den er traf.

Beck ging um den Tisch herum und warf seinen Freunden einen fragenden Blick zu. Fitz erwiderte den Blick mit einer Neigung seines Kopfes in Richtung eines leeren Spieltisches. Die drei durchquerten den Raum und setzten sich an den Tisch, wo sie sich unterhalten konnten, ohne Angst zu haben, belauscht oder gestört zu werden.

„Ist eine Weile her, dass ich euch beide gesehen habe", sinnierte Beck. Er steckte seinen Gewinn in eine lederne Brieftasche und verstaute diese dann tief in seiner Brusttasche.

Fitz gingen die Worte seines Freundes ein wenig zu tief. Es stimmte, dass er im letzten Jahr nicht viel Zeit mit Beck verbracht hatte. Sie hatten einander im Club oder bei gesellschaftlichen Anlässen beiläufig zugenickt, aber die langen Nächte, in denen sie sich bei einem Glas Brandy unterhielten und Billard oder Karten spielten, waren in letzter Zeit für sie alle auf der Strecke geblieben. Fitz merkte, dass er seine beiden Freunde mehr vermisste, als er zugeben wollte.

„Ich hatte die meiste Zeit dieses Jahres in Edinburgh zu tun. Geschäftlich." Fitz hatte sich um seinen neu erworbenen Buchverlag gekümmert, um sicherzustellen, dass alles reibungslos lief. Es hatte ihn viel Zeit gekostet, die Geschäftsräume und die Mitarbeiter auf Vordermann zu bringen.

Evan zuckte mit den Schultern. „Tut mir leid, Beck. Ich war mit einer anderen *Angelegenheit* beschäftigt, die inzwischen zu grüneren Wiesen weitergezogen ist."

Fitz runzelte die Stirn. „Die Witwe von Lord Fairton?"

Ein Nicken war die Antwort. „Sie verließ mich für Lord Woolsey, als ich mich weigerte, ihr ein größeres Stadthaus zu kaufen."

Beck schnaubte, zog eine Zigarre aus seiner Tasche und zündete sie an. „Wie ich sehe, hat sich doch nicht so viel geändert. Also, was ist der Grund für dieses Gespräch zwischen alten Freunden?"

Evan stupste Fitz mit dem Ellenbogen an. „Frag du ihn."

„Oh je, Evan ist es zu peinlich, mich selbst zu fragen? Was auch immer es ist, es muss schlimm sein. Fragt mich einfach", antwortete Beck, sichtlich amüsiert über Evans Unbehagen.

„Hast du von den jüngsten Juwelendiebstählen gehört?", fragte Fitz.

Beck nickte, seine grauen Augen verdunkelten sich ein wenig, seine Belustigung verblasste. „Das habe ich. Was ist damit?"

„Das hat doch nichts mit dir zu tun, oder?", fragte Evan. „Diese Rotkehlchen-Kerle?"

Beck stieß einen Hauch von Zigarrenrauch aus und steckte die Zigarre dann seelenruhig in einen Aschenbecher. Er starrte Evan an, als sei ihm das Rauchen völlig verleidet worden.

„Ich wollte dich nicht beleidigen, Beck." Evans Ton war aufrichtig. „Du bist der einzige Dieb, den wir kennen."

„*Ehemaliger* Dieb," betonte Beck.

„Ja", echote Evan. „Ehemalig."

Beck hob eine Braue. „Du nimmst an, dass es etwas mit mir zu tun hat, nur weil ich früher glänzende, schöne Dinge gestohlen habe?"

„Wir haben keine solche Vermutung angestellt", versicherte Fitz vorsichtig. „Wir dachten nur, dass du vielleicht eine Ahnung haben könntest, wer diese Leute sind, da sie in deinen alten Kreisen verkehren könnten."

„Und wenn ja, was macht das dann für einen Unterschied?", fragte Beck. „Keiner von euch ist als Opfer aufgeführt, zumindest laut den Zeitungsartikeln."

„Nun, Evans arme Cousine hätte gerne ihre Diamantohrringe zurück. Und ich? Ich würde diese Diebe gerne zur Strecke bringen. Ich habe mich in letzter Zeit so gelangweilt, und diese fröhlichen Rotkehlchen haben Scotland Yard ordentlich im Kreis herumgeführt. Wäre es nicht lustig, sie bei Scotland Yard abzuliefern und die Gesichter dieser ahnungslosen Gesetzeshüter zu sehen?" Je mehr Fitz darüber nachdachte, desto mehr wollte er genau das tun. Er wollte einen Dieb fangen.

Beck starrte Fitz einen langen Moment an und beugte sich dann langsam vor. Er zeigte dieses charmante Lächeln, das schon so manche Frau und nicht wenige Männer abgelenkt hatte, als er sie von ihrem Schmuck oder Geld trennte, ohne dass sie es bemerkten.

„Es hat keinen Sinn, zu hoffen, dass ihr sie so aufspürt, wie es ein *richtiger* Detective tun könnte", vertraute er ihnen an. „Ihr seid einfach nicht dafür ausgerüstet. Nichts für ungut, ihr seid beide kluge Männer, aber das ist nichts, was man aus Jux und Tollerei macht. Habt ihr das Buch *Krimineller Mensch* gelesen? Habt ihr Kriminalanthropologie studiert?" Er sah die Niedergeschlagenheit in ihren Gesichtern und fügte dann hinzu: „Für euch ist ein anderer Ansatz erforderlich. Wenn ihr einen Dieb fangen wollt, müsst ihr ihm eine Falle stellen. Etwas Großes, etwas für ihn *Unwiderstehliches*."

„Zum Beispiel?", fragte Evan.

Beck starrte Fitz immer noch an, und Fitz wurde plötzlich klar, was sein Freund dachte.

„Du kannst doch nicht meinen...", begann Fitz.

Beck begegnete seinem Blick. „Oh doch."

„Aber meine Großmutter lässt den Diamanten kaum aus den Augen. Es ist noch nicht einmal *mein* Diamant", protestierte Fitz.

Es handelte sich um den Helston-Diamanten, einen massiven Edelstein, der in ein Diadem eingesetzt werden konnte, indem man ihn in einer geschickt platzierten Silberfassung in der Mitte befestigte. Das Diadem war ein wunderschönes Stück, das aus einer abgestuften Reihe von kissenförmigen und altgeschliffenen Diamanten bestand, die sich mit ebenfalls diamantbesetzten Schneckenmotiven abwechselten. Es befand sich seit mehr als einem Jahrhundert im Familienbesitz und sollte ein Hochzeitsgeschenk von Fitz' Großmutter sein, das Fitz seiner Braut bei der Heirat überreichen sollte.

„Das können wir unmöglich als Köder einsetzen, Beck", argumentierte Fitz.

„Wer nicht wagt, der nicht gewinnt, alter Freund", antwortete Beck. „Wenn ihr diese Diebe wollt, dann haltet den Diamanten als Köder bereit und lasst die Aufgabe, ihn zu stehlen, trügerisch einfach erscheinen."

„Heißt das, du wirst uns dabei helfen?", fragte Evan.

„Willst du wirklich, dass ich dir helfe, diesen Dieb zu fangen?", fragte Beck zurück, mit einem Hauch von Bitterkeit in seinem Ton.

„Ja", antwortete Fitz ehrlich. „Es wird wie in alten Zeiten sein. Wir drei machen unseren eigenen Blödsinn."

„Nun gut." Beck lächelte etwas traurig, als ob die Erwähnung ihrer Vergangenheit eine bittersüße Vorliebe in seinem Herzen wiedererweckte. „Kommt näher. Jetzt müssen wir Folgendes tun..."

❧

JULIA winkte mit drei Einladungen in ihrer Hand. „Wir haben einen Weg hinein!"

Tabitha blickte von der Zeitung auf, die sie gerade las. Hannah machte eine Pause beim Briefeschreiben am nahegelegenen Schreibtisch. Sie hatten sich nach dem Abendessen in Hannahs Wohnzimmer ausgeruht, während Julia zum Abendessen bei ihren Eltern gewesen war. Julia wohnte zwar nicht in Hannahs Haus, aber sie verbrachte fast die Hälfte ihrer Zeit dort. Sie war eine der wenigen Damen ihres Standes, die sich ohne Anstandsdame in London herumtrieb, und dennoch schienen ihre Eltern nichts dagegen zu haben. Sie waren ein liebevolles, nachsichtiges Paar, das Tabitha sofort ins Herz geschlossen hatte. Auch der zwischen ihnen herrschende Klassenunterschied schien die beiden höhergestellten Damen überhaupt nicht zu stören, und so hatten die drei bald alle Förmlichkeiten über Bord geworfen.

Hannah kicherte. „Darf ich fragen, was du uns da wieder eingebrockt hast?"

„Es ist eine legitime Einladung, das versichere ich dir. Meine Tante ist eine Freundin der Dowager Duchess of Helston. Wir drei besuchen heute Abend ein Konzert im Haus des Dukes." Julia wedelte die Einladungen mit einem frechen Grinsen in der Luft herum.

Tabitha lächelte fast. Der heutige Tag schien, wie die meisten Tage, wie ein wunderbarer Traum zu sein. Kurz nach dieser schicksalhaften Begegnung an jenem Tag auf dem Marktplatz war sie in Hannahs Stadthaus gegangen. Sie hatte Hannah und Julia ihr Vertrauen geschenkt, und bis jetzt hatte sie diese Entscheidung nicht bereut. In den letzten sechs Monaten hatten sie sie von einer Straßentaschendiebin in eine Art Dame verwandelt.

Aber noch wichtiger war, dass sie ihr Versprechen gehalten hatten. Tabitha hatte ihnen geholfen, mehr als zwanzig Schmuckstücke zu stehlen, und jedes Stück war verkauft worden, wobei der gesamte Erlös Bedürftigen zugute kam. Waisenkinder, Kriegsveteranen, alleinstehende Mütter und Witwen, die in Not geraten waren. Tabitha begleitete ihre Freundinnen stets, um die Gelder an die sehr erleichterten und dankbaren Leiter der Wohltätigkeitsorganisationen zu übergeben.

Die Kinder, die Blumen verkauften, hatten nun neue Mäntel, Hosen und Kleider. Sie hatten auch Mützen, Fäustlinge und Handschuhe. Sie wusste, dass diese Kinder weiterhin Dinge auf der Straße verkaufen würden, um ihre Familien zu unterstützen, aber wenn sie sie warmhalten und ihnen zu essen geben könnte... nun, das reichte für den Moment. In der Zwischenzeit arbeitete sie an einer besseren Lösung, um diese Kinder gar nicht erst auf die Straße zu lassen.

Ihr geheimes Werk war in aller Munde, so schien es, und das Geflüster über die Fröhlichen Rotkehlchen zauberte Tabitha jedes Mal ein Lächeln ins Gesicht, wenn sie es auf den Märkten hörte. Es war zu einem Leuchtfeuer der Hoffnung für diejenigen geworden, die so wenig im Leben hatten. Wenn ihr Vater sie hätte sehen können, wie sie wie eine feine Dame in einem schönen Kleid in einem eleganten Salon saß, Tee trank und wusste, dass *sie* diejenige war, die diesen weniger glücklichen Menschen half, wäre er stolz auf sie gewesen. Er hätte gerne gesehen, wie sie den Armen zu essen gab und den Kindern Lesen und Schreiben beibrachte, so wie er es ihr beigebracht hatte. Sie verbrachte die meisten ihrer Tage damit, die Wohltätigkeitsorganisationen zu besuchen, denen sie mit dem Gewinn aus den gestohlenen Juwelen halfen; ein ruhiger Nachmittag wie dieser war selten.

„Um wie viel Uhr beginnt das Konzert?", fragte Tabitha Julia, als die andere Frau sich anmutig auf einen Stuhl am Feuer fallen ließ.

„Um acht Uhr."

„Acht Uhr! Ich muss mich sofort umziehen!" Hannah sprang in Panik von ihrem Stuhl auf. Tabitha konnte sich gerade noch von ihrem Sitz erheben, um das Tintenfass aufzufangen, das Hannah umgeworfen hatte, bevor es sich über Hannahs Briefe ergoss. Tabithas schnelle Reflexe waren in solchen Momenten oft recht nützlich.

„Du brauchst dich nicht umzuziehen. Deine Kleidung ist dafür vollkommen in Ordnung", versicherte Julia und zwinkerte Tabitha zu.

Seit sie Teil des Lebens von Hannah und Julia geworden war, hatte sie gelernt, dass Hannah, eine junge Witwe von nur dreiundzwanzig Jahren, immer höflich und für jede Gelegenheit perfekt gekleidet war. Julia, die im gleichen Alter war, war in jeder Hinsicht das Gegenteil von Hannah. Julia war eine eigensinnige, wilde, risikofreudige Frau im Vergleich zu Hannahs mitfühlender, sanfter Seele. Sie waren befreundet, seit sie junge Mädchen gewesen waren, und Tabitha beneidete sie um ihre Verbundenheit. Ihre Freundschaft war über Jahre des gegenseitigen Vertrauens aufgebaut worden. Aber zum Glück für Tabitha waren sie offenherzig genug, um sie in ihren Freundeskreis aufzunehmen und sie ein Fröhliches Rotkehlchen werden zu lassen.

„Tabby, möchtest du dich auch umziehen?", fragte Hannah und benutzte den Spitznamen, den sie ihr gegeben hatten. Julia hatte gesagt, dass Tabitha sie an eine sehr mutige und kluge Katze erinnerte, die sie einst von der Straße gerettet hatte. Diese Katze war jetzt eine alte, pummelige, verwöhnte Katze, die sich in den Sonnenstrahlen ausruhte und nur noch gelegentlich Mäuse jagte. Nachdem Tabitha die Katze kennengelernt hatte, fand sie es eher liebenswert als ärgerlich, nach der alten Katze benannt zu sein.

„Ich glaube, ich komme damit gut zurecht." Sie winkte mit dem blau-cremefarbenen Satinkleid, das sie trug. Sie hatten erst vor einer Stunde zu Abend gegessen, und sie war passend für ein Konzert gekleidet. Mehr als einmal hatte sie sich über die Veränderung nicht nur ihrer Umstände, sondern auch ihrer selbst gewundert. Die verschmutzte, hungernde, dünnhäutige junge Frau von einst war verschwunden.

Jetzt war sie eine Frau mit sanfteren Kurven dank gesunder Ernährung, und ihr einst stumpfes braunes Haar war glänzend. Ihre blauen Augen schienen viel heller zu sein, als sie es jemals zuvor gewesen waren. Sie trug modische Kleidung, sprach wie eine feine Lady und bewegte sich wie auf einem Wolkenbett.

Doch tief in ihrem Inneren steckte immer noch das wilde Straßenkind in Tabitha. Sie fühlte sich als Teil von zwei Welten. Es war nicht leicht, sich so zu fühlen, aber es war ihr bei weitem lieber, als in der Welt gefangen zu sein, in die sie hineingeboren worden war. Sie musste sich oftmals eingestehen, dass sie nun zu selbstgefällig und an den Luxus gewöhnt war. Aber sie erinnerte sich auch oft daran, dass sich die Dinge im Handumdrehen ändern konnten, wenn Hannah oder Julia etwas zustieß, und sie wieder auf der Straße landen konnte.

„Komm und leiste mir Gesellschaft, während ich mich umziehe", sagte Hannah mit einem Grinsen, und Tabitha stimmte zu.

„Ich werde ein Notizbuch holen. Wir müssen Helstons Haus skizzieren, um uns zu merken, wo alles ist", rief Julia ihnen zu, während sie Hannahs Schreibtisch durchsuchte.

Tabitha folgte Hannah die Treppe hinauf. Ihre Freundin blieb wie immer vor dem Porträt ihres verstorbenen Mannes, Mr. Jeremy Winslow, stehen. Er war ein gut aussehender junger Mann gewesen, und in seinem Gesicht lag eine tiefe Freundlichkeit, die Tabithas Herz beim Gedanken an seinen frühen Tod immer schmerzen ließ. Sie hätte ihn gerne kennengelernt.

Hannah küsste ihre Fingerspitzen und berührte den Rahmen, dann ging sie den Rest der Treppe hinauf. Hannah war nur wenige Monate mit Jeremy verheiratet gewesen, bevor er bei einem Zugunglück ums Leben gekommen war. Julia sagte, Hannah und Jeremy hätten sich seit Jahren gekannt und ihre Ehe sei eine echte Liebesheirat gewesen. Vor zwei Jahren war er gestorben, und Hannah trauerte zwar immer noch um ihn, hatte sich aber im letzten Jahr wieder in die Gesellschaft eingefügt.

In den letzten Monaten hatte Tabitha Hannah immer mehr in Schutz genommen, genau wie Julia. Hannah war zu lieb, zu gut, um so viel Kummer und Einsamkeit zu ertragen. Tabitha hatte sie manchmal nachts weinen hören. Das Gefühl der Hilflosigkeit hatte Tabitha Schuldgefühle beschert, aber wie konnte sie Hannah Trost spenden? Was konnte sie ihrer Freundin geben, um ihren Schmerz zu lindern? Tabitha hatte erlebt, wie ihr Vater nach dem Tod ihrer Mutter nachts in aller Stille auf die gleiche Weise getrauert hatte. Damals war sie zu jung gewesen, um zu wissen, was zu tun war, und jetzt fühlte sie sich selbst vom Leben zu sehr geschlagen.

Als Hannah ihr Schlafgemach betrat und ihr vertrautes

Dienstmädchen Liza ihr beim Umziehen half, bedrängte Tabitha sie mit Fragen über ihr beabsichtigtes Ziel. Sie lehnte sich gegen den Bettpfosten, während sie Hannah hinter der Umkleidewand zuhörte.

„Dieser Lord Helston, wie ist er so?" Als sie sich das erste Mal trafen, hatten Hannah und Julia von dem berüchtigten Helston-Diamanten als einem der wichtigsten Edelsteine gesprochen, die sie stehlen wollten, aber damals schien er so weit weg zu sein. Jetzt waren sie endlich bereit, sich einer echten Herausforderung zu stellen. Kleine Ohrringe, Ringe und Halsketten von Frauen zu stehlen hatte sich als einfach erwiesen, aber der Duke of Helston würde eine ganz andere Sache sein. Der Diamant, den sie suchten, gehörte eigentlich noch seiner Großmutter, der Gastgeberin des heutigen Abends, aber eines Tages würde er ihm gehören, da seine Großmutter ihn als Geschenk für seine zukünftige Braut vorgesehen hatte, und das hatte Julia und Hannah gereicht, um ihn auf die Liste zu setzen.

„Aufbrausend. Arrogant. Er glaubt, dass er alles besser weiß als andere. Und er zerstört das Leben anderer, weil er immer recht haben muss", erklärte Hannah in eisigem Ton. Liza schnaubte zustimmend, während sie begann, Hannahs Kleid am Rücken zuzuschnüren. Liza war Hannah gegenüber absolut loyal und half den Fröhlichen Rotkehlchen, ihr Geheimnis zu bewahren. Sie war als Kind in einem Armenhaus aufgewachsen, und das Wissen, dass ihre Herrin einen Weg suchte und fand, Kindern zu helfen, die unter solchen Bedingungen lebten wie sie einst selbst, hatte ihre Loyalität und ihr Schweigen über die Identität der Rotkehlchen weiter gefestigt.

„Irgendetwas sagt mir, dass er etwas Bestimmtes getan

haben muss. Oder sind wir hinter ihm her, weil er generell unangenehm ist?" Die meisten ihrer Zielpersonen hatten furchtbare, grausame Dinge getan, während andere einfach nur schreckliche Menschen waren, die das Leid anderer als den Preis für eine zivilisierte Gesellschaft abtaten.

„Bei Helston ist es ein bisschen persönlicher als bei den anderen", gab Hannah zu, als sie auf die andere Seite der Umkleidewand trat.

Sie hatte ihr Lieblingsseidenkleid für den Empfang gewählt. Es bestand aus einem dunkelblauen Mieder und Überrock mit einem cremefarbenen, blumenbestickten Faltenrock aus Satin. Der tiefe, quadratische Ausschnitt erinnerte an die Mode von vor einem Jahrhundert, und die Spitzen an den Rändern verdeckten ihre Brüste so weit, dass das Kleid für ein Konzert geeignet war, aber dennoch jeden anwesenden Mann daran erinnerte, dass sie jung und schön war, obwohl sie verwitwet war. Doch Hannah schien nie über Gentlemen, Heirat oder ihre eigene Schönheit nachzudenken. Für all das war sie viel zu bescheiden.

„Inwiefern ist es persönlicher?", hakte Tabitha neugierig nach.

„Als wir in der Abschlussklasse waren, hatten Julia und ich eine Freundin, Anne Girard. Sie war das süßeste Mädchen, und ziemlich brillant in der Schule. Sie war sehr hübsch, aber überhaupt nicht eitel. Sie galt als neureich, denn ihr Vater hatte sein Geld nicht durch Geburt, sondern durch Geschäfte verdient. Einige der Mädchen verurteilten sie schnell, aber Julia und ich bewunderten sie. Im Jahr nach unserem Debüt lernte Anne einen Gentleman namens Louis Atherton kennen und sie verlobten sich. Sie war sehr glücklich, und wir freuten uns für sie. Julia und ich kannten Louis. Er war ein guter Mann."

Hannah runzelte die Stirn. „Dann flüsterte Helston Louis etwas ins Ohr und vergiftete ihn gegen sie."

„Was hat er ihm gesagt?", fragte Tabitha neugierig.

„Er sagte, dass Anne unter seiner Würde sei. Untauglich für die Ehe. Als Louis die Verlobung löste, war Annes Leben durch den Skandal ruiniert."

Tabithas Gesicht musste ihre Verwirrung gezeigt haben.

„So geht das nicht, musst du wissen. Ein Gentleman löst eine Verlobung nicht einfach so auf. Wenn eine Dame die Verlobung auflöst, hat das keine sozialen Folgen, aber wenn ein Mann eine Dame sitzenlässt..." Hannah zuckte zusammen. „Das wirft Fragen nach dem Warum auf, und die Leute denken *immer* das Schlimmste. Anne war in den Augen der Gesellschaft nicht mehr heiratsfähig, und so wurde sie nicht nur von dem Mann, den sie liebte, verstoßen, sondern auch von keinem anderen Mann mehr umworben."

„Was ist mit ihr passiert?" Tabithas Herz zog sich zusammen für diese Frau, die sie nie kennengelernt hatte. Wie konnte ihr jemand so etwas antun?

„Ihre Familie war so verzweifelt, dass sie sie nach Amerika schickte, um einen Ehemann zu finden. Sie segelte nach New York. Sie verlor den Mann, den sie liebte, ihren Ruf und ist nun von ihrer Familie abgeschnitten, einen Ozean weit entfernt – und das alles aufgrund des Wortes dieses Bastards Helston."

„Wie furchtbar!"

„Ich nehme an, er ist ein erbärmlich aussehender alter Mann?" Sie konnte nicht umhin, sich einen schurkischen, grimmigen Mann vorzustellen, der kleine Kinder, die ihm auf der Straße begegneten, mit einem Stock schlug.

Hannah seufzte, als sie ihr Handtäschchen und ihre Handschuhe einsammelte. „Tragischerweise ist Helston gut aussehend, *viel* zu gut aussehend."

Tabitha dachte selten an männliche Schönheit, oder überhaupt *irgendeine* Art von Schönheit. Sie hatte sich so lange auf das Überleben konzentriert, dass ihr Schönheit in jeder Form entgangen war. Zumindest bis sie in Hannahs und Julias glitzernde Welt hineingezogen worden war. Doch nun begann sie, die Schönheit in so vielen Dingen zu sehen... im Regen, den sie einst verflucht hatte, in den Blütenblättern der Blumen, die die kleinen Mädchen verkauften, und im Duft von frischgebackenem Brot. Wenn man die Chance hatte zu leben und nicht nur zu überleben, konnte man endlich anfangen, die Schönheit in vielen Dingen zu sehen. Deshalb war sie so entschlossen, jedem zu helfen, dem sie helfen konnte, indem sie von den Reichen stahl, um es den Armen zu geben.

„Das stört mich nicht", meinte Tabitha, als sie und Hannah nach unten gingen, um Julia zu treffen und auf die Kutsche zu warten.

„Das sagst du jetzt, Tabby, aber es gibt ziemlich viele gut aussehende Männer auf dieser Welt. Eines Tages wird dir einer von ihnen den Kopf verdrehen, und du wirst dich der Liebe hingeben."

„Höre ich recht? Tabby ist verliebt?", fragte Julia mit einem Grinsen.

„Nein, bin ich nicht."

„Noch nicht. Ich habe sie vor Helston gewarnt, Julia."

„Ach ja." Julias Lächeln verschwand. „Er ist ein Bastard, aber ein schöner."

Hannah schnappte erschrocken nach Luft, als sie Julias farbenfrohe Sprache hörte.

„Es stimmt nun einmal. Genau das ist er." Julia hob ihr Kinn.

Tabitha rollte mit den Augen. Kein Mann war attraktiv genug, um sie ihres gesunden Menschenverstandes zu berauben, ganz gleich, wie schön er auch sein mochte.

KAPITEL 2

Tabitha hatte, seit sie den Fröhlichen Rotkehlchen beigetreten war, an einer Reihe von gesellschaftlichen Veranstaltungen teilgenommen, aber heute Abend war es anders. Vielleicht war sie einfach nur nervös, weil sie wusste, dass sie und ihre Freundinnen eine mehr als wertvolle Beute auskundschaften würden – vielleicht war es aber auch etwas anderes. Was auch immer es war, sie war nervös, als sie aus Hannahs Privatkutsche ausstieg und den anderen Gästen folgte. Alle warteten auf den Stufen, die zum Eingang der Residenz des Duke of Helston hinaufführten.

Wie Hannah erklärt hatte, verfügte die Dowager Duchess über ein eigenes Haus auf dem Landsitz der Familie, aber da ihr Enkel, der Duke, noch unverheiratet war, lebte sie die meiste Zeit des Jahres mit ihm im Stadthaus und fungierte als seine Gastgeberin bei offiziellen Anlässen. Sie war eine angesehene, mächtige, aber gerechte und freundliche Frau. Nach Hannahs Meinung war Helstons Beziehung zu seiner Großmutter das einzig Gute an ihm.

„Es ist unwahrscheinlich, dass Helston selbst heute Abend hier sein wird. Er verehrt seine Großmutter, nimmt aber nur selten an solchen Veranstaltungen teil. Du brauchst dir also keine Sorgen zu machen, dass du ihn triffst", erklärte Hannah.

„Ja, sie sollte erleichtert sein", stimmte Julia zu. „Dieser pompöse, arrogante..."

„Julia!", warnte Hannah. Aber Tabitha erkannte, dass Hannah ein Lächeln verbarg, als sie ihre Freundin zum Schweigen brachte. Tabitha mochte Julias Intensität sehr. Sie weigerte sich, eine Dame zu sein, wenn das bedeutete, dass jemand über sie oder diejenigen, die ihr wichtig waren, hinweggehen konnte.

Doch trotz ihrer Beteuerungen hatte Tabitha unerklärliche Angst, dass der Duke anwesend sein würde, dass er ihre Fassade sofort durchschauen würde und sie und ihre Freundinnen hinausgeworfen, oder schlimmer noch, verhaftet werden würden. Das war natürlich Unsinn, doch der Gedanke ließ sie nicht los.

Die drei gaben ihre Einladungen an der Tür ab, als der Butler ihnen Einlass gewährte. Es war ein prächtiges Stadthaus, weit prächtiger als Hannahs Haus. Sie folgten den Gästen in einen kleinen Ballsaal, der in einen Konzertsaal verwandelt worden war, in dem etwa dreißig Stühle vor einem byzantinischen Klavier aufgereiht waren. Ein Streichquartett begleitete eine Frau, die hinter einer Harfe saß und den Rest der musikalischen Darbietung bildete. Auf der einen Seite stand ein großer Tisch mit Erfrischungen, der von einer Flotte von Bediensteten belagert wurde.

„Vergiss nicht zu lächeln", flüsterte Hannah Tabitha zu. „Und zu atmen."

Atmen. Sie atmete tief ein, als sie sich daran erinnerte,

genau das zu tun. Dies war nicht anders als jeder andere Tag. Sie waren heute nicht hier, um den Diamanten zu stehlen. Sie wollten ihn nur sehen und sich ein Bild vom Haus machen. Nur eine einfache Erkundung. Sie hob ihr Kinn und lächelte mehreren Frauen zu, als diese die Erfrischungstische erreichten und von einem Bediensteten Gläser mit Punsch entgegennahmen. Sie konnte das tun.

Dann drehten sich alle um, als eine schöne, stolze Frau in ihren letzten Lebensjahren am Klavier stand und sich an die Menge wandte. Die Dowager Duchess war eingetroffen.

„Ich freue mich, Euch Mademoiselle Lynette aus Paris vorstellen zu dürfen, die heute Abend für uns singt. Diese ausgezeichneten Musiker hier werden sie begleiten." Die strenge Schönheit der Witwe erweichte sich, als sie die Musiker ansah. „Danke, dass Ihr uns heute Abend mit Euren Talenten unterhalten werdet. Mein Enkel wird es bedauern, diesen Auftritt zu verpassen, denn er ist ein großer Musikliebhaber."

Tabitha entspannte sich. Der schöne Bastard würde also heute Abend doch nicht hier sein. Nicht, dass sie Angst gehabt hätte, ihm zu begegnen. Das hatte sie natürlich nicht.

„Ich wünsche allen viel Spaß heute Abend und danke für Euer Kommen", beendete die Witwe ihre Ansprache, bevor sie durch die Menge ging und die Gäste persönlich begrüßte. Sie hielt inne, als sie Tabitha, Hannah und Julia erreichte. Ihre beiden Freundinnen verbeugten sich sofort mit einem sanften Knicks und neigten ihre Köpfe. Tabitha beeilte sich, dasselbe zu tun, aber der alten Duchess entging nicht, dass sie einen Augenblick gezögert hatte. *Mist.*

„Mrs. Winslow, wer ist Eure Begleiterin? Ich hatte noch nicht das Vergnügen, sie kennenzulernen.“

„Dies ist Tabitha Sherborne, eine entfernte Cousine von mir aus Yorkshire“, antwortete Hannah sanft.

„Seid willkommen, Miss Sherborne. Ich hoffe, Ihr genießt die Musik.“ Die Witwe musterte sie weiter, aber es war nicht der Blick, den Hannah erwartet hatte. Sie sah keinen Spott, kein Urteil, nur Neugierde. Das Diadem, das die Duchess trug, hatte in der Mitte einen großen eiförmigen Diamanten. Ihn wollte sie ihrem Enkel schenken, wenn er sich eine Braut nehmen würde. Der Diamant, den sie zu stehlen planten.

Zugegeben, die Duchess war keine Person, die Julia oder Hannah normalerweise als Zielperson betrachtet hätten. Sie war eine stolze Frau, aber niemals grausam. Ihr Enkel war eine andere Sache, wusste Tabitha, und nur durch das Diadem seiner Großmutter konnten sie ihm eine Lektion erteilen.

„Danke, Euer Gnaden“, erwiderte Tabitha, deren Kehle sich seltsam zusammenzog, während die alte Frau sich ein Lächeln verkneifen musste.

„Es ist schade, dass Fitz diesen Abend verpasst. Welch *interessante* Damen könnte er hier kennenlernen“, sagte sie, halb zu sich selbst, bevor sie ging.

„Interessant?“ Tabitha wandte sich an Hannah und Julia. „Was in aller Welt meint sie damit?“

„Nun, du bist eben sehr interessant, Tabitha. Du bist so hübsch und hast so zarte Züge, und doch scheinen dieselben Züge voller Wildheit zu sein.“

„Sie meint, dass du wie eine Löwin aussiehst, nicht wie ein Kätzchen“, fügte Julia hinzu. „Männer erwarten Kätzchen. Aber du hast dich den Härten des Lebens gestellt wie keine andere hier. Und diese Stärke zeigt sich in deinem Gesicht."

Tabitha hob die Hand, um ihr Gesicht zu bedecken, und fragte sich, wie furchtbar sie aussehen musste. Sie hatte weder Hannahs anmutiges Aussehen noch Julias scharfe, intensive Schönheit. Wie sah ihr Gesicht mit dieser angeblichen Stärke aus? Eine Ansammlung von scharfen Winkeln und hageren Schatten? Eine Härte in ihren Zügen, die sie wie in Stein gemeißelt aussehen ließ?

„Du musst aufhören, dich in einem so schlechten Licht zu sehen", rügte Hannah, ergriff Tabithas Hand und zog sie von ihrem Gesicht weg. „Du bist *umwerfend*."

Tabitha sah Julia an, denn sie brauchte die direktere ihrer beiden Freundinnen, um ihr die ungeschminkte Wahrheit zu sagen.

„Sie hat recht. Mut und Stärke sind schön und interessant."

Hannah brachte die beiden anderen wieder auf den richtigen Weg. „Wir sollten unsere Plätze einnehmen. Tabitha, sobald das erste Lied zu Ende ist, schleichst du dich nach draußen und sagst den Bediensteten, dass du die Toilette der Damen aufsuchen musst. Nimm dir Zeit und inspiziere so viel wie möglich vom Haus. Notiere alle viel-versprechenden Zugänge, die wir später nutzen könnten", sagte Hannah.

Tabitha nickte zum Zeichen, dass sie die Anweisungen verstanden hatte, als die drei in der letzten Reihe Platz nahmen.

Eine hübsche Französin in einem blassrosa Kleid, das mit Blumen um den Hals geschmückt war, nahm einen Platz neben dem Pianisten ein, und das Konzert begann.

Das erste Lied bestand aus einer hübschen Melodie mit

einem neckischen, amüsanten Text und einem schnellen Tempo. Nachdem es zu Ende war, stand Tabitha auf und verließ den Ballsaal. Ein hilfsbereiter Diener wies ihr den Weg in die obere Etage, wo sie die Damentoilette finden würde.

Sie ging absichtlich an der richtigen Tür vorbei und schlüpfte in jeden Raum im Korridor hinein und wieder heraus. Sie öffnete jede Tür, prüfte, was sich dahinter befand, und ging weiter. Als sie zum oberen Treppenabsatz zurückkam, hörte sie eine langsame, klagende Melodie, während unten das Konzert weiterging. Einer der Bediensteten musste die Tür offengelassen haben, denn die Musik drang nun durch das ganze Haus. Tabitha legte ihre Handflächen auf das Geländer und lauschte. Die Noten und Worte gruben sich tief in ihre Seele ein.

Mylord war ein stattlicher Mann,
mit lachenden Augen und einem warmen Lächeln,
Er gehörte mir, er gehörte mir,
Wind und Regen konnten ihn nicht abhalten,
Kein Sturm konnte ihn in Schach halten,
Er gehörte mir, er gehörte mir,
Doch Mylord erkrankte am Fieber,
Und sein Lachen erstarb, sein Lächeln verblasste,
Aber er war immer noch mein, er war immer noch mein.
Sein letzter Atemzug wurde von einem bitteren Wind
davongetragen,
Und an seinem kalten Grab zerriss mein Herz,
Aber er war immer noch mein, immer noch mein.

Tabitha schloss die Augen, spürte den Verlust der Frau, fühlte ihren Herzschmerz so tief, als hätte sie selbst einen

Geliebten verloren. Tränen traten ihr aus den Augen, sie schniefte und wischte sich das Gesicht ab.

„Wunderschön, nicht wahr?", fragte eine tiefe Stimme hinter ihr. Sie versteifte sich und versuchte, sich zu beruhigen. Sie musste die Aufmerksamkeit eines Bediensteten erregt haben. Sie drehte sich um, um zu sehen, wer mit ihr sprach, und ihr Herz blieb stehen.

Der große Mann, der neben ihr stand, sah gut aus. *Zu* gut. Alles in seinen Zügen vermittelte Stärke, und ausnahmsweise verstand sie, was Hannah gesagt hatte, als sie davon sprach, dass man Stärke im Gesicht erkennen könne. Sie spürte in diesem Moment, dass diese Stärke an diesem Mann viel attraktiver war als an ihr.

Sein Kiefer war maskulin, und seine Augen waren dunkelblau und voller turbulenter Stürme. Seine Lippen waren voll, und die Andeutung einer Spalte in seinem Kinn wurde durch das goldblonde Haar gemildert, das ihm jungenhaft in die Augen fiel. Er trug weder einen Vollbart noch einen Schnurrbart, obwohl die Gesellschaft es ihm vorschrieb, was die aktuellen Trends betraf. Seine Schultern waren breit, und seine Taille verengte sich zu muskulösen, aber schlanken Hüften. Der Abendanzug, den er trug, war perfekt auf seinen muskulösen Körperbau zugeschnitten.

Tabitha brauchte einen Moment, um sich daran zu erinnern, dass er mit ihr gesprochen hatte. Er griff in seine Westentasche und reichte ihr ein Taschentuch, sein Blick war immer noch auf ihr Gesicht gerichtet.

„Ich sollte nicht sagen, dass eine Frau schön ist, wenn sie weint, aber verdammt noch mal, Ihr seid ein wunderschönes Geschöpf." Aus irgendeinem Grund brachte das Tabitha zum Lachen.

„Es ist so eine schöne Musik“, stimmte sie zu und beantwortete damit seine ursprüngliche Frage.

Er gesellte sich zu ihr auf den Treppenabsatz und stützte sich mit den Unterarmen auf dem Geländer ab. Das Lied schwebte weiter von unten herauf und tanzte in der Luft um sie herum. Jedes Anschwellen der Streicher und das absteigende Prasseln der Klaviertöne füllten ihren Geist mit Erinnerungen an ihre Kindheit.

Sie sah ihre Mutter in einem Krankenbett liegen. Es war eine alte Erinnerung, die von Jahr zu Jahr mehr verblasste, wie ein Foto, das in der Sonne lag. Erinnerungen an ihren Vater, der um die Frau trauerte, die er liebte, während er allein ein Kind aufzog. Ihr Vater hatte ihr nie das Gefühl gegeben, ungeliebt zu sein, trotz seines gebrochenen Herzens. Frische Tränen stiegen Tabitha in die Augen, und ihre Kehle schnürte sich zu, als sie an ihn dachte.

„Woran denkt Ihr bei diesem Lied, dass Ihr so emotional werdet, dass es Euch zu Tränen rührt?“, fragte der Gentleman. Seine Stimme war leise, ein Gefühl, das sie nicht genau benennen konnte, lag in seinen Worten.

„An meinen Vater“, antwortete sie. „Er weinte manchmal nachts, wenn er dachte, dass ich schlief. Nach dem Tod meiner Mutter heiratete er nie wieder. Eine verlorene Liebe wie diese zerstört einen Menschen. Diese Musik bringt mich dazu, es zu fühlen, aber irgendwie kann ich es jetzt durch seine Augen sehen, nicht durch die Augen des Kindes, das ich war. Ich kann es nicht besser erklären.“ Sie wischte sich wieder mit seinem Taschentuch über die Augen. „Erinnert Euch die Musik an etwas?“

„Seltsamerweise muss ich dabei auch an meinen Vater denken. Aber seine Geschichte ist ein wenig anders.“ Der

Mann starrte auf die offene Tür zum Ballsaal. „Mein Vater war im Krimkrieg. Ich war noch ein Kind, als er in der Schlacht von Balaclava kämpfte."

Der Name der Schlacht war Tabitha bekannt. Sie hatte ihn schon einmal irgendwo gehört, aber sie konnte sich nicht erinnern, wo oder wann sie ihn gelernt hatte.

„Was ist passiert?", fragte sie.

„Die britischen, französischen und osmanischen Streitkräfte belagerten den Marinestützpunkt in Sewastopol. Die Russen versuchten, zu Pferd durchzubrechen, aber ein Regiment von Fußsoldaten aus den Highlands wurde beauftragt, sie aufzuhalten. Mein Vater war unter ihnen. Sie hatten keine Pferde. Alles, was sie tun konnten, war, zwei Linien zu bilden, um sich den dreitausend berittenen Russen entgegenzustellen. Wegen der Uniformen, die sie trugen, nannten sie es die Schlacht der dünnen roten Linie. Heute steht der Begriff für eine Militäreinheit, die dünn gesät ist, aber die Linie gegen Angriffe hält. Es ist ein Abzeichen für Mut, aber für meinen Vater war es der schlimmste Tag seines Lebens, als er seine Freunde und Landsleute sterben sah. Aber sie haben die Stellung gehalten." Der Mann schwieg einen langen Moment.

Tabitha rückte näher, ihr Arm berührte den seinen, als sie nebeneinander standen. Sie hatte das seltsame Bedürfnis, sein Gesicht zu berühren und ihn zu trösten. Das hatte sie noch nie bei jemandem tun wollen.

„Tennyson schrieb ein Gedicht über diese Schlacht. Ich erinnere mich, dass mein Vater einmal weinte, als er es nach einem Abendessen hörte. Ein Mann trug es vor, während sie ihren Brandy tranken und Zigarren rauchten. Mein Vater kam nach Hause, immer noch mit Tränen in den Augen, und sprach stundenlang mit niemandem mehr."

„Erinnert Ihr Euch an das Gedicht?", fragte sie.

Er schenkte ihr ein reumütiges Lächeln. „Ich kann nicht alles auswendig aufsagen, aber an einen Teil erinnere ich mich."

Als unsere guten Rotröcke aus dem Blickfeld verschwanden,
Wie Blutstropfen in einem dunkelgrauen Meer,
Wendeten wir uns einander zu und flüsterten bestürzt,
„Verloren sind die tapferen dreihundert von Scarletts Brigade!"

„Helden und Narren auf dem Schlachtfeld", seufzte der Mann. „Das hat mein Vater immer gesagt. Aber es ist Jahre her, dass ich daran gedacht habe." In seinem sinnlichen Mund lag immer noch ein Hauch von Lächeln.

„Ist Euer Vater... noch am Leben?"

„Nein, er starb vor etwa zehn Jahren. Meine Mutter starb ein Jahr später." Der Gentleman wandte sich ihr zu. „Was ist mit Eurem Vater?"

„Er starb, als ich dreizehn war."

„Ihr wart noch so jung." Sie sah Kummer und Mitgefühl in seinem Gesicht. „Hattet Ihr nette Verwandte, die Euch aufnahmen?" Sein Blick schweifte über ihr feines Abendkleid. Natürlich würde er annehmen, dass sie wohlhabend war. Er würde nie auf den Gedanken kommen, dass sie vor sechs Monaten kaum mehr als eine Taschendiebin gewesen war.

Es lag ihr auf der Zunge, ihm zu erzählen, wie sie auf der Straße aufgewachsen war, wie sie früh gelernt hatte zu stehlen, aber das war ein Geheimnis, das sie nicht teilen konnte, selbst wenn sie es wollte. Dieser plötzliche Impuls, sich zu öffnen, war so stark, dass es sie schockierte. Tabitha hatte noch nie gerne jemandem etwas über sich oder ihr

Leben erzählt. Die einzigen beiden Menschen, denen sie ihre Vergangenheit und die Wahrheit über ihr Leben anvertrauen konnte, waren Hannah und Julia.

„Ja, meine Tante Cecile hat mich aufgenommen", log sie. „Ich bin zu Besuch bei meiner Cousine. Sie war so freundlich, mich die Vergnügungen der Stadt erleben zu lassen."

Nach dem Ende der eindringlichen Melodie erklang Beifall, und der Klang lenkte Tabithas Aufmerksamkeit wieder auf ihre eigentliche Aufgabe. Sie hatte zu viel Zeit mit dem Gespräch mit diesem Mann vergeudet. Sie musste zurück zu ihren Freundinnen, damit sich nicht jemand wunderte, warum sie so lange weg gewesen war.

Also trat sie einen Schritt zurück, um ihm zu entkommen. „Ich sollte gehen. Meine Cousine wird sich Sorgen machen."

Er ergriff kurz ihre Hand, als sie am Geländer an ihm vorbeiging.

„Danke für diesen Augenblick", sagte er, und einen Moment lang fragte sie sich, ob er sie an sich ziehen und es wagen würde, sie zu küssen, so intensiv ruhte sein Blick auf ihr.

„Wofür?", flüsterte sie in den dunklen Korridor.

„Dafür, dass Ihr mich an die Vergangenheit erinnert habt. Ich halte sie so oft in Schach, aber der Schmerz war heute Abend nicht so stark, weil ich ihn mit Euch geteilt habe, so wie Ihr Eure Tränen mit mir geteilt habt."

Seine Offenheit verblüffte sie. Dieser Mann, dieser völlig Fremde, ließ sie Dinge empfinden, die sie nicht gewohnt war zu empfinden. Dinge, die ihre kleine, sorgfältig kontrollierte Welt zu zerstören drohten. Sie blinzelte, als ihre Augen brannten.

„Ich muss jetzt wirklich gehen", keuchte sie und löste sich von ihm, wobei sich ihre Hände trennten. In diesem Moment erkannte sie, wie sich die Mauer um das Herz des Mannes wieder aufrichtete. Die Verletzlichkeit, die er in der Dunkelheit gezeigt hatte, war nun wieder verborgen, als er von ihr zurücktrat.

Tabitha warf ihm einen letzten Blick zu, eilte die Treppe hinunter und duckte sich zurück in den Ballsaal, um ihren Platz neben Julia und Hannah wieder einzunehmen.

„Wie ist es gelaufen?", fragte Hannah.

Sie nickte nur als Antwort, da sie ihrer Stimme in diesem Moment nicht trauen konnte. Sie erwähnte weder den Gentleman noch die törichte Art und Weise, wie sie sich ihm gegenüber geöffnet hatte.

Erst lange nach dem Ende des Konzerts, als sie sich in ihrem Zimmer entkleidete, entdeckte sie, dass sie sein Taschentuch noch in der Tasche ihres Rocks hatte. Sie nahm das fein gewebte Tuch heraus und fuhr mit den Fingern über die dunkelblauen Initialen darauf: *F. S.*

Sie hatte nicht einmal seinen Namen erfahren. War er ein Frank? Vielleicht ein Frederick? Ein Ferdinand? Wer auch immer er war, sie wusste, dass seine Stimme und seine atemberaubenden Augen sie genauso verfolgen würden wie die Melodie des Liedes. Es war das erste Mal, dass sie sich *gesehen* fühlte, irgendwie, auf eine Weise, die sie nicht erklären konnte. Dieser Gentleman hatte ihr in die Seele geblickt und sich nicht abgewendet, was immer er dort auch gesehen haben mochte.

Tabitha kletterte ins Bett und drückte das Taschentuch an ihre Nase, um den schwachen Geruch des Eau de Cologne des Mannes aufzunehmen, der immer noch auf dem Stoff verweilte. Als sie spürte, dass der Schlaf sie einholte, tauchte in der Dunkelheit eine neue Frage auf.

Was hatte der Mann dort oben gemacht? Sie hatte ihn an diesem Abend nicht unter den anderen Gästen gesehen. Und woher war er gekommen? Denn sie hatte alle Zimmer durchsucht, bevor sie zur Treppe zurückgekehrt war, und alle Zimmer waren leer gewesen.

Hätte sie nicht immer noch das Taschentuch als Beweis für seine Existenz in der Hand gehalten, hätte sie leicht glauben können, dass es sich um einen Traum handelte, den sie in die Realität manifestiert hatte. Wer war er, und wie war er dorthin gekommen? Dieses Rätsel beschäftigte sie bis tief in die Nacht.

❧

FITZ SAH DER SCHÖNEN, GEHEIMNISVOLLEN FRAU hinterher, deren Unbehagen über die Intimität dessen, was sie gerade miteinander geteilt hatten, offensichtlich war. Der Moment war stärker gewesen als ein Kuss. Er hatte nicht damit gerechnet, während des Konzertabends seiner Großmutter jemanden im oberen Stockwerk vorzufinden. Niemand verpasste je ein Lied, wenn sie eine talentierte Sängerin engagierte, um hier aufzutreten. Und doch war sie da gewesen, eine Vision in einem blau-cremefarbenen Abendkleid. Dieses Kleid bildete einen Wasserfall aus Seide, der von ihrem unteren Rücken bis zum Boden reichte, und war mit zweistufigen blassblauen Seidenrevers akzentuiert, die den karierten Stoff umrahmten. Sie sah aus wie ein buntes Bonbon aus der Konditorei, und er hatte schon immer ein hübsches Kleid an einer Frau geliebt.

Es gab nichts Verlockenderes, als zu beobachten, wie

die Röcke einer Frau um ihre Hüften wippten, während sie sich bewegte. Es erinnerte ihn daran, wie viel Spaß es machen würde, sich die Zeit zu nehmen, ihre aufwändige Kleidung langsam zu entfernen. Er hatte schon an ein Dutzend Möglichkeiten gedacht, sie zu verführen, aber dann hatte er sie einen leisen, verzweifelten Laut von sich geben hören und ihm war klar geworden, dass sie litt. Als er an diesem Abend nach Hause gekommen war, hatte er die Musik gehört, während er in der Küche war und dem Koch etwas Essen gestohlen hatte, weil er hungrig war. Die Musik hatte ihn die Treppe der Bediensteten hinaufgelockt, um sie besser hören zu können. Und die Musik hatte auch diese Frau bewegt. Er hatte sie in seine Arme ziehen und ihre Tränen wegküssen wollen, noch bevor er ihr Gesicht gesehen hatte.

Es war lange her, dass er von den Gefühlen eines anderen Menschen berührt worden war. Vielleicht lag es an der Musik. Seine Großmutter wählte immer die wunderbarsten Sänger und Musiker aus. Wie sie, so hatte auch Fitz ein Faible für Musik. Sie konnte ihn erreichen, trotz aller Barrieren, die er errichtet hatte, um sein Herz vor der Welt zu verstecken. Er mochte es nicht, Schmerz zu empfinden, denn seine Kindheit war so sehr davon geprägt gewesen. Sein Vater hatte einmal gesagt, das ganze Leben bestünde darin, von einem Moment des Schmerzes zum nächsten zu gelangen.

Trotz seines Reichtums und seiner Stellung hatte Fitz immer die Wahrheit der Worte seines Vaters gespürt. Ja, man konnte alles haben, was wichtig war, und doch feststellen, dass nichts davon *wirklich* wichtig war.

Sein Vater hatte sich mit einer Pistole das Leben genommen, nachdem Albträume vom Krieg ihn zu lange ohne Frieden gelassen hatten, und seine Mutter war bald darauf an einem gebrochenen Herzen gestorben. Fitz wollte nichts von alledem in seiner sorgfältig kontrollierten Welt haben. Ja, er lebte jetzt ein verdammt hohles Dasein, aber es war immerhin ohne Schmerzen – zumindest die meiste Zeit. Er würde lieber jeden Tag nichts fühlen, als zu viel zu fühlen.

Aber in dem Moment, in dem er mit dieser Frau gesprochen hatte, war es, als wäre seine innere Festung nichts weiter als Nebel. Ihre schönen Tränen waren direkt durch diese neblige Barriere geglitten, und sie hatte mit ihren Fäusten gegen sein Herz geschlagen und es zum Leben erweckt, wenn auch nur für einen kurzen Moment.

Warum sie? Er konnte jede Frau haben, die er wollte. Er hatte Mätressen gehabt, die wussten, wie man einen Mann befriedigte, aber diese Frau… Mein Gott, er kannte nicht einmal ihren Namen, und doch war sie wie keine andere, die er je zuvor getroffen hatte. Sie hatten wenig gesprochen, und doch war das, was sie geteilt hatten, so intensiv gewesen. Sie hatte seinen Herzschmerz in Sekundenschnelle aufgedeckt, nur weil sie bei einer traurigen Melodie Tränen vergossen hatte.

Er schloss die Augen und brannte sich das Bild ihres Gesichts ins Gehirn. *Blaue Augen, die ein unauslöschliches Feuer in sich trugen, ein Mund, der zitterte, als träumte sie von seinem Kuss, und ein leichter rosiger Schimmer auf ihren Wangen, der ihn an Gemälde von Persephone erinnerte – eine zerbrechliche Frühlingsgöttin, die in die Unterwelt schritt, den Geschmack von Granatapfel auf den Lippen.* Er wollte sie in seine Dunkelheit ziehen, sie küssen, als wäre er Hades, und die Seele dieser Frau für alle Ewigkeit einfordern.

Verblüfft über seine Reaktion blieb Fitz am Treppenabsatz stehen und beobachtete den Abgang der Gäste, in der Hoffnung, die geheimnisvolle Frau noch einmal zu erspähen. Er erhaschte einen Blick auf das blau-cremefarbene karierte Kleid, als sich eine Schar reizender Damen auf die Eingangstür zubewegte. Er wartete, bis der Butler, Mr. Tracy, einen schweren Seufzer der Erleichterung ausstieß, als er die Tür zum letzten Mal an diesem Abend schloss. Fitz' Großmutter stand neben dem Butler und putzte ihre Brille.

„Nun, das war ein prächtiger Abend", sagte die Dowager Duchess zu Mr. Tracy.

„In der Tat, Mylady. In der Tat", stimmte der Butler zu, bevor er in die Küche ging, um sich um das Personal im Erdgeschoss zu kümmern.

Fitz ging die Treppe hinunter, und seine Großmutter entdeckte ihn. Ihre Augen leuchteten erst vor Freude, dann verfinsterten sie sich jedoch vor Missbilligung.

„Fitz, mein Lieber. Ich dachte, du wärst heute Abend ausgegangen, und jetzt bist du hier? Du bist früher zurückgekommen und hast dich geweigert, unsere Gäste zu treffen?"

Er küsste seine Großmutter auf die Wange und lächelte. Seit seine Eltern verstorben waren, lehrte ihn seine geliebte Großmutter die Kunst, ein Duke zu sein.

„Ich hatte ein Treffen in meinem Club. Es tut mir leid, dass ich das Konzert verpasst habe."

„Das sollte es auch", brummte seine Großmutter. „Es waren heute Abend ein paar reizende junge Damen hier."

„In der Tat. Ich habe ein paar hübsche Damen gesehen, als sie gingen. Sag mir, wer war die Frau in dem blau-cremefarbenen Seidenkleid?" Seine Großmutter musste doch wissen, wer die geheimnisvolle Schönheit war. Sie führte detaillierte Gästelisten, aber sie lud ihre Freunde oft auch extra zu solchen Veranstaltungen ein, weil sie ihre Liebe zur Musik so gerne mit anderen teilte. Dennoch hätte sie sich jedem Gast, den sie nicht kannte, vorgestellt.

„Blau- und cremefarben kariert... ah ja. Die Cousine von Mrs. Winslow, wenn ich mich recht erinnere. Tabitha Sherborne. Ein wunderschönes Geschöpf. Sag mir, dass du dich endlich für die Ehe interessierst, mein lieber Junge. Dein Vater war schon verheiratet und hat dich in diesem Alter bekommen. Du bist jetzt geradezu uralt."

Fitz konnte sich ein Lachen nicht verkneifen. „Ich bin noch nicht einmal dreißig. Männer heiraten und zeugen Kinder bis ins hohe Alter. Das Alter ist für einen Mann von geringer Bedeutung."

Ihr Blick verengte sich, um sich auf den kommenden Diskurs vorzubereiten. „Das mag leider wahr sein, aber denk auch an die Damen, Fitz. Keine junge Frau sollte einen Mann heiraten müssen, der dreimal so alt ist wie sie. Sei fair. Du bist jetzt jung und gutaussehend. Heirate, solange du die beste Frau für dich gewinnen kannst. Eine glückliche Frau führt zu–"

„Einem glücklichen Leben", beendete er den Satz für sie. „Ja, ich weiß. Aber ich fühle mich nicht berufen, zu heiraten."

„Das ist eines deiner Probleme. Die Ehe ist nicht einfach eine Berufung. Sie ist eine *Pflicht*."

Fitz genoss dieses verbale Geplänkel. „Aber Großmutter, du hast immer gesagt, dass es bei der Ehe um Liebe geht, wie bei dir und Großvater."

„Es *geht* um Liebe. Du hast die Pflicht, die richtige Frau zu finden, in die du dich verlieben und die du heiraten kannst."

Verdammt, da hatte sie ihn wieder.

„Dann muss ich vielleicht eine Landhausparty veranstalten, um meine Liebesgeister wiederzubeleben. Würdest du meine Gastgeberin sein? Lade alle auf dieser Liste zu einer Hausparty nach Helston Heath ein, auch Miss Sherborne und ihre Cousine." Er holte eine Gästeliste aus seiner Tasche und gab sie seiner Großmutter. Sie studierte die Liste, immer noch deutlich misstrauisch.

„Du musst irgendeinen Plan haben, Fitz. Was hast du vor?"

„Es gibt keinen Plan, Großmutter", versicherte er ihr mit einem sanften Lächeln. Aber sie kannte ihn zu gut. Immerhin hatte sie ihn mit aufgezogen.

„Du führst etwas im Schilde. Dieses charmante Lächeln, das du mir gerade schenkst, hat dir immer nur Ärger eingebracht, mein Junge. Ich werde niemanden einladen, solange du mir nicht sagst, *warum*."

„Nun gut, es geht um dein Diamanten-Diadem", gab er zu und nickte auf das wertvolle Schmuckstück, das in ihrem silbernen Haar ruhte.

Sie streckte die Hand aus und berührte es selbstbewusst. „Was ist damit?"

„Ich bin besorgt, dass jemand versuchen könnte, es zu stehlen."

„Es stehlen? Warum sollten jemand das tun?", fragte sie.

„Hast du nicht die Zeitung gelesen, Großmutter? Es gibt eine Bande von Juwelendieben, die den Reichen ihre besten Stücke rauben. Du trägst einen der berühmtesten Diamanten Englands als Teil dieser Tiara. Allein der Mittelstein ist ein Vermögen wert, ganz zu schweigen von all den anderen kleineren Diamanten, die ihn umgeben."

„Oh, da mache ich mir keine Sorgen", entgegnete seine

Großmutter hochmütig. „Diese Fröhlichen Rotkehlchen würden mich nicht berauben."

Fitz warf seiner Großmutter einen strengen Blick zu. Wusste sie etwas, was er nicht wusste? „Und warum nicht?"

„Weil es klar ist, dass diese Diebe es nur auf die *schlimmsten* Leute abgesehen haben."

„Auf *reiche* Leute", stellte er klar.

Seine Großmutter seufzte dramatisch.

„Nein, mein Lieber. Sie stehlen von *grausamen* Menschen. Hast du dir die Liste der Opfer nicht angesehen? Ich schon. Mir fällt keine einzige Person auf dieser Liste ein, die ich wirklich mag."

Fitz starrte seine Großmutter an. „Du meinst, alle Opfer haben etwas gemeinsam, abgesehen von Geld und Einfluss?"

„Ja, natürlich. Hast du das nicht selbst bemerkt?" Sie schien verblüfft zu sein, dass er den Zusammenhang nicht hergestellt hatte. „Und ich dachte, du wärst clever", neckte sie ihn.

„Einen Augenblick." Fitz ließ sie im Korridor warten, während er eine Zeitung vom Vortag holte, in der die Opfer aufgelistet waren. Er wies sie auf den Namen eines Gentleman hin, als er wieder zu ihr in den Korridor trat. „Was hat Lord Blotten denn Schlimmes getan?"

Sie rückte ihre Brille zurecht, um besser sehen zu können. „Er hat eine anständige Familie in den Ruin getrieben, indem er sie zu Fehlinvestitionen überredet hat. Er wusste, dass sie alles verlieren würden. Dann kaufte er ihr Eigentum für so gut wie nichts."

„Und sie?" Er deutete auf den Namen einer Lady, die als nächste auf der Liste stand.

„Sie ließ einen Krimkriegsveteranen ins Gefängnis

werfen, weil er in der Nähe ihres Stadthauses bettelte. Dem Mann fehlte ein Bein und er hatte keine andere Möglichkeit, seinen Lebensunterhalt zu verdienen."

Fitz deutete auf den dritten Namen auf der Liste. „Und er?"

„Er nutzte ein Dienstmädchen aus. Das Mädchen starb in den Wehen mit seinem Kind."

„Sie?" Er zeigte auf einen weiteren Namen.

„Sie verbreitete elende Gerüchte über eine andere junge Dame, die völlig unbegründet waren. Das kostete die junge Frau eine vorteilhafte Partie."

„Sind all diese Dinge denn öffentlich bekannt?", fragte er seine Großmutter.

„Nicht alles. Viele Dinge sind hinter verschlossenen Türen geschehen. In manchen Fällen wissen nicht einmal die Bediensteten davon. Ich weiß nur zufällig davon, weil ich mich auf eigene Faust erkundigt habe."

„Das hast du getan?" Er konnte sich nicht vorstellen, dass seine Großmutter wie ein alberner Scotland Yard-Detective auf der Suche nach Informationen herumschlich.

„Natürlich. Jemand hat es auf meine Gesellschaftsschicht abgesehen, und ich wollte wissen, warum. Jetzt, wo ich es weiß, lobe ich die Diebe. Sie rächen sich für diejenigen, die sich nicht wehren können. Ich finde das ziemlich nobel."

„Nobel hin oder her, jemand muss der Sache auf den Grund gehen. Vielleicht ist es ein Diener."

„Unmöglich. Viele der Diebstähle fanden statt, wenn keine Bediensteten anwesend waren", erklärte seine Großmutter.

„Das will man uns vielleicht weismachen", konterte

Fitz. „Aber angenommen, du hast recht, wer hätte dann Zugang zu all diesen Opfern?"

Seine Großmutter lachte. „Ich denke, das ist ganz klar. Es ist einer von *uns*, lieber Junge. Es ist gut, dass du keine Juwelen besitzt, sonst wärst du der Nächste."

„Was?"

Sie zuckte mit den Schultern. „Du hast letztes Jahr deinen Freund Louis Atherton und die junge Frau, in die er verliebt war, auseinander gebracht, nur weil du den Vater des Mädchens nicht mochtest. Du sagtest, er sei ein alter, aufbrausender Narr, der sich in der Gesellschaft hochgearbeitet hat. Es war ja nicht so, dass er *dein* Schwiegervater werden sollte. Ich habe dir gesagt, du sollst dich nicht einmischen, aber wie immer war dein Stolz zu groß, um die Dinge in Ruhe zu lassen. Jetzt haben sie die arme junge Frau nach Amerika geschickt. Ihre Familie hat sich wegen dir öffentlich blamiert, und ihr Vater will sich in der Gesellschaft nicht mehr zeigen. Es wird gemunkelt, dass er versucht, sich zu Tode zu trinken."

Dieser Teil war neu für Fitz, und seine Augen wurden groß.

„Ich verehre dich, mein Junge, aber dein Stolz wird dein Ende sein. Du bist fast dreißig. Du kannst nicht weiterhin die Art von Fehlern machen, die weitaus jüngere Männer machen würden. Louis hat dir sein Vertrauen geschenkt und dir geglaubt, als du ihn davon überzeugt hast, dass die Heirat mit diesem Mädchen seinem gesellschaftlichen Ansehen schaden würde, zum Nachteil seiner geschäftlichen Interessen. Du hast nicht ein einziges Mal gefragt, was ihm die Heirat mit einer Frau, die er liebte, vielleicht bringen würde, was der geschäftliche Erfolg nicht vermag."

Sein Kragen war plötzlich zu eng. Er schob einen

Finger unter den Stehkragen und zerrte ein wenig daran. Selbst in seinem Alter war es eine unangenehme Erfahrung, von seiner Großmutter gezüchtigt zu werden.

„Wenn ich ein Juwelendieb auf einem sozialen Rachefeldzug wäre, würde ich dich vielleicht deswegen verfolgen. Ich liebe dich, Fitz, mein Lieber, aber verdammt, manchmal bist du ein stolzer Narr. Gott sei Dank gehören alle bedeutenden Juwelen in diesem Haus noch mir. Zumindest im Moment." Seine Großmutter drückte ihm einen Kuss auf die Wange und ging nach oben, um sich für die Nacht zurückzuziehen.

Fitz stand im Korridor und dachte über die Worte seiner Großmutter nach. Sie hatte die Wahrheit gesprochen, aber Herr im Himmel, er konnte sich nicht vorstellen, dass Louis und der Vater dieser Frau miteinander ausgekommen wären. Der Mann war eine Nervensäge. Er sagte immer das Falsche und brachte alle in Verlegenheit. Er hatte Louis doch einen Gefallen getan, nicht wahr? Der Kerl hätte den armen Louis nur mit in den Abgrund gerissen und...

Fitz lehnte mit verschränkten Armen an der Wand und starrte auf das Porträt eines alten Duke of Helston. Es war Monate her, dass er mit Louis gesprochen, geschweige denn ihn gesehen hatte. Fitz war Louis genauso nahe gestanden wie Evan und Beck. Ging Louis ihm aus dem Weg? Sicherlich nicht. Louis hatte ihm für seine Hilfe *gedankt*. Er hatte ihm gesagt, dass er ihm ein Leben voller Reue erspart hatte. Und doch... Fitz schüttelte das Schuldgefühl ab und konzentrierte sich wieder auf sein Vorhaben.

Wenn seine Großmutter recht hatte, würden die Diebe es nicht auf den Diamanten abgesehen haben, weil er technisch gesehen noch ihr gehörte. Aber sie könnten es auf *ihn* abgesehen haben, wegen dem, was *er* getan hatte. Also musste er deutlich machen, dass der Diamant sein Erbe sein würde, vielleicht öffentlich zeigen, wie wichtig er ihm war. Das könnte die Diebe dazu verleiten, den Edelstein stehlen zu wollen. Ja, es könnte funktionieren.

Er würde eine Landhausparty in Helston Heath veranstalten und in der Gesellschaft das Gerücht verbreiten, dass er das Diadem seiner Großmutter mit aufs Land nehmen würde. Er würde alle Leute einladen, die bei den Diebstählen anwesend gewesen waren. Er, Evan und Beck hatten die möglichen Verdächtigen auf eine Liste von zwanzig Personen eingegrenzt. Und das waren die Namen auf der Gästeliste, die er seiner Großmutter übergeben hatte. Einer von ihnen musste eines dieser verdammten Fröhlichen Rotkehlchen sein. Und er würde, wie der Sheriff von Nottingham, eine Falle aufstellen, um den Kerl zu fangen.

KAPITEL 3

Drei Wochen später

„Bist du wirklich sicher, dass das funktioniert?", drängte Fitz' Großmutter, als sie ihm das schwarze Samtkästchen reichte, in dem sich das mit Juwelen besetzte Diadem mit dem großen, glänzenden Diamanten in der Mitte befand.

„Ganz sicher", versicherte er der Dowager Duchess. „Die Gäste werden bald eintreffen. Warum gehst du nicht und begrüßt alle? Ich werde mich euch anschließen, sobald ich gesehen habe, dass dies hier sicher untergebracht ist."

Die blauen Augen seiner Großmutter wurden ernst. „Du versuchst, mich loszuwerden, Fitz. Ich gehe jetzt, weil ich zugestimmt habe, als deine Gastgeberin zu fungieren, und das will ich auch tun, aber wir werden später mehr über meinen Diamanten sprechen." Sie fegte aus dem Raum, ihre dunkelblauen Röcke und die Schleppe flüsterten hinter ihr her, als sie sein Arbeitszimmer verließ.

Fitz grinste, als er das Kästchen öffnete und vorsichtig den großen Diamanten aus der Mitte des Diadems entfernte. Er steckte den unbezahlbaren Stein in ein braunes Lederetui und hockte sich dann an die Ecke seines Schreibtisches. Er zog einen Teil des Teppichs zurück, um eine gelockerte Bodendiele freizulegen. Dann nahm er einen Brieföffner, steckte ihn in die Fuge und hob die Diele auf. In der Öffnung, die er geschaffen hatte, befand sich eine kleine Eisentruhe. Fitz öffnete den Deckel und legte den Diamanten hinein, bevor er die Kiste verschloss und das Brett und den Teppich wieder an ihren ursprünglichen Platz legte. Dann stand er auf und zog einen kleinen Gegenstand aus seiner Hosentasche, den er hochhielt, um ihn im Tageslicht besser sehen zu können.

Es war einfaches Glas, von Hand geschliffen, um die Form und Farbe des Diamanten aus dem Diadem seiner Großmutter nachzubilden. Beck hatte ihn an einen der besten Londoner Diamantenschleifer verwiesen. Jeder Experte wäre in der Lage, den Unterschied zwischen dieser Pastenimitation und dem echten Diamanten zu erkennen, aber im Eifer des Gefechts hätte ein Dieb weder Zeit, auf Dinge wie Luftblasen im Glas zu achten, noch hätte er Zeit, die Wärme des Pastensteins im Vergleich zur Kühle eines echten Diamanten zu bemerken.

Er hatte seiner Großmutter nicht gesagt, dass der echte Diamant in Sicherheit sein würde. Soweit sie wusste, würde der echte Diamant zusammen mit dem Diadem aufbewahrt werden. Sie hatte ihm klargemacht, dass sie die Fröhlichen Rotkehlchen respektierte und nur widerwillig zugestimmt, dass er ihren Diamanten als Köder benutzte, um die Diebe zu fangen, sodass ein Teil von ihm befürchtete, sie würde etwas in die falsche Gesellschaft durchsickern lassen und seine clevere List wäre vergebens. Es war besser, sie in dieser Angelegenheit im Unklaren zu lassen.

Er setzte den falschen Stein in die Mitte der Vorderseite des Diadems ein und verstaute das Schmuckstück wieder in seinem Samtkästchen. Dann öffnete er mit einem kleinen Schlüssel einen verschlossenen Schrank in der Wand und legte das Kästchen hinein, bevor er ihn wieder verschloss. Fitz musste den oder die Männer auf frischer Tat ertappen, was bedeutete, dass er es ihnen nicht allzu schwer machen durfte, das Juwel zu stehlen. Eine eiserne Truhe könnte eine zu große Herausforderung darstellen, aber das einfache Schloss an diesem Schrank zu knacken, wäre für jeden Dieb einfach genug.

Tagsüber wurde ein Bediensteter vor dem Zimmer postiert, der es unmöglich machte, es ohne seine Zustimmung zu betreten. Nachts würden er, Evan und Beck das Zimmer abwechselnd heimlich bewachen. Die Diebe würden nur nachts kommen, denn er würde nicht zulassen, dass das Schmuckstück während der Hausparty herausgenommen und getragen wurde. Der übliche Modus Operandi dieser Diebesbande war es, während öffentlicher Veranstaltungen oder Versammlungen zu stehlen, aber er wollte es ihnen nicht zu leicht machen. Wenn sie den Diamanten wollten, mussten sie ihn unter seinen Bedingungen stehlen. Und wenn sie das taten, würden er und seine Freunde auf sie vorbereitet sein.

Nachdem er sich von der Sicherheit des Diadems überzeugt hatte, verließ er sein Arbeitszimmer und nickte dem Diener zu, der draußen wartete.

„Bleib auf der Hut, Oscar. Lee wird dich in ein paar Stunden ablösen."

„Jawohl, Euer Gnaden." Der Mann stand neben der geschlossenen Tür des Arbeitszimmers. Fitz hatte zwei seiner vertrauenswürdigsten Bediensteten in den Plan zur

Ergreifung der Diebe eingeweiht, ebenso wie seinen Diener Stewart. Sie hatten vereinbart, abwechselnd nach jedem Ausschau zu halten, der versuchen könnte, das Juwel zu stehlen.

Als Fitz den großen Eingangsbereich von Helston Heath erreichte, fand er seine Großmutter vor, die den stetigen Strom ankommender Gäste begrüßte. Fitz lehnte sich an die Wand des Korridors und beobachtete die Männer und Frauen, die durch sein Haus paradierten, aus sicherer Entfernung. Niemand bemerkte ihn, denn seine Großmutter hatte ihre volle Aufmerksamkeit, was Fitz die Möglichkeit gab, jeden Mann genau zu mustern. Wer waren die Diebe? Er würde es schon bald herausfinden.

„Auf der hinteren Terrasse gibt es Tee für alle", verkündete seine Großmutter. „Die Gäste können sich gerne frisch machen oder zu den anderen nach draußen gehen."

Die meisten der Männer folgten dem Butler auf die Terrasse. Mr. Tracy, ihr langjähriger Familienbutler, war Fitz und seiner Großmutter aus dem Londoner Stadthaus vorausgereist, um das Landhaus zu öffnen und die Feier vorzubereiten. Die Hälfte der Damen ließ sich auf ihre Zimmer bringen, und Bedienstete standen bereit, um sie nach oben zu führen. Neben der Tür stehend, nahm Fitz mehr als nur eine Frau unter die Lupe, als sie vorbeigingen, und jede errötete und wandte den Blick ab. Die meisten waren jung, ein paar waren eher matronenhaft, aber auch sie erröteten, als er ihnen zunickte und lächelte. Er wusste, dass er charmant sein konnte, wenn er es wollte.

„Willkommen", murmelte er, als sie wie ein bunter Vogelschwarm an ihm vorbeizogen.

Ein weiteres Frauentrio kam die Eingangsstufen herauf und betrat sein Haus. Die ersten beiden erkannte er als

Hannah Winslow und Julia Starling. Die beiden schenkten ihm kaum einen Blick, während sie flüsterten und ihre Köpfe zueinander neigten. Seine Lippen zuckten. Keine von ihnen mochte ihn, aber Julias Tante und Fitz' Großmutter waren alte Freundinnen.

Er hatte Hannahs Ehemann Jeremy bereits gekannt, als sie noch Jungs in Eton gewesen waren, und es war ein schwerer Schlag für England gewesen, ihn in so jungen Jahren bei diesem Zugunglück zu verlieren. Fitz hatte sich mit den beiden Frauen privat unterhalten und sogar gelegentlich mit ihnen getanzt, betrachtete sie aber sicher nicht als Freundinnen. Die Frau, die Hannah und Julia folgte, die Frau, deren kornblumenblaue Augen sich weiteten, als sie ihren Blick über den großen Marmor-Eingang seines Hauses schweifen ließ, war die Frau, die er sowohl gefürchtet als auch gehofft hatte zu sehen, seit er seine Großmutter gebeten hatte, sie einzuladen.

Hatte er sich nur eingebildet, was er an jenem Abend, an dem er sie getroffen hatte, für sie empfunden hatte? Er hatte sich eingeredet, dass er es geträumt hatte, aber jetzt, wo sie hier war, konnte er nicht leugnen, dass seine Faszination so stark war wie damals. Diese Frau zog ihn in ihren Bann. Ihr langes dunkles Haar war mit einem roten Seidenband in lockeren Wellen hochgesteckt. Sie trug ein rotes Seidendamastkleid mit einem cremefarbenen Revers, das hinter ihr in eine kurze Schleppe überging. Die kräftigen Farben wirkten königlich an ihr, und sie bewegte sich so vorsichtig, so *anmutig* in sein Haus, dass er kurz das Gefühl hatte, sie sei eine verlorene Prinzessin, die den Weg zu seiner Tür gefunden hatte. Es war eine törichte, romantische Vorstellung, aber es schien, dass sie eine gewisse Art hatte, Sentimentalität aus ihm herauszuholen.

Als ihr Blick schließlich in seine Richtung schweifte, stotterte sein Herz einen Moment lang und er hielt den Atem an. Ihre leuchtenden, ausdrucksstarken Augen zeigten Überraschung, dann Freude, dann Besorgnis. Es war, als sei sie ein verdammter Spiegel seiner eigenen Seele.

Hannah und Julia verlangsamten ihre Schritte, um auf sie zu warten, und sie blinzelte, um den Bann zwischen ihnen zu brechen, bevor sie zu ihrer Cousine und ihrer Freundin eilte.

Tabitha Sherborne. Wenigstens hatte er jetzt einen Namen für seine geheimnisvolle Schönheit.

Fitz lächelte, als er sie ein zweites Mal fliehen sah. Sie konnte rennen, aber er liebte es, sie zu verfolgen. Vielleicht war es das, was er brauchte. Eine romantische Ablenkung. Etwas, das ihn bei der Verfolgung dieser Diebe ablenken konnte. Er hatte seit mehr als einem Jahr keine Geliebte mehr gehabt, und nur ein paar kurze Nächte in Schottland mit ein paar Damen, die am nächsten Morgen nichts von ihm erwartet hatten.

Fitz' Lächeln wurde breiter, als ihm klar wurde, dass es ein großes Problem mit dem gab, was er wollte. Tabitha war *nicht* die Art von Frau, mit der ein Gentleman eine kurze Affäre hatte. Sie war eindeutig eine sanftmütige Lady aus guter Familie, die noch nicht verheiratet war. Er konnte, oder besser gesagt, sollte sie nicht verführen. Außerdem hatte sie eine unheimliche Wirkung auf ihn. Sie ließ ihn die Kontrolle über seine Gefühle verlieren, ließ ihn vergessen zu atmen und vergessen, wo er war.

Wenn er Tabitha ansah, war es, als würde er in einen Traum voller mondbeschienener Paläste und dem schweren Duft blühender Blumen fallen. Er hatte von den verschwommenen Traumwelten gehört, in denen Opiumsüchtige lebten, und das erinnerte ihn daran, wie er sich jetzt bei Tabitha fühlte. Betrunken vor Verlangen und außer Kontrolle.

Weitere Gäste strömten durch die Vordertüren, und schließlich gesellte er sich zu seiner Großmutter, um seine Pflichten als Gastgeber zu erfüllen.

„Da bist du ja, mein Junge", murmelte sie zwischen der Begrüßung der nächsten Gäste.

„Ja, hier bin ich", antwortete er.

„Deine Miss Sherborne war gerade hier."

„Sie ist nicht *meine* Miss Sherborne", erinnerte er sie.

„Noch nicht." Seine Großmutter lächelte, und die schiere Entschlossenheit einer Frau ihres Alters und ihres Standes gab ihm das Gefühl, dass es eines Tages so sein würde.

Das Wort „noch" hätte eine Bedrohung für seine sorgfältig kontrollierte Welt sein sollen, aber stattdessen fühlte es sich seltsamerweise wie ein Versprechen an.

❦

DAS HAUS WAR GROSS. ZU GROSS. TABITHA FÜHLTE SICH von den offenen Räumen dieses palastartigen Landhauses erdrückt. Sie hatte die letzten Monate in London mit Julia und Hannah in Hannahs Stadthaus verbracht, nicht auf dem Land. Dies war eine völlig neue Erfahrung für sie. Jede Marmoroberfläche glänzte. Die Treppe war breit und die Teppiche waren neu. Die Porträts und Wandteppiche, die die Wände bedeckten, waren atemberaubend. Es gab so viel zu sehen, dass sie nicht wusste, wo sie anfangen sollte. Ihr Blick schweifte umher und sie versuchte, alles in sich aufzunehmen.

Und dann sah sie *ihn*. Den geheimnisvollen Fremden, den sie am Abend des Konzerts kennengelernt hatte. Sie blieb wie erstarrt stehen, als sein Blick den ihren traf. Er lehnte an der Wand und der Korridor erstreckte sich hinter ihm. Er trug einen feinen dreiteiligen dunkelblauen Anzug, ohne Gehrock oder Mantel, was in ihren Augen auf wunderbare und doch subtile Weise unkonventionell wirkte. Dazu trug der Mann ein adrett gefaltetes, strahlend weißes Halstuch, das einen Kontrast zu seinem dunklen Anzug bildete. Er sah aus wie ein römischer Gott, der über die Sterblichen wachte, die sein Reich betraten.

„Tabby, komm schon", flüsterte Julia.

Sie wandte sich vom Blick des Mannes ab. Ihre Freundinnen waren schon viel weiter vor ihr auf dem Weg zur Terrasse, auf der der Tee serviert wurde. Sie beeilte sich, sie einzuholen, und versuchte, den mysteriösen Mann für den Moment aus ihrem Kopf zu verdrängen.

Sie hatten einen Diamanten zu stehlen. Die Mission, die sie in die Welt der Fröhlichen Rotkehlchen geführt hatte, war noch wichtiger als zuvor. Erst letzte Woche hatte Hannah einen Brief von Anne erhalten, ihrer Freundin aus Amerika, die in London wegen Lord Helstons Aktionen geächtet worden war.

Anne hatte geschrieben, dass sie auch in New York keine Verbindungen herstellen konnte. Die Umstände im Zusammenhang mit der Auflösung von Annes Verlobung hatten ihre Aussichten in England zunichte gemacht. Und diese Umstände waren ihr über den Ozean gefolgt und hatten sich in wilden und unbegründeten Gerüchten über grobe Missetaten und unangemessenes Verhalten manifestiert. Es hatte sich so verselbständigt, dass sie sich nicht mehr in der Öffentlichkeit zu zeigen wagte. Julia und

Hannah hatten beschlossen, dass sie nicht länger warten konnten, um Helston für seine Untaten zu bestrafen. Sie hatten gehofft, warten zu können, bis er sich eine Braut ausgesucht und ihr den Diamanten geschenkt hatte, aber Hannah hatte auf ihrem Rachebedürfnis beharrt, obwohl der Diamant immer noch seiner Großmutter gehörte. Dieser Mann hatte einfach keine anderen Schwächen, die sie ausnutzen konnten.

Tabitha gesellte sich zu Hannah und Julia, als sie über die Schwelle auf eine große Steinterrasse traten, die für einen feinen Nachmittagstee dekoriert war. Sie erkannte viele der Gäste hier von früheren Veranstaltungen, bei denen die Fröhliche Rotkehlchen zugeschlagen hatten, was die Sache komplizierter machen würde. Aber dieses Haus war noch viel einschüchternder. Es gab nicht nur die vielen anderen Gäste, denen man aus dem Weg gehen musste, sondern hier war auch die dreifache Anzahl von Bediensteten anwesend.

„Wir werden überall beobachtet werden", sagte Tabitha, als sie die Teetasse annahm, die Hannah ihr anbot. Das Trio ging an den Rand der Terrasse, um dort Tee zu trinken, wo sie nicht belauscht werden konnten.

„Ich nehme an, die Nacht wird es einfacher machen, nicht wahr?", schlug Hannah vor. „Dann sind weniger Bedienstete unterwegs. Wenn wir den Diamanten zwischen Mitternacht und vier Uhr morgens stehlen, sollten alle im Bett sein."

„Das bringt uns zu unserem nächsten Hindernis. Wo könnte das Juwel versteckt sein? Dieses Haus hat tausend Räume. Wir können uns auf keinen unserer Pläne aus der Zeit verlassen, als wir vorhatten, den Stein in London zu stehlen." Tabitha nickte in Richtung der Rückseite des riesigen Herrenhauses. Alles, was sie sah, war eine endlose Reihe von Fenstern, die sich in die Ferne erstreckten.

„Hannah“, begann Julia. „Du kennst Helston besser als ich. Vielleicht könnten wir ihn dazu bringen, dich hier herumzuführen? Er wird dich besser behandeln als eine von uns. Du könntest das Haus erforschen, während er dich herumführt. Ich glaube, er würde dir einiges erzählen, wenn du ihn höflich darum bittest“, sagte Julia und klimperte mit den Wimpern.

„Ich bezweifle, dass er das würde“, erwiderte Hannah mit einem leisen Lachen. „Das letzte Mal, als wir miteinander gesprochen haben, habe ich ihn geohrfeigt.“

Julia schnappte nach Luft. „Das hast du getan? Wann war das?“

„In der Woche, nachdem Anne nach New York segelte. Ich traf Helston auf einem Ball und er forderte mich zum Tanz auf. Ich habe meinen Kopf verloren – oder besser gesagt, meine Hand.“ Hannah nippte verschämt an ihrem Tee. „Ich bedauere es nicht. Der Ausdruck in seinem Gesicht, als er seine Wange berührte... nun, er hatte eindeutig nicht erwartet, dass ausgerechnet ich ihn schlagen würde.“

Beim Gedanken an die süße, sanfte Hannah, die dem schönen Bastard eine Ohrfeige gab, biss Tabitha sich auf die Lippe, um ein Grinsen zu verbergen. Es hätte auch sie schockiert, das mitzuerleben.

„Oh Gott, da ist er“, zischte Julia und nickte einem Mann zu, der soeben auf die Terrasse getreten war.

Tabitha studierte die Leute um sie herum, bemerkte aber nur einen Gentleman, der sich gerade zu den Gästen gesellt hatte. Der geheimnisvolle Fremde vom Konzertabend. Sie wollte gerade fragen, wen sie damit meinten, aber an ihren Gesichtern war zu erkennen, dass es tatsächlich er war.

„Nein...“ Sie hatte ihren Freundinnen kein Wort von ihrer Begegnung an jenem Abend erzählt. Es war zu persönlich gewesen, zu besonders, um es jemandem zu erzählen.

Nein, nein, nein. Er konnte nicht der Duke sein. Ein Duke hätte sich einer Dame vorgestellt, wenn sie sich unter solchen Umständen begegnet wären. Ein Duke hätte sich auch nicht mit ihr oben auf der Treppe versteckt, oder?

„Julia, ist *das* Lord Helston?“ Sie ließ ihren Blick zu dem umwerfenden Mann im dreiteiligen Anzug schweifen, der sich langsam auf sie zubewegte.

„Ja, das ist er“, flüsterte Julia leise. „Ich habe dir doch gesagt, dass er ein schöner Bastard ist.“

„Beruhigt euch. Da kommt er“, raunte Hannah einen Moment, bevor Lord Helston direkt vor ihnen stehenblieb. Seine sturmblauen Augen musterten die drei, und seine Lippen zuckten, als er sich verbeugte.

„Ich habe leider die Chance verpasst, Euch in meinem Haus willkommen zu heißen. Miss Starling.“ Er wandte sich zuerst an die beiden anderen. „Mrs. Winslow. Es ist schön, Euch wiederzusehen.“

„Danke für die freundliche Einladung, Lord Helston“, erwiderte Hannah sanft, wenn auch ein wenig eisig.

„Angesichts unserer letzten Begegnung bin ich überrascht, dass Ihr sie angenommen habt.“

„Nun, von Euch und Eurer reizenden Großmutter benötigt nur einer eine Verhaltenskorrektur“, sagte Hannah scharfsinnig. „Und ich würde Lady Helstons Einladung niemals ausschlagen.“

Der Duke lachte und fletschte seine weißen Zähne wie ein Wolf. Der satte Klang seines Lachens bewirkte etwas Seltsames in Tabithas Bauch und verwandelte ihn in ein warmes Durcheinander. Sie legte ihre Hand auf ihren Bauch und versuchte, ruhig zu bleiben, aber ihre kleine Bewegung entging ihm nicht.

„Verzeiht, aber Ihr müsst mich mit Eurer Begleiterin bekannt machen, Mrs. Winslow."

„Ah ja. Dies ist meine Cousine, Miss Tabitha Sherborne", stellte Hannah sie vor. „Tabitha, das ist Seine Gnaden, der Duke of Helston."

Julia stupste Tabitha an, die instinktiv ihre Hand nach dem Duke ausstreckte. Er beugte sich vor und drückte ihr einen Kuss auf den Handrücken. Hitze flammte an der Stelle auf, an der seine Lippen ihre Haut berührten, und schlug Wellen in ihr wie ein Stein, der in einen tiefen See geworfen wurde.

„Willkommen, Miss Sherborne."

„D-danke."

„Wir haben gerade darüber gesprochen, wie schön Euer Haus ist, Lord Helston", sagte Julia. „Tabitha sieht nicht oft Häuser von solcher Pracht. Könnten wir Euch wohl bitten, ihr das Haus und das Grundstück zu zeigen?"

Tabitha versteifte sich und warf ihrer Freundin einen fragenden Blick zu. Julia nickte leicht mit dem Kopf, um sie zu ermutigen.

„Würde Euch das gefallen, Miss Sherborne? Ein so großartiges Haus zu besichtigen?" Ein teuflischer Schalk blitzte in Helstons Augen auf.

„J-ja", stotterte sie. Gott, sie war verrückt, dass sie das für eine gute Idee hielt.

Er bot ihr seinen Arm an. „Nun dann. Ich würde mich freuen, Euch herumzuführen.“

„Wunderbar.“ Julia gab Tabitha einen kleinen Schubs, und sie stolperte fast in Helston hinein, der sie zwang, seinen Arm zu umklammern. Sie warf einen Blick zurück zu ihren Freundinnen, die ihr aufmunternd bedeuteten, dass sie mit Helston gehen sollte. Es sollte nicht nur ein einfacher Rundgang sein. Sie sollte das Haus daraufhin untersuchen, wo er den Diamanten verstecken könnte. Genau das sollte es sein.

„Hier entlang, Miss Sherborne.“ Helston bedeckte ihre Hand auf seinem Arm mit seiner. Tabitha bemerkte, dass er keine Handschuhe trug, und sie auch nicht. Dieser Hautkontakt war warm und so elektrisch wie Theaterlicht. Sie war sich seiner viel zu bewusst.

„Helston Heath wurde 1549 erbaut. Nach einem Brand im Jahre 1703 wurde das hölzerne Herrenhaus aus der Tudorzeit durch das steinerne Haus, das Ihr vor Euch seht, ersetzt.“ Er führte sie den Gartenweg entlang, der sich an der Rückseite des Hauses entlangzog. Als sie weit genug von den anderen Gästen entfernt waren, begegnete er ihrem Blick.

„So sieht man sich also wieder, diesmal auf angemessene Art und Weise“, sagte er kichernd. „Ich war sehr neugierig darauf, Euch zu finden, seit Ihr wie Aschenputtel geflohen seid. Nur habt Ihr keinen Schuh auf der Treppe zurückgelassen, den ich mir an die Brust klammern konnte.“

Sie errötete, griff in ihre Rocktasche und holte das Taschentuch hervor, das sie seit jenem Abend bei sich trug.

„Das gehört Euch. Ich wollte es nicht behalten, aber ich wusste nicht, wer Ihr seid, um es Euch zurückzugeben.“ Es widerstrebte ihr jedoch, sich von ihm zu trennen. Selbst jetzt, da sie wusste, dass dieser Mann ein elender Bastard war, wollte sie etwas, das für sie eine so schöne Erinnerung war, nicht loslassen. In diesem Moment war sie keine Diebin und er war kein Duke. Sie waren einfach zwei Menschen, die einen persönlichen Moment aus den Tiefen ihrer Seelen teilten.

„Bitte behaltet es, wenn Ihr möchtet. Es besteht immer die Möglichkeit, dass mein Haus Euch zu Tränen rührt und Ihr wieder weinen möchtet", stichelte er.

Unfähig zu widerstehen, lachte sie. „Es ist ein *absurd* großes Haus", bemerkte sie und hielt sich daraufhin verlegen den Mund zu.

„Das ist es, nicht wahr? Es wird schön sein, wenn all diese Räume für die Hausparty gefüllt sind", gab er zu. „Die Leere kann einsam sein."

Tabitha dachte an ihre alte Wohnung in dem Lagerhaus am Hafen und daran, dass sie sich trotz der anderen jungen Frauen, die sie umgaben, dort ganz allein gefühlt hatte.

„Man kann auch in einem überfüllten Raum einsam sein", bemerkte sie.

Er seufzte und klang dabei so müde, dass es ihr das Herz zerriss. „Wie recht Ihr habt."

„Lasst mich Euch nun das Innere des Hauses zeigen." Er begleitete sie zu einem Hintereingang, vorbei an den Gärten und einem großen Gewächshaus, wo er ihr eine Tür aufhielt.

„Lest Ihr gerne, Miss Sherborne?", fragte er, als sie mit ihm eintrat.

„Ja, durchaus."

Er trat zu ihr und schloss die Tür hinter ihr, als sie auf einen langen Korridor, von dem viele Zimmer abgingen, blickten. Helston schenkte ihr ein charmantes, aber arrogantes Grinsen, während er aus einem Buch zu zitieren begann:

„Das weiße Kaninchen setzte seine Brille auf. ‚Wo soll ich anfangen, bitte, Majestät?‘, fragte es. ‚Fang am Anfang an‘, sagte der König mit ernster Miene, ‚und fahre fort, bis du zum Ende kommst; dann höre auf.‘“

„Alice im Wunderland,“ sagte Tabitha mit einem erfreuten Lächeln. Sie hatte das Buch vor einem Monat gelesen, und es hatte sie sehr beeindruckt.

„Ganz genau. Lasst uns also am Anfang beginnen.“ Er winkte den Porträts zu, als sie vorbeikamen. „Dies sind die Vorfahren aus der Helston-Familie. Langweilig aussehende Kerle, nicht wahr?“ Sein Tonfall war immer noch neckisch, und Tabitha lehnte sich ein wenig näher an ihn heran, ihren Arm immer noch in seinen gelegt, während sie vorangingen. Er führte sie durch eine Reihe prächtiger Räume und endete in einem, der eine Mischung aus weißen Wänden, vergoldeten Oberflächen, roten Damastvorhängen und beeindruckenden Möbeln war. An der Decke hing ein riesiges Fresko, das griechische Götter beim Spiel auf dem Olymp zeigte.

Am anderen Ende des Raumes befand sich ein großes Familienporträt, auf das sie nun zusteuerten. Es zeigte ein hübsches Paar und einen kleinen Jungen von sechs oder sieben Jahren, die sich in einer ländlichen Szene an einem See entspannten, während ein Jagdhund neben dem Jungen saß, den er liebevoll streichelte.

„Seid Ihr das?“, fragte Tabitha.

Helstons Blick wurde weicher. „Ja. Das bin ich mit meinen Eltern.“ Er blickte schnell weg, und sie sah den alten Schmerz in seinen Augen aufblitzen. Prompt zog er sie von dem Gemälde weg. „Gut, sollen wir fortfahren?"

„Euer Gnaden." Tabitha zog an seinem Arm und zwang ihn, stehenzubleiben. „Ich hatte noch keine Gelegenheit, mich dafür zu bedanken, dass Ihr mir neulich von Eurem Vater erzählt habt."

Seine Kiefermuskulatur spannte sich an, während er um Worte rang. War er wütend auf sie?

„Ich... Ich spreche normalerweise nicht über meinen Vater", fügte sie leise hinzu. „Aber es war schön, mit Euch über meinen und über Euren zu sprechen."

Seine Züge wurden hart in ihrer Schönheit, als sich seine Lippen öffneten, aber er zögerte einen Moment, bevor er sprach.

„Miss Sherborne, wir sollten den Rundgang fortsetzen."

Sie sprach das Thema der Väter nicht mehr an, als er sie aus dem Zimmer führte. Er hatte sich in einen inneren Turm zurückgezogen, wo sie ihn nicht erreichen konnte.

Als sie an einer Reihe von Räumen vorbeikamen, sah sie einen Diener, der ganz offensichtlich vor einer der Türen Wache stand. Es schien seltsam untypisch für einen Bediensteten, so sichtbar zu sein, wenn man bedachte, wie unsichtbar Diener eigentlich sein sollten.

„Was befindet sich in diesem Raum, Euer Gnaden?", fragte sie und deutete auf das Zimmer.

„Was? Oh, das ist mein Arbeitszimmer. Ich beschloss, dass ein wenig zusätzliche Sicherheit nötig war. Da diese fröhlichen Diebe in London ihr Unwesen treiben, habe ich beschlossen, das Diadem meiner Großmutter aufs Land zu bringen, wo es sicher ist. Diese dreisten Kerle werden wohl kaum hierherkommen, wenn sie in London genug Juwelen zu stehlen haben."

Tabitha war geübt darin, ihre Reaktion auf Dinge zu verbergen. „Ihr denkt doch wohl nicht, dass diese Diebe Eure Großmutter bestehlen würden?"

„Der wichtigste Diamant in diesem Diadem ist der zweitwichtigste nach dem in den Kronjuwelen, und er ist als Hochzeitsgeschenk für meine Braut gedacht, wenn ich mich entschließe zu heiraten. Ganz London weiß, dass dieser Edelstein nur mir gehört. Es ist meine Pflicht, diesen Diamanten zu schützen."

Tabitha sah in Helston nun das Aufblitzen der arroganten Überheblichkeit, von der ihre Freundinnen gesprochen hatten, aber sie sah auch etwas, was die beiden nicht gesehen hatten. Ja, er schien ziemlich arrogant zu sein, aber sie war gut darin, Menschen zu lesen, und sie erkannte, dass Helstons Verhalten eine sorgfältig aufgebaute Fassade war. Genau wie ihre eigene. Sie war keine hochwohlgeborene Lady, und doch war sie hier, schlenderte mit einem gutaussehenden Duke in dessen Landsitz herum und genoss es.

Helston zog sie plötzlich in einen leeren Salon und drückte sie gegen die Wand, eine Hand hielt ihr den Mund zu, während er sie mit seinem Körper festhielt. Die aufflackernde Panik, einem Mann so nahe zu sein, den sie nicht kannte, wich dem seltsamen Gefühl, dass es richtig war, sich mit ihm in dieser Situation zu befinden. Er roch nach Wald und Wildheit, während sich ihre Röcke um ihre Beine schlangen, als er einen seiner Füße zwischen die ihren schob und sie noch näher zusammenbrachte.

„Still", flüsterte er und seine Lippen streichelten ihr Ohr. Sie begann sich zu wehren, weil sie Angst vor dem hatte, was er vorhatte. So sehr sie ihn auch in dieser Nähe mochte, sie konnte nicht zulassen, dass er etwas so Gefährliches tat, wie sie zu küssen, denn dann würde sie ihrem Verlangen nachgeben und ihn gewähren lassen. Sie musste sich davor hüten, einen gefährlichen Weg einzuschlagen, der ihre Mission, seinen Diamanten zu stehlen, nur verkomplizieren würde.

„Vertraut Ihr mir, Tabitha?", fragte er in einem rauen Flüsterton, der ihr einen Schauer über den Rücken jagte.

Das sollte sie nicht. Sie sollte den Kopf schütteln und sich gegen seine breiten Schultern stemmen und ihm entkommen... aber das tat sie nicht, also nickte sie, weil sie ihm vertraute. Nach einem Moment merkte sie, dass sein Blick nicht auf sie gerichtet war, sondern auf etwas draußen auf dem Korridor. Jemand war im Anmarsch.

„Gut. Und jetzt seid ganz leise, sonst hören sie uns", mahnte er und senkte seinen Kopf zu ihr hinab.

KAPITEL 4

Tabithas Kehle war trocken und ihre Haut brannte, als sie zu Helston und seinem verführerischen, arroganten Mund hinaufblickte, der in diesem Moment geradezu reif für einen Kuss zu sein schien.

Wollte er sie küssen?

Er senkte seinen Kopf zu ihr, aber er berührte ihren Mund nicht mit der Hand, und er versuchte auch nicht, sie zu küssen. Er hielt ganz still, den Kopf geneigt, seine Wange berührte ganz leicht ihren Arm, während das leise Geräusch von Stimmen den Flur herauftönte. Er hielt vollkommen still, und das gab ihrem Geist gerade genug Raum, um sich daran zu erinnern, dass jemand den Korridor entlang auf sie zukam. Tabitha erkannte eine der Stimmen als die Dowager Duchess, aber ihre Worte waren etwas unterbrochen, als sie mit jemandem flüsterte.

„Mr. Tracy, Ihr müsst Fitz genau im Auge behalten... sich so seltsam verhalten... Ich kann mir nicht erklären, warum... Ich setze meine Hoffnungen auf..." Ihre Worte wurden abrupt unterbrochen.

„Worauf, Euer Gnaden?", hörte sie den Butler fragen.

„Oh, es kommt mir albern vor, aber ich möchte ihn verheiratet sehen. Ich werde nicht jünger, und nachdem er seinen Vater verloren hat, muss ich wissen, dass er sesshaft und glücklich ist."

„Er scheint recht zufrieden zu sein", meinte Mr. Tracy.

„Zufrieden und glücklich ist nicht dasselbe. Ich fürchte, ich habe ihn enttäuscht, Mr. Tracy. Wenn sein Vater sein Leben nicht selbst beendet hätte, wenn er nicht in diesen verdammten Krieg gezogen wäre, frage ich mich, ob Fitz die Welt vielleicht mit anderen Augen gesehen hätte. Mein Enkel hat mehr Schmerz als Freude erlebt. Eine Frau zu finden, die *richtige*, könnte ihn retten."

„Und Ihr denkt, er hat eine solche Frau gefunden?"

„Er hat mich gebeten, das Sherborne-Mädchen einzuladen. Ich glaube, er ist von ihr angetan. Es ist das erste echte Interesse, das er an einer Frau zeigt. Ich will verdammt sein, wenn ich diesen Vorteil nicht ausnutze."

Tabitha hielt den Atem an und Helston versteifte sich gegen sie, als die Stimmen lauter wurden und sie fürchteten, entdeckt zu werden.

Wenn seine Großmutter sie so vorfände, würde das einen Skandal auslösen. Er könnte sogar gezwungen sein, ihr seine Hand zur Heirat anzubieten. Das durfte nicht passieren. Es spielte keine Rolle, dass sie ihn mochte, dass seine Nähe und seine bezaubernde Berührung wunderbare Dinge bewirkten, die ihr ein Gefühl von Lebendigkeit vermittelten. Auch wenn sie nicht mit der Absicht hier war, ihn für seine Missetaten zu bestrafen, konnte eine Ehe mit jemandem wie ihr nur in Schande enden.

„Ich nehme an, Ihr habt einen Plan, um sie zusammenzubringen?", fragte Mr. Tracy, und seine Stimme wurde wieder leiser, als sie vorbeikamen.

„Ja, ich möchte, dass sie bei jeder Mahlzeit nebeneinandersitzen und..." Der Rest der Worte der Witwe wurde verschluckt, als sie und der Butler weiter den Flur hinuntergingen und um eine Ecke bogen, sodass sie nicht mehr zu hören waren.

Einen langen Moment bewegten sich weder Tabitha noch Helston. Er blieb angespannt an ihr, während er langsam ausatmete. Er entfernte seine Hand von ihrem Mund, und sie starrten sich an, die Gesichter immer noch nah beieinander.

Die Worte der Witwe wirbelten in Tabithas Kopf herum wie ein Kaleidoskop, das sich drehte. *„Ich glaube, er ist von ihr angetan."* War er das? Der Gedanke, dass ein Duke Interesse an ihr haben könnte, verwirrte sie.

Helston hob seine Hand an ihre Wange und strich mit dem Fingerrücken über ihre Haut. Die Liebkosung fühlte sich wunderbar an.

„Euer Gnaden..." Ihre Worte waren schwach, denn sie war noch immer von dieser Nähe überwältigt.

„Sagt mir, dass ich Euch gehen lassen soll, Tabitha. Sagt es mir jetzt..." Er benutzte ihren Vornamen, obwohl sie ihm dies nicht erlaubt hatte. Die Art und Weise, wie er einfach ihren Namen aussprach, ließ ihren Körper mit einer wilden und urwüchsigen Hitze erglühen.

„Wenn Ihr das nicht tut, werde ich Euch küssen", warnte er. „Mein Gott, ich werde wahrscheinlich noch viel mehr tun als das. Meine Großmutter hat recht, wisst Ihr. Ich bin von Euch angetan." Seine Stimme wurde tief.

„*Angetan* scheint allerdings kein passendes Wort zu sein. Ich fühle mich eher *besessen* von Euch.“

„Besessen?“, echote sie, als sie merkte, dass ihre Hände nach oben gewandert waren, um seine Weste zu ergreifen. Bis zu diesem Moment hatte sie nicht einmal bemerkt, dass sie nach ihm gegriffen hatte.

„Dies ist Eure letzte Chance. Stoßt mich weg. Sagt mir, ich soll aufhören.“

Aber ihre Lippen konnten die Worte nicht formen. Sie fühlten sich falsch an. Sie sehnte sich nach einer solchen Verbindung mit ihm, auch wenn sie wusste, dass sie nur kurz sein würde.

Also neigte sie ihr Gesicht zu seinem, ihre Wimpern senkten sich, als sie Helstons schönen Mund betrachtete, und sie war verloren.

Mit einem leisen Knurren nahm er ihre Handgelenke in eine seiner Hände und hob sie über ihren Kopf, um sie an der Wand zu fixieren. Der sinnliche Angriff seiner Lippen auf die ihren war wie nichts, was sie zuvor erlebt hatte. Tabitha verfiel in eine Euphorie, als sich ihre Lippen für seine öffneten und seine Zunge in ihren Mund eindrang, um gegen ihre zu stoßen. Er küsste sie rücksichtslos, verschlang sie geradezu. Sie verstand das Gefühl. Sie wollte dasselbe – alles von ihm, jede Faser seines Wesens, um sich mit ihm auf jede erdenkliche Weise zu verbinden. Ein heftiges Verlangen setzte zwischen ihren Schenkeln ein und sie wimmerte, drückte sich dicht an ihn und suchte nach einer Linderung ihres Bedürfnisses.

Er löste seine Lippen von ihrem Mund und bahnte sich einen Weg bis zu ihrem Ohr. Sie protestierte mit einem Wimmern gegen den Verlust seines Mundes auf dem ihren.

„Willst du mich, meine Liebe? Brauchst du mich?“, verlangte er in einem rauen Keuchen zu wissen.

„Ja.“

Er zog ihr rechtes Bein hoch und drückte es gegen seine Hüfte. So konnte sie sich an seinem Oberschenkel reiben, was das wilde Bedürfnis in ihr nur noch steigerte, das Verlangen nach Dingen, von denen sie lange dachte, sie würde sie nie erfahren.

„Das ist es, meine Liebe“, murmelte er, und dann küsste er sie wieder. Seine geschickten Finger glitten unter die weiten Schichten ihrer Röcke, um die nackte, verletzliche Haut ihrer Innenschenkel und das erregte Zentrum ihres Körpers zu finden, das vor Verlangen pochte.

Die erste Liebkosung seiner Finger an der Stelle, die sich so sehr nach seiner Berührung sehnte, ließ sie vor Schreck aufschreien. Er dämpfte den Laut mit seinem Mund, und sie wölbte sich gegen ihn und drängte ihn, weiterzumachen. Nach einem langen, quälenden Moment, gab er ihr, was sie brauchte. Er ließ einen Finger in sie gleiten und stieß ihn tief hinein. Sie stöhnte auf, als tausend Empfindungen in ihr tobten.

„Ja“, ermutigte er sie mit einem schroffen Flüstern. „Das ist mein braves Mädchen. Nimm dir, was du willst.“ Er stieß seinen Finger etwas tiefer, und sie presste sich an ihn und versuchte, den Finger hinein und heraus zu schieben. Sie entwickelten einen Rhythmus, er bewegte seine Hand gegen ihren Schamhügel und sie zuckte, als sich die Spannung in ihr aufbaute.

Sie polterten gegen die Wand, so grob und drängend waren ihre Bewegungen. Die Art, wie er raunte, sie solle sich nehmen, was sie wolle, wie er sie sein braves Mädchen nannte, all das entfachte ein tiefes Feuer in ihr und sie schrie wieder auf. Diesmal bedeckte er ihren Mund nicht, er küsste sie nicht, er starrte sie einfach an, während sie sich in ein Wesen reiner Glückseligkeit auflöste.

Ihre Blicke trafen sich, und sie wusste in diesem Moment, dass jeder Teil von ihr ihm gehörte. Sein Blick verzehrte sie, und sie konnte nichts anderes tun, als sich dem Moment hinzugeben. Ihr Körper verkrampfte sich, während kleine Nachbeben in ihr hochkamen. Helston absorbierte jedes ihrer kleinen Beben, sein Blick war immer noch intensiv, während er ihre Handgelenke über ihrem Kopf hielt und ihren Körper gegen die Wand drückte.

„War das dein erstes Mal?", fragte er, als ihr Zittern nachließ.

„Mein erstes Mal?"

„Dieses Vergnügen. Man nennt es den Höhepunkt. Hast du ihn schon einmal gespürt?"

Tabitha schüttelte langsam den Kopf, und er atmete aus, beugte sich vor und drückte seine Stirn an ihre.

„Es hat sich noch nie... *so* angefühlt... als ich es gewagt habe..." Sie beendete den Satz nicht.

„Als du dich getraut hast, dich zu berühren?", fragte er und sie nickte. „Du bist noch unschuldig", sinnierte er und schloss die Augen. Auch sie schloss kurz die Augen und ließ das Gefühl, das sie miteinander geteilt hatten, wieder aufleben. Es fühlte sich so tief an, so *real* im Vergleich zu allem anderen, was sie je erlebt hatte.

„Du hast eine so schöne Reaktion auf die Lust. Mein Gott..." Helston lächelte, als er seine Augen öffnete. „Wenn ich vorher schon so verrückt nach dir war, dann bin ich es jetzt erst recht."

Langsam zog er seine Hand unter ihren Röcken zurück, was sie zucken und ihre Beine erzittern ließ.

„Nicht bewegen." Er benutzte ein Taschentuch, um seine Finger zu säubern und wischte ihr damit zwischen die Beine. Sie bedeckte aus Scham erst ihr Gesicht mit den Händen, aber dann schaute sie ihn durch gespreizte Finger hindurch an.

„Sei nicht so schüchtern – nicht nach dem, was wir gerade erlebt haben", sagte er kichernd. Dann hob er sie in seine Arme und trug sie zu einer Couch hinüber. Er setzte sich und zog sie auf seinen Schoß. Sie wollte abrutschen, um sich neben ihn zu setzen, aber er tadelte sie, als wäre sie ein ungezogenes Kind.

„Du brauchst eine Minute, um wieder auf die Beine zu kommen. Ruh dich einfach aus", sagte er. „Niemand wird uns sehen."

Sie schwieg eine ganze Weile, um wieder zu Atem zu kommen. „Habt Ihr... äh... hast *du* das schon mit vielen Frauen gemacht?", fragte sie schließlich. Sie hatte sich unwiderruflich verändert, aber sie fürchtete, dass ihm das nichts ausmachte. Die Männer, mit denen sie auf der Straße zu tun gehabt hatte, sprachen gefühllos über Frauen und behandelten sie oft noch schlechter. Sie hatte Glück gehabt, dass die Lagerhausmädchen sie so viele Jahre lang aufgenommen hatten. Sie hatten sie vor den gefährlichen Realitäten der Straße bewahrt.

„Ich habe es schon getan", antwortete er. „Aber noch nie so schnell. Damit meine ich, dass wir uns erst zweimal gesehen haben und ich mich auf dich gestürzt habe wie ein wildes Tier." Sie hörte die Verwunderung in seinem Tonfall. „Ich sollte mich entschuldigen, sollte zugeben, dass es falsch war, aber..."

„Tu das nicht", entgegnete sie. „Es war wunderbar, wenn auch ein wenig beängstigend."

Er senkte seinen Kopf und küsste ihre Wange. „Du bist mir ein ziemliches Rätsel, Tabitha. Die meisten Frauen hätten mich für das, was ich getan habe, geohrfeigt und wären weggelaufen."

Sie griff nach oben und legte ihre Handfläche auf seine Wange. „Warum sollte ich dir wehtun, wenn es sich so wunderbar anfühlt?", fragte sie.

„Weil ich ein Gentleman sein soll, auch wenn ich mich bei dir nicht wie einer verhalte." Er seufzte. „Wer hätte gedacht, dass eine Hausbesichtigung so skandalös sein kann?"

Tabitha lächelte ein wenig über seinen Scherz und fühlte sich nach dem, was sie getan hatten, seltsam entblößt.

„Meine Freundinnen... Ich meine, meine Cousine und meine Freundin würden das nicht gutheißen."

„Du meinst Mrs. Winslow und Miss Starling." Er sprach ihre Namen mit einem dunklen Kichern aus. „Ja, ich weiß genau, dass sie mich nicht mögen."

„Sie nennen dich einen Bastard." Tabitha erstarrte, als ihr klar wurde, was sie gerade gesagt hatte. Ihr altes Taschendieb-Ich hätte kein Problem damit gehabt, auf der Straße so zu sprechen, aber so sprach eine richtige Lady nun einmal nicht.

Er sah ein wenig erschrocken aus. „Einen Bastard?"

„Aber einen schönen", fügte sie hinzu. „Es tut mir leid, ich hätte nichts sagen sollen."

„Sie sind deine Freundinnen. Ich verstehe das. Glaube mir. Ich nehme an, dass ich manchmal ein Mistkerl war, aber nur, weil ich weiß, dass ich in vielen Dingen recht habe. Du wärst überrascht, wenn du wüsstest, dass nur sehr wenige Menschen gesagt bekommen wollen, wenn sie sich irren. Und ich bin oft derjenige, der ihnen sagt, dass sie sich irren, was wohl ihre Abneigung hervorruft."

Er sagte das so sachlich, dass sie ihn einfach nur anstarrte. Verstand er wirklich nicht, dass er anderen nicht einfach vorschreiben konnte, wie sie ihr Leben zu gestalten hatten?

„Aber wie kannst du dir so sicher sein, dass du *immer* recht hast?", fragte Tabitha, mehr als nur ein wenig verwundert darüber, dass er so etwas glauben konnte.

Er schenkte ihr ein freches Grinsen. „Weil es eben so ist. Ich war schon in einem früheren Alter Duke als die meisten Männer. Das Gleiche gilt für die Übernahme von Verantwortung. Ich war schon in vielen Situationen und habe viel von der Welt gesehen. Ich fordere dich heraus, etwas zu finden, über das ich wenig weiß."

Fast hätte Tabitha ihn gefragt, was er über die Lebensbedingungen der Armen in London wusste, aber sie wollte diesen Moment nicht ruinieren. Niemand hatte ihr je gesagt, wie gut es sich anfühlen würde, von den Armen eines Mannes gehalten zu werden. Sie fühlte sich sicher, geborgen und wertgeschätzt.

„Wie fühlst du dich jetzt?", fragte er.

„Besser, aber..." Sie zögerte, weil sie schüchtern war.

„Aber?"

„Aber ich will mich noch nicht bewegen. Das fühlt sich gut an." Es war wahrscheinlich eine schreckliche Idee, so offen und ehrlich zu ihm zu sein, aber es war so einfach, sich wie sie selbst zu fühlen, wenn er da war. Ja, sie hatte auf der Straße gelebt, sie hatte sich der Gefahr gestellt und gegen Kälte und Hunger gekämpft. Die Verzweiflung war ihr ständiger Begleiter gewesen, aber sie hatte sie nicht abgehärtet wie die meisten, die auf der Straße lebten. Tabitha war immer noch ein Mensch, der Wärme, Sicherheit und Geborgenheit suchte. Und vor allem Liebe. Helston konnte ihr im Moment etwas davon bieten, und sie ließ sich davon trösten, so lange sie konnte.

„Wir können noch ein bisschen hierbleiben, es sei denn, wir hören wieder meine Großmutter."

Tabitha kicherte und drückte ihre Stirn an seine Schulter.

„Ich kann nicht glauben, dass sie uns nicht gehört haben", flüsterte sie.

Helston gluckste. „Ich bin verdammt gut darin, still zu sein, wenn es darauf ankommt. Wie lange wirst du bei deiner Cousine in London bleiben?"

„Ich bin mir nicht sicher." An den fernen Tag, an dem sich die Fröhlichen Rotkehlchen vom Stehlen zurückziehen würden, hatte sie ehrlich gesagt noch nicht gedacht. Wie würde ihre Zukunft dann aussehen? Hannah würde sie nie wieder auf die Straße setzen, aber sie konnte auch nicht ewig von der Großzügigkeit ihrer Freundin leben. Sie hatten darüber gesprochen, dass sie ihr eines Tages helfen könnten, einen Mann zum Heiraten zu finden, wenn sie es wünschte, oder dass sie eine Arbeit in einem seriösen Geschäft finden könnte, oder dass sie sogar einen Teil des Erlöses aus dem Verkauf der Juwelen bekommen könnte. Die letzte Option hatte sie natürlich abgelehnt. Es gab keine Möglichkeit, nachts ruhig zu schlafen, wenn sie wusste, dass ihr warmes Bett und ihr Essen aus den Diebstählen bezahlt wurden. In der Vergangenheit hatte sie immer nur gestohlen, um zu überleben. Jetzt brauchte sie das nicht mehr. Sie stahl für andere und konnte daher nichts von dem Geld für sich selbst behalten.

„Ich kann nicht ewig bei Hannah bleiben. Ich werde heiraten oder eine andere Möglichkeit finden müssen, um meinen Lebensunterhalt zu bestreiten."

„Du wirst *müssen?*" Er schien überrascht.

„Ich nehme an, du glaubst, dass ich wie Hannah aus einer reichen Familie stamme, aber ich versichere dir, dass dem nicht so ist." Sie schätzte, dass es sicher genug war, einige Dinge über ihr Leben preiszugeben, ohne die ganze Wahrheit zu verraten.

Er wartete darauf, dass sie fortfuhr, und das tat sie. „Ich habe mein ganzes Leben lang in einer kleinen Wohnung gelebt, bis mein Vater starb. Er arbeitete als Angestellter eines Privatbankiers und verdiente sehr wenig Geld. Aber so arm unser Leben auch war, unser Zuhause war reich an Liebe." Sie lächelte, als sie sich an ihren Vater erinnerte, der ihr bis spät in die Nacht vorgelesen und sich nie darum gekümmert hatte, dabei kostbare Kerzen zu verschwenden.

„Als er starb, war es nicht einfach. Es gab Nächte mit leerem Bauch und kalte Tage." Mehr konnte sie nicht enthüllen. Sie wagte es nicht, ihm zu sagen, dass sie auf der Straße gelebt hatte.

Er strich ihr mit einer Hand über den Rücken und versuchte, sie zu beruhigen, und erst da merkte sie, dass sie bei der Erinnerung an diese harten, mageren Jahre zu zittern begann.

„Ich wünschte, ich hätte dich damals gekannt. Ich hätte dir geholfen", sagte er, sein Tonfall war ein wenig rau vor Rührung.

„Hättest du?", fragte sie und ihr Tonfall wurde ein wenig härter. „Weißt du, wie viele *feine* Gentlemen und

Ladys an einem Bedürftigen vorbeigehen und gar nichts tun? Sie denken: *Was für ein armer, bedauernswerter Kerl. Er sollte in der Lage sein, für sich selbst zu sorgen, indem er Arbeit findet, und da er das nicht tut, muss er faul sein.* Das Schicksal der Bedürftigen muss ihr eigenes sein, ohne jegliche Hilfe." Sie sprach die Worte harsch und zog sich von seinem Schoß zurück, um aufzustehen. Er ließ sie los und sah sie mit diesen stürmischen Augen an.

„Aber die Wahrheit ist, es gibt nicht *genug* Arbeit, es gibt nicht *genug* Essen. Es gibt nicht genug von *irgendetwas* für eine große Mehrheit der Menschen in diesem Land", erklärte sie.

Helstons Haltung wurde nun abwehrend. „Wenn du vorschlägst, dass ich meine Münzen abgebe, damit ein paar Gin-süchtige Männer noch mehr trinken können und dann nach Hause gehen und ihre Frauen und Kinder noch schlimmer schlagen können, als sie es ohnehin schon tun–"

Sie drehte sich von ihm weg, Wut loderte wie aus dem Nichts auf, als sie ihn unterbrach. „Natürlich denkst du an die Männer. Aber was ist mit den Frauen und den Kindern? Die hungernden Blumenmädchen, die Jungen, die Streichhölzer verkaufen. Die gebrechlichen alten Frauen, deren Hände zu alt zum Nähen und deren Augen zu schwach sind, um bei Kerzenlicht zu arbeiten, die alten Männer, die nicht mehr in den Fabriken arbeiten können, und die Veteranen der Kriege. *Sie* sind diejenigen, die ihr jeden Tag im Stich lasst."

„Einen Moment." Er stand auf, ergriff ihren Arm und drehte sie zu sich um. „Das wirfst du mir vor? Hast du gesehen, wie ich je einem Kind oder einer alten Frau etwas verweigert habe?", fragte er.

„Ich habe genügend Männer von Rang gesehen, die so

getan haben, als würden sie das Elend nicht sehen." Die Worte verließen ihren Mund zu schnell, bevor sie merkte, dass sie ein Fehler waren.

Das Aufblitzen des Feuers in seinen Augen erschreckte sie. Doch anstatt sie anzugreifen, wie es die Männer getan hätten, von denen sie gerade gesprochen hatte, ließ er sie los und wich zurück.

„Es tut mir sehr leid, dass Ihr so schlecht von mir denkt, *Miss Sherborne*", sagte er. „Ich glaube, es ist an der Zeit, dass ich zu meinen Gästen zurückkehre. Bitte entschuldige mich." Er verbeugte sich leicht und ließ sie im Salon zurück.

Tabitha stand einen langen Moment da, ihr Herz pochte, während sie gegen den Drang ankämpfte, in Tränen auszubrechen. Warum hatte sie so etwas zu ihm gesagt? Warum übte er eine solch seltsame Macht aus, um ihre Mauern einzureißen und sie dazu zu bringen, mit solch schmerzlicher Ehrlichkeit zu sprechen? Wie sie sich in seiner Nähe fühlte und verhielt, war ein Wirrwarr von Widersprüchen, die sie nicht verstand. Wenn sie nicht aufpasste, könnte sie zu viel preisgeben und ihre wahren Beweggründe für ihre Anwesenheit verraten.

Als sie sich schließlich wieder gesammelt hatte, fand sie den Weg zurück zur Terrasse. Fast sofort stürzten ihre Freundinnen auf sie zu.

„Wo bist du gewesen? Helston kam vor kurzem allein zurück und... Großer Gott, Tabby, geht es dir gut?" Hannah nahm eine von Tabithas Händen in ihre und drückte sie.

„Äh... ja. Ja, natürlich." Aber Tabitha war alles andere als in Ordnung. Sie warf einen kurzen Blick auf den Duke, der am anderen Ende der Terrasse stand. Er beobachtete sie mit einem ruhigen, herausfordernden Blick, während er sie seinerseits musterte. Sie fühlte sich, als stünden sie auf den gegenüberliegenden Seiten eines riesigen Schachbretts, die Figuren bewegten sich zwischen ihr und Helston, ohne dass sie wusste, was er oder sie als Nächstes tun würden. Sie konnte nur beten, dass er nicht ahnte, was in diesem Techtelmechtel zwischen ihnen wirklich auf dem Spiel stand. Für ihn war es ein Spiel der Verführung, aber für sie? Es war ein Spiel um einen Diamanten. Einen Diamanten, der so vielen Menschen helfen könnte – oder sie ihre Freiheit kosten würde, wenn sie erwischt werden würde.

„Helston war doch nicht grob zu dir, oder? Er kann so unhöflich sein. Was hat er zu dir gesagt?", fragte Julia. Sie sah aus, als wäre sie bereit, auf direktem Wege über die Terrasse hinüber zu marschieren und mit ihm zu kämpfen.

„Er hat mir nichts getan. Ich fürchte, ich war vielleicht zu ehrlich, als ich mit ihm sprach, und er war seinerseits viel zu unverblümt zu mir. Ich fürchte, ich habe unsere Chancen, mehr Informationen von ihm zu bekommen, damit beeinträchtigt."

Das stimmte. Sie wollte ihren Freundinnen nicht erzählen, was genau geschehen war. Es war zu intim, zu persönlich.

„Warum gehen wir nicht nach oben und ruhen uns vor dem Abendessen ein wenig aus?", schlug Hannah vor. „Du kannst uns alles erzählen, wenn wir allein sind."

„Ja, das sollten wir tun", stimmte Tabitha zu. „Das gibt uns die Möglichkeit zu reden. Ich glaube, ich weiß, worauf wir unsere *Aufmerksamkeit* richten müssen." Sie betonte das Wort, indem sie die Augenbrauen hochzog.

Julias Augen leuchteten vor Aufregung. „Oh?"

„Ja. Der Stein ist hier, wie wir dachten. Wir müssen

nachts gehen, und ich glaube, wir müssen durch ein Fenster in den Raum gelangen. Er hat einen Diener an der Tür postiert."

„Ich verstehe." Hannah tippte an ihr Kinn. „Wenn wir ihn haben, wird Helston schnell erfahren, dass er gestohlen wurde. Wir werden vorsichtig sein müssen. Wir brauchen einen Ort, an dem wir den Stein sicher aufbewahren können, denn er wird die Gäste durchsuchen lassen."

„Ich wünschte, wir hätten eine Nachbildung des Steins herstellen lassen können", sagte Tabitha. „Aber dazu müssten wir das echte Exemplar in die Finger bekommen, um es so gut wie möglich imitieren zu lassen."

„Ja, das ist schade. Es wäre viel einfacher gewesen, aber wir müssen es eben so machen, wie wir es bei den anderen gemacht haben", antwortete Hannah.

„In diesem Fall haben wir viel zu planen", meinte Julia, als die drei die Gruppe der draußen versammelten Gäste verließen.

Tabitha warf einen letzten Blick auf Helston, der mit zwei Männern am anderen Ende der Terrasse stand. Er beobachtete sie immer noch und tat nichts, um seinen finsteren Gesichtsausdruck zu verbergen.

Sie befürchtete, dass ihr Streit sein Interesse an ihr zerstört hatte und er sie in Ruhe lassen würde, was wohl auch das Beste wäre. Aber vielleicht auch nicht, wenn man nach der Intensität seiner Aufmerksamkeit urteilen konnte. Sie wandte ihr Gesicht ab, eine Röte der Beschämung erhitzte ihre Haut. Es wäre klug, ihm für die Dauer ihrer Mission so weit wie möglich aus dem Weg zu gehen.

„Nun, *das* sieht wirklich nach Ärger aus, Fitz. Was zum Teufel hast du getan?" Beck nickte den drei sich zurückziehenden Frauen dezent zu, die alle einen strengen Blick in ihre Richtung warfen. Die Frauen sahen verstohlen aus, als sie miteinander flüsterten, so wie es Frauen taten, wenn sie ihre Geheimnisse besprechen wollten.

„Ich habe wohl etwas voreilig gehandelt", gab er zu. *Und harsch,* fügte er gedanklich hinzu.

„Voreilig? *Du?* Verdammte Scheiße, Mann, die Welt muss kurz vor dem Untergang stehen", stichelte Evan, aber sein Grinsen verblasste, als er den finsteren Blick auf Fitz' Gesicht sah.

„Was hast du getan, Fitz?", fragte Evan etwas leiser.

„Ich habe mich gegenüber Miss Tabitha Sherborne sehr ungalant verhalten."

„Wer ist sie?", fragte Beck, als er sah, wie die drei Frauen im Haus verschwanden.

„Hannah Winslows Cousine vom Lande." Wie ein Blitz schoss die Erinnerung an Tabitha und daran, wie sie in seinen Armen lag, durch seinen Körper. Das Gefühl ihres Mundes, ihr Geschmack, die erotische Art, wie sie zwischen den Küssen seinen Namen gekeucht hatte, und wie sie alles, was er über das Universum glaubte zu wissen, neu zu gestalten schien. Dieser Moment war Hitze und Licht in ihrer reinsten Form gewesen, und er hatte ihn bis ins Mark erschüttert.

„Sie kann nicht die Cousine von Hannah Winslow sein", warf Evan ein.

Fitz spürte eine neue Spannung in sich aufsteigen, die nichts mit seiner unerledigten Angelegenheit mit Tabitha zu tun hatte. „Was meinst du damit?"

„Hannah hat keine Cousine auf dem Land, zumindest

keine mit dem Namen Tabitha Sherborne", erklärte Evan selbstbewusst.

„Bist du dir da sicher?", fragte Fitz.

„Durchaus."

Beck lehnte sich vor. „Woher weißt du das?"

„Weil..." Evan rieb sich den Nacken, eine untypische Röte färbte sein Gesicht, als er seinen Blick von Fitz und Beck abwandte. „Es gab einmal eine Zeit, da war ich wahnsinnig in Hannah verliebt. Ich habe es mir zur Aufgabe gemacht, alles über sie zu erfahren, was ich kann."

Fitz starrte seinen Freund schockiert an. „Du warst *verliebt*? In Hannah?" Er hatte keine Ahnung, dass Evan jemals starke Gefühle für eine Frau gehabt hatte. Ja, er hatte im Laufe der Jahre unzählige Mätressen gehabt, aber er hatte nie erwähnt, dass Hannah ihm etwas bedeutete, geschweige denn, dass er in sie verliebt war. Darüber würde er später mit seinem Freund sprechen müssen, nachdem die Juwelendiebe gefasst worden waren.

„Ja, das war ich. Und sie ist nicht zimperlich, wie du ja weißt. Sie war nie mehr dieselbe, nachdem sie ihn verloren hatte." Evan wandte den Blick von ihnen ab. „Was ich für sie empfunden habe, ist schon lange her." Er räusperte sich. „Aber ich bin mir sicher, dass sie keine Cousine namens Tabitha Sherborne hat."

Alle drei Männer drehten sich um und sahen in die Richtung, in die die Frauen gegangen waren. Fitz runzelte die Stirn.

„Wer zum Teufel ist dann die Frau, die ich gerade geküsst habe?"

KAPITEL 5

Fitz ließ sich von seinem Kammerdiener Stewart fertig für das Abendessen anziehen. Sein Verstand war meilenweit entfernt, während er darum kämpfte, zu verstehen, was an diesem Nachmittag geschehen war. Von dem Moment an, als Tabitha Sherborne sein Haus betreten hatte, war er nervös gewesen. Sie hatte alles durcheinandergebracht.

Es war nicht nur die Leidenschaft, die sich zwischen ihnen im Salon entfacht hatte, obwohl er allein mit dieser Erinnerung glücklich sterben könnte. Herr im Himmel, die Art, wie sie ihren Körper so begierig an den seinen gepresst hatte, die Weichheit ihrer Haut, wie sie geschmeckt hatte... Diese Erinnerungen würden ihn noch jahrelang in seinen Träumen begleiten. Aber was ihn für immer verfolgen würde, war die Art und Weise, wie sich ihre kornblumenblauen Augen mit Staunen erfüllt hatten, als sie zum ersten Mal fleischliche Lust erlebt hatte. Er war hingerissen gewesen von ihrem Gesichtsausdruck, der

Intensität, dem Schock und der Freude, die er empfand, als sie sich in diesem Moment erlaubte, ihm zu vertrauen.

Sie waren praktisch Fremde, und doch hatte sich die Verbindung vom Abend des Konzerts als stärker erwiesen, als er es sich vorgestellt hatte.

Deshalb hatte ihn der Schmerz in ihrem Gesicht, als sie von ihrer Vergangenheit gesprochen hatte – von kalten Tagen und leeren Mägen – und dass sie sich von ihm abgewandt hatte, wütend gemacht. Doch sein Zorn richtete sich nicht gegen sie. Ganz im Gegenteil.

Er wollte, dass sie ihm vertraute, und er wollte sich dessen als würdig erweisen. Ihre Unfähigkeit, sich ihm voll und ganz anzuvertrauen, ließ ihn mehr an sich selbst zweifeln, als ihm lieb war. Er starrte ungläubig in den Spiegel, während Stewart seinen Mantel mit einer weichen Bürste von Staub befreite. Dann polierte Stewart Fitz' Lackschuhe.

„Danke, Stewart."

Fitz verließ sein Schlafgemach und ließ auf dem Weg seine Gespräche mit Tabitha Revue passieren. Er war immer noch verwirrt darüber, wer sie wirklich war. Drei Dinge wusste er sicher: Sie misstraute wohlhabenden Männern und Frauen, sie hatte eine lange Zeit der Entbehrungen hinter sich, und sie war nicht Hannah Winslows Cousine vom Lande.

Er vertraute Evan genug, um zu wissen, dass es auch gut recherchiert war, wenn der Mann behauptete, er habe sich in der Sache kundig gemacht. Wenn er sagte, es gäbe keine Cousine vom Lande namens Tabitha, dann gab es sie auch nicht.

Aber wer zum Teufel war sie dann?

Er konnte Tabitha und Hannah leicht mit ihrem Betrug

konfrontieren, während sie hier bei ihm zu Hause waren, aber es gab keine Garantie, dass sie ihm die Wahrheit sagen würden. Wahrscheinlich würden sie die Hausparty angewidert verlassen, und er würde vielleicht nie die Antworten erhalten, die er so verzweifelt suchte. Solange er nicht verstand, warum er von Tabitha besessen war, wollte er sie oder ihre Freunde nicht mit dreisten Anschuldigungen verscheuchen.

Er erinnerte sich an ihre Hände, an die Schwielen auf ihren Fingerkuppen und Handflächen. Womit hatte sie sich die verdient? Beim Gedanken, dass sie bis spät in die Nacht in einer Streichholzfabrik arbeitete und verzweifelt Geld benötigte, um sich zu ernähren, drehte sich ihm der Magen um. Aber die Schwielen waren verblasst, also hatte sich etwas an ihren Lebensumständen zum Besseren gewendet. Wie konnte eine einzelne Frau so viele Fragen aufwerfen?

Als er die Treppen hinunterging, läutete der Butler zum Abendessen. Verflixt, er war zu spät. Das passierte fast nie. Er begegnete den Gästen und seiner Großmutter, als sie den Hauptsalon verließen. Seine Großmutter winkte ihn zu sich und beugte sich flüsternd zu ihm, als er sie erreichte.

„Du wirst Miss Sherborne zum Abendessen begleiten."

Es war ein Befehl, mit dem er gerechnet hatte, seit er ihr Komplott belauscht hatte. Normalerweise hätte er sich gegen sie gewehrt, aber in diesem Fall fügte er sich gerne. Obwohl er sich heute Nachmittag über Tabitha geärgert hatte, nachdem sie ihm Vorwürfe über seinen Charakter gemacht hatte, wollte er ihr nahe sein. Sie war ein Rätsel, das nur darauf wartete, gelöst zu werden.

Er schob sich durch die Menge und blieb bei Tabithas Anblick stehen. Zwischen all den anderen Damen stach sie hervor wie die erste Frühlingsblume, die nach einem harten Winter aufblühte. Ihr Abendkleid war eine Mischung aus erlesenen Farben, mit einem cremefarbenen Unterrock, der mit Osterglocken, Dahlien und Pfingstrosen inmitten grüner Blätter bestickt war. Die exquisite Stickerei ließ es so aussehen, als ob ein kleiner Garten auf ihrem Unterrock wuchs. Das Mieder und der Überrock waren korallenrot, und die Vorderseite des Überrocks war so zurückgesteckt, dass er an den Hüften auslief und komplizierte Falten mit einem sonnengelben Satinbesatz aufwies. Feine Lagen von Spitze säumten den Saum des Unterrocks und des Mieders. Er konnte die Wölbung ihrer Brüste durch die hauch-dünnen Lagen der Spitze entlang ihres Dekolletés sehen.

Sie drehte sich in seine Richtung, und ihre Blicke trafen sich. Sein Puls beschleunigte sich. Der Boden unter seinen Füßen schwankte, und er stellte sich ein wenig breitbeiniger hin, um sich zu stabilisieren. Was war nur los mit ihm? Der bloße Anblick einer Frau hätte ihn nicht so berühren dürfen, aber er tat es.

Fitz bewegte sich auf Tabitha zu und war sich der Blicke aller bewusst, die auf ihn gerichtet waren, als er sich ihr näherte. Er bot ihr seinen Arm als stumme Einladung an. Einen Moment lang fürchtete er, sie würde ihn nicht annehmen. Dann, mit etwas Röte auf den Wangen, schob sie ihre Hand in seine Armbeuge. Gemeinsam führten sie den Rest der Prozession in den großen Speisesaal.

Keiner der beiden sprach ein Wort, als er sie neben sich platzierte. Fitz saß als Gastgeber am Ende des Tisches, und Tabitha saß direkt rechts neben ihm. Mrs. Higgs, eine Freundin seiner Großmutter, setzte sich zu seiner Linken. Sie war in ein Gespräch mit ihrem Begleiter vertieft, der zufällig Beck war. Beck warf Fitz einen subtilen, fragenden

Blick zu, wobei sein Blick kurz zu Tabitha und dann wieder zu Fitz wanderte.

Fitz erwiderte den Blick und versicherte Beck im Stillen, dass er die Frage nach Tabithas Geschichte weiter vertiefen würde, nur nicht in diesem Moment.

„Wir haben morgen einige Aktivitäten geplant. Ein Picknick, Reiten, Badminton und Krocket", verkündete Fitz, als Tabitha ihre Serviette in den Schoß legte und an dem Weinglas nippte, den ein Bediensteter vor ihr abgestellt hatte.

Tabitha warf einen Blick in seine Richtung. „Oh?"

„Ja... und ich dachte, wir könnten vielleicht ein Spiel zusammen spielen, oder..." Er hielt inne, um zu überlegen, wie er das Thema ihres Wiedersehens am besten ansprechen konnte. Er sprach leise, obwohl Beck jetzt dankenswerterweise die volle Aufmerksamkeit von Mrs. Higgs hatte. „Wir könnten es noch einmal versuchen."

„Noch einmal versuchen?", fragte Tabitha unschuldig, aber in ihren Augen lag eine feurige Herausforderung, die ihm versicherte, dass sie *genau* wusste, was er meinte.

„Ja. Dieser Nachmittag war..." Er kämpfte um das richtige Wort.

„Ein Durcheinander?", ergänzte sie den Satz mit einem Hauch von Schalk in den Augen.

„Ja." Er hoffte, dass sie zugeben würde, dass sie *beide* durcheinander waren, wie sie es ausdrückte, aber das tat sie nicht. Sie überließ es ihm, die Schuld ganz allein auf sich zu nehmen. Vielleicht hatte er es verdient, denn *er* war derjenige, der sie geküsst und sich solche Freiheiten genommen hatte, die zu der anschließenden Diskussion und dem darauffolgenden Streit geführt hatten. Aber er war entschlossen, mit ihr neu anzufangen, selbst wenn das bedeutete, die volle Verantwortung für ihre letzte Begegnung zu übernehmen.

„Nun gut. Mein richtiger Name lautet Fitzwilliam, aber ich würde mich sehr freuen, wenn du mich Fitz nennen würdest, so wie es meine Freunde tun.“

„Möchtest du denn mit mir befreundet sein, Fitz?“, erkundigte sich Tabitha, wobei ihr Ton weicher wurde. Ihr Blick wurde nachdenklich, als sie ihn betrachtete. Er hatte endlich seinen Sieg errungen.

„Ja“, antwortete er, ohne zu zögern.

Ihr Blick schweifte über den ganzen Tisch an die Stellen, an denen Hannah und Julia mit ihren jeweiligen Tischnachbarn lebhaft diskutierten.

„Dann wäre es wohl in Ordnung, wenn du mich Tabitha nennst.“

An der Röte in ihren Wangen erkannte er, dass sie sich an den Moment erinnerte, als er ihren Namen ausgesprochen hatte, während er sie befriedigt hatte. Er wollte, dass sie sich daran erinnerte, wenn er sie Tabitha nannte, an das köstliche Vergnügen, das man haben konnte.

„Ausgezeichnet.“ Er trank seinen Wein, während die Bediensteten das Geschirr brachten und den Tisch eindeckten. Seine Großmutter bevorzugte einen weniger förmlichen Essstil, bei dem die meisten Speisen auf der Anrichte angerichtet und dann an die Gäste verteilt wurden. So brauchte man weniger Diener, um den Anforderungen der Gäste gerecht zu werden. Seine Großmutter mochte die Intimität einer Zusammenkunft, bei der die Menschen das Essen miteinander teilten, anstatt dass die Dienerschaft die ganze Arbeit für sie erledigte.

Während des Essens gelang es Fitz leichter als erwartet, sich mit Mrs. Higgs und Tabitha zu unterhalten, was zum Teil daran lag, dass Beck Mrs. Higgs absichtlich ablenkte, um Fitz die Möglichkeit zu geben, sich auf Tabitha zu konzentrieren.

„Sag mir, habt du und deine Cousine euch als Kinder oft gesehen?", fragte er, als der Nachtisch serviert wurde. Während des gesamten Essens hatte er heikle Themen vermieden, um Tabithas Vertrauen zu gewinnen, aber jetzt war er bereit, sie auf die Probe zu stellen.

Sie wandte den Blick ab und konzentrierte sich auf die bunten Törtchen, die vor ihr ausgebreitet wurden. „Oh, nicht sehr oft."

„Magst du Süßigkeiten?", fragte er. Die Desserts waren nicht übermäßig ausgefallen, sondern eher etwas, das man in einer Konditorei im Einkaufsviertel finden konnte. Seine Großmutter hatte ein Faible für Gebäck und verlangte eher danach als nach den ausgefallenen Desserts, die man in einem so großen Haus erwarten würde.

Ihre Hände bewegten sich unruhig in ihrem Schoß. „Früher schon, aber ich esse sie nicht mehr."

In der Hoffnung, sie in eine bessere Stimmung zu versetzen, senkte er seine Stimme ein wenig, sodass nur sie ihn hören konnte.

„Ach? Sag mir, dass du keine Frau bist, die sich um ihre Figur sorgt. Du bist schön, und jeder halbwegs anständige Mann mag Kurven an einer Frau. Das gibt einem Mann etwas, woran er sich festhalten kann, wenn er..." Er brach ab, aber nur, weil er merkte, dass seine skandalösen Bemerkungen von ihr völlig ignoriert wurden. Er griff unter den Tisch und umklammerte sanft eine ihrer Hände, die sich in ihren Röcken festgekrallt hatte. Sie zuckte bei der Berührung ein wenig zusammen und drehte ihren Kopf in seine Richtung. Ihr Gesicht hatte jegliche Farbe verloren.

„Tabitha, geht es dir gut?", fragte er. „Du bist ganz blass geworden. Was ist denn los?" Das arme Geschöpf sah aus, als würde es gleich in Ohnmacht fallen. Er betete, dass es nicht an dem lag, was er zu ihr gesagt hatte. Er wollte sie nur necken und ihr ein Erröten oder vielleicht ein Lächeln entlocken.

„Ich... Es ist mir fast zu peinlich, das zuzugeben." Ihr Blick fiel auf ihren Teller, auf dem sich keine Süßigkeiten befanden. Er drückte sanft ihre Hand und ermutigte sie damit leise, fortzufahren.

„Als ich ungefähr dreizehn war, ging ich mit ein paar Mädchen, die ich kannte, in die Konditorei in der Nähe meines Hauses, um Kuchen zu kaufen." Ihr Blick wanderte kurz zu den Torten auf dem Teller. „Die Mädchen wurden krank. Zwei von ihnen starben. Sie hatten heftige Krämpfe und schienen vergiftet worden zu sein. Jemand stellte schließlich fest, dass sie alle dasselbe gegessen hatten, nämlich diesen Kuchen. Es wurde festgestellt, dass er Bleichromat enthielt. Der Bäcker hatte es als Ersatz für Eier verwendet. Es handelte sich um eine Art gelbe Substanz, wie ich hörte, und er war der Meinung, dass man damit die gewünschte Farbe für eine Glasur auf Eibasis erzielen könne."

„Er hat den Kuchen vergiftet." Fitz' Ton war grimmig.

„Ja." Sie schluckte, ihr Blick wanderte zurück zu den Desserts. „Ich sehe immer noch diese Mädchen, wie sie zitternd auf dem Boden liegen, wie sie Schaum vor dem Mund haben und ihre Gesichter blau werden." Tabitha erschauderte.

„Sieh mich an, meine Liebe", flüsterte er und drückte ihre Hand. Das lenkte ihre Aufmerksamkeit wieder auf ihn. „Diese Art von Verfälschung von Lebensmitteln ist eine gängige Praxis unter den Verkäufern von Lebensmitteln der unteren Preisklasse.“

Es war nicht ungewöhnlich, dass die Leute den Lebensmitteln Dinge zusetzten, um das Gewicht zu erhöhen oder die Farbe zu verändern. Fitz hatte einmal gehört, dass einige ärmere Bäcker in der Stadt dem Brot gemahlene Knochen, Gips, Kalk, Pfeifenton und Alaun beifügten. Wohlhabende Familien kauften Lebensmittel nur in angesehenen Geschäften, die sich nicht an solchen Praktiken beteiligten. Aber ein guter Ruf hatte einen hohen Preis. Doch bis zu diesem Moment hatte er nicht über diejenigen nachgedacht, die keine andere Wahl hatten, als das Risiko einzugehen, und er hatte auch nicht daran gedacht, dass man durch solch unethisches Verhalten sterben könnte.

„Bist du auch krank geworden?“, fragte er besorgt.

„Nein. Ich habe meinen Kuchen einem anderen Mädchen gegeben, das mehr Essen brauchte als ich. Sie war eine von denen, die gestorben sind.“ Ein scharfes Zischen in Tabithas Atem verriet ihm, dass sie zutiefst erschüttert war. „Ich habe sie *getötet*.“

„Nein, das hast du nicht“, flüsterte er. „Dieser unverantwortliche Bäcker hat die Mädchen getötet. Nicht du. Verstehst du das?“

Ihr tränenfeuchter Blick traf den seinen, und sie holte zittrig Luft. Sie wussten beide, dass sie am Tisch nicht vor allen weinen konnte.

„Richtig, ja“, sagte sie langsam. „Natürlich.“

Fitz‘ Herz stand still in seiner Brust, als sie ihre Fassung wiedererlangte. Der Kummer, der in ihm lag, erinnerte ihn daran, dass sie eine Leidensgenossin war. Sie hatte wirklich etwas Schreckliches durchgemacht. Wenn sie einmal so schlecht gelebt hatte, wie er jetzt vermutete, konnte er sich nicht vorstellen, was sie noch alles durchgemacht haben mochte. Sie war keine junge Frau, die in der schützenden Obhut einer reichen Familie aufgewachsen war. Tabitha hatte Dinge durchgemacht, die er sich wahrscheinlich nicht einmal vorstellen konnte. Und allein das Wissen darum verursachte einen heftigen Druck in seiner Brust, der ihm das Atmen erschwerte.

„Vergiss den Nachtisch", sagte er. „Vielleicht kann ich dir mehr vom Haus zeigen?" Sie nickte, und Fitz fiel der Blick seiner Großmutter am Ende des Tisches auf. Er nickte ihr zu, um ihr zu signalisieren, dass er mit der Tradition brechen und einigen Leuten erlauben wollte, den Tisch früher zu verlassen. Sie quittierte seine stumme Botschaft mit einem Nicken.

Dann ließ er Tabithas Hand los und stand auf, um die Aufmerksamkeit seiner Gäste auf sich zu ziehen.

„Wenn es gewünscht wird, können sich die Gentlemen im Billardzimmer versammeln. Meine Damen, Euch steht der Salon zur Verfügung. Ansonsten bleibt bitte am Tisch und genießt das Dessert."

Beck sagte etwas zu Mrs. Higgs, die daraufhin errötete und sich bei ihm für die nette Unterhaltung beim Abendessen bedankte. Dann stand Beck auf. Ein paar der Ladys und Gentlemen folgten ihm. Seine Großmutter blieb am Tisch mit den Gästen, die sitzenblieben und ihren Nachtisch zu Ende essen wollten.

Fitz bot Tabitha seinen Arm an. „Miss Sherborne?" Sie stand auf und folgte ihm aus dem Speisesaal, ihren Arm wieder in den seinen gelegt. Es war seltsam, dass er sich immer verpflichtet gefühlt hatte, eine Dame zu begleiten, wie es sein Rang erforderte, aber bei Tabitha war es anders. Jeder Vorwand, sie zu berühren, sie zu beschützen, sie in seiner Nähe zu haben, wurde schnell zu einer Sucht. Eine, vor der er zu viel Angst hatte, sie genauer zu untersuchen.

„Hier entlang", flüsterte er ihr ins Ohr. Sie ließen die anderen Gäste hinter sich und schlichen sich schnell davon. Er führte Tabitha einen schwach beleuchteten Korridor entlang und durch eine der Seitentüren des Hauses auf einen schmalen Kiesweg hinaus. Die Nacht war klar und voll von Sternen. Sie nahmen beide die frische Luft auf und atmeten gemeinsam tief ein. Die Anspannung in ihrem Gesichtsausdruck wich fast sofort.

Fitz neigte den Kopf zurück und blickte auf die Decke aus Tausenden von Sternen über ihren Köpfen. „Fühlst du dich etwas besser?"

„Viel besser. Danke."

„Gern geschehen. Das machen Freunde doch so, nicht wahr?"

Sie lachte. „Wie schaffst du es, gleichzeitig charmant und ein solcher Rüpel zu sein?"

„Das gehört dazu, wenn man ein Duke ist", scherzte er. Er hatte sich nie für einen lustigen Mann gehalten. Normalerweise war Evan der heiterere seiner Freunde, aber er wollte Tabitha zum Lachen bringen.

„Hier draußen ist es besser", gab sie zu. „Allein der Anblick der Torten brachte all diese schrecklichen Erinnerungen zurück. Bei meinen jüngsten gesellschaftlichen Verpflichtungen hatte ich irgendwie das Glück, solche Desserts zu vermeiden. Normalerweise finde ich andere Möglichkeiten, mich zu beschäftigen, und schaffe es, dem Nachtisch ganz zu entkommen."

„Unsere Desserts sind eher untypisch für ein so großes Festessen. Meine Großmutter mag eben gewöhnliche Desserts wie diese, und die Köchin weiß, dass sie sie mag."

Fitz notierte sich in Gedanken, dass er die Köchin anweisen würde, in Zukunft alle süßen Kuchen zu vermeiden.

Er tätschelte ihre Hand, als er sie zum Gewächshaus führte. Die Fenster waren von der warmen Luft beschlagen, was ihnen etwas Privatsphäre bieten würde.

„Du hattest eine schwierige Kindheit nach dem Tod deines Vaters, nicht wahr?" Er drängte sie sanft in Richtung des Themas, über das er sie sprechen lassen wollte.

„Ja", antwortete sie nur, ging aber nicht näher darauf ein.

Fitz verbarg seine Frustration. Er wollte, dass diese Frau ihm vertraute, dass sie erkannte, dass er alles für sie tun würde, wenn sie ihn nur darum bat. Sie hatte diese Macht über ihn, und er würde sie nicht verleugnen. Er war auch nicht an eine Frau gewöhnt, die seine Hilfe nicht bereitwillig annahm, und das verwirrte ihn mehr, als er zugeben wollte.

„Du kannst mir vertrauen, Tabitha. Nichts, was du mir sagst, werde ich an andere weitergegeben."

„Du willst, dass ich meine Geheimnisse ausplaudere?", stichelte sie.

„Alle." Obwohl er es ziemlich ernst meinte, schenkte er ihr ein schiefes Grinsen, das bei Frauen immer gut ankam.

Sie lachte wieder leise. „Nun, ich denke, alle Frauen haben Geheimnisse, nicht wahr? Das liegt in unserer Natur. Der Mond hat Geheimnisse, das Meer auch, und die Frauen sind mit beiden verbunden. Warum sollten wir also nicht auch Geheimnisse haben?"

„Dieser Logik stimme ich voll und ganz zu, und du solltest auch Geheimnisse haben – das macht dich so charmant und eben geheimnisvoll", stimmte er zu.

Fitz öffnete die Tür zum Gewächshaus, und sie ging vor ihm hinein. Er war kein Romantiker, aber die Trennung ihrer Hände, und sei es auch nur für einen kurzen Moment, verursachte einen Schmerz in seinem Körper, als ob sie ihm für immer entgleiten könnte.

Er schloss die Tür hinter ihnen und ging zu ihr auf den Kiesweg. Als sie in der Mitte des Gewächshauses standen, nahm er wieder ihre Hand. Er verschränkte seine Finger mit ihren, und in dem Moment, in dem sie ihre Finger um seine Hand schlang, blühte in ihm eine berauschende Wärme auf, die nichts mit der Luft um sie herum zu tun hatte.

„Sollen wir dein Wissen über die Sprache der Blumen testen?", fragte Tabitha.

Grinsend pflückte er eine Hyazinthe in der Nähe, hielt sie an seine Nase und nahm ihren Duft auf. „Werde ich einen Kuss gewinnen, wenn ich gut bin?" Sie hatte ja keine Ahnung, dass er dieses Spiel gewinnen würde. Seine Mutter hatte ihm vor langer Zeit die Sprache der Blumen beigebracht, und er hatte keine einzige Lektion vergessen.

„Ich nehme an, das wäre nur recht und billig." Sie berührte die Blume in seiner Hand. „Was bedeutet eine Hyazinthe?"

„Deine Schönheit bezaubert mich", antwortete er. Seine Mutter hatte ihn jeden Sonntag im Frühling in dieses Gewächshaus mitgenommen und ihm erklärt, was jede Blume bedeutete und wie sie ihm eines Tages helfen könnte, die Frau zu finden, die sein Herz gewinnen würde. Damals hatte er es für albern gehalten, aber jetzt erinnerte er sich gern an diese Stunden mit ihr.

Tabitha lachte erfreut auf. „Richtig."

Fitz legte einen Arm um ihre Taille und zog sie an sich.

Er beanspruchte seine Beute und küsste sie sanft und zärt-lich auf die Wange.

Dann blickte er sich um, bevor er eine rote Fuchsien-blüte hervorholte. Er strich ihr damit über die Lippen, und ihre Wimpern flatterten.

„Und dies hier?" Ihre Stimme klang atemlos, als sich ihre Wimpern hoben und sich ihre Blicke trafen.

Seine Stimme wurde leiser, als er auf ihren Mund starrte. „Ich mag deinen Geschmack."

„Wieder richtig, obwohl ich das Gefühl habe, dass du dem Wort *Geschmack* eine andere Bedeutung gibst." Ihre Wangen erröteten in einem Maße, um das sie selbst die röteste Rose beneiden würde. „Ich fange an zu glauben, dass du vielleicht *zu viel* über Blumen weißt."

„Ich hatte eine sehr gute Lehrerin. Meine Mutter war eine Frau, die Blumen liebte. Sie stellte sie in die Zimmer aller Gäste, täglich frische Blüten. Sie liebte die Möglich-keiten, die Blumen und andere Dinge, die in der Erde wachsen, zu bieten hatten. *Neues Leben ist schön*, hat sie immer gesagt."

„Das klingt, als wäre sie ganz wunderbar gewesen", meinte Tabitha.

„Das war sie", stimmte Fitz zu. Tabitha lag immer noch in seinen Armen, und er beugte sich hinab und küsste ihre Nasenspitze. Sie lachte wieder, und der süße Klang erfüllte ihn mit Freude. Er wählte als nächstes eine rote Nelke und sah sie erwartungsvoll an.

„Du bist dran."

Sie nahm die Nelke und ihr Blick wurde weicher. „Mein Herz schmerzt für dich", sagte sie schließlich. „Das ist es, was eine Nelke bedeutet."

Er stellte die Nelke in eine Vase in der Nähe, als sie

sich von ihm entfernte, um die anderen Blumen zu betrachten. Dann pflückte Fitz eine rote Wildrose und trat hinter sie, fasste sie sanft an der Taille und küsste ihr Ohr. Anschließend hob er die wilde Rose zu ihrem Gesicht empor.

Sie griff nach oben, wobei ihre Finger vorsichtig die Dornen des Stiels vermieden. „Vergnügen und Schmerz", hauchte sie, und ihre Brüste hoben und senkten sich, während sich ihr Atem beschleunigte.

„Das ganze Leben ist ein Wechselspiel zwischen diesen beiden", erklärte er, während er über ihren Hals strich und einen Kuss auf ihre nackte Schulter drückte. „Als ich dich zum ersten Mal sah, waren es deine Augen, die mich wie angewurzelt stehenbleiben ließen. Sie haben die Farbe von Kornblumen."

„Weißt du auch, was Kornblumen bedeuten?"

Sie drückte sich an ihn, und er wünschte sich, sie wären nicht mehr bekleidet, damit er das Gefühl ihrer Haut an seiner genießen könnte.

Fitz drehte ihr Gesicht so, dass er sie küssen konnte, aber kurz bevor sich ihre Lippen trafen, sprach er die Worte, die ihre Augen jetzt von ihm verlangten. Er wollte sie wissen lassen, dass er verstand, was sie von ihm verlangte. „Sei sanft zu mir. Das ist es, was eine Kornblume bedeutet."

Tabitha nickte, als ob sie ihn um genau das jetzt mit Augen, die die Sprache der Blumen sprachen, leise bitten würde.

Er wollte sie in seine Arme nehmen und sie auf der Stelle ins Bett tragen. Er wollte ihr zeigen, wie sanft er sein konnte, und dass er sie eines Tages, wenn sie ihm vertraute, befreien und ihr beibringen konnte, in seinen Armen ein wildes Geschöpf zu sein, wenn sie sich endlich sicher genug fühlte, um loszulassen.

„Wer bist du?", flüsterte er, als er sie in seinen Armen drehte, damit sie sich ihm zuwandte. „Erzähl mir etwas über dich. *Irgendetwas*", bat er. Er wollte alles wissen. Im Moment hatte er nur einen Blick auf die Oberfläche des Meeres geworfen, das die Seele dieser Frau war.

Die frischen Blüten um sie herum und das sanfte Mondlicht schienen ihm das Gefühl zu geben, dass es keine Vergangenheit und keine Zukunft gab, sondern nur diesen gegenwärtigen Moment mit ihr.

Ihre Lippen öffneten sich, aber sie verriet keine Geheimnisse, teilte nichts von der glühenden Seele, die so heftig in ihren Augen brannte. Sie klammerte sich an ihn, und wenn alles, was er in diesem Moment haben konnte, ihr Vertrauen in ihn war, sie zu halten, dann würde er es nehmen.

„Irgendetwas, Tabitha, bitte", flüsterte er, während er seine Augen schloss und den Scheitel ihres Haares mit sanften Küssen bedeckte.

„Bitte, Fitz, *bitte*..."

KAPITEL 6

„Mein Gott", hauchte er. „Ich will dich. Aber das ist nicht der richtige Ort für dein erstes Mal."

„Mein erstes Mal... oh!", antwortete sie und ihre Augen weiteten sich vor Verständnis. Sie strich mit einer Hand an seinem Körper hinunter und umfasste leicht seinen Schaft, der gegen die Vorderseite seiner Hose drückte.

Er stöhnte auf, als sie erforschte, was ihre Hand mit ihm anstellen konnte. „Wenn du so weitermachst, werde ich Schwierigkeiten haben, mich zu beherrschen", warnte er.

Aber sie hörte nicht auf, ihn zu reizen – im Gegenteil. Er drehte sie von sich weg und drückte sich gegen die Büste am Rücken ihres Kleides.

„Weißt du, warum Frauen ihren Hintern mit diesen Haltern betonen?", fragte er. Er umfasste ihre Taille mit einer Hand, während seine andere sanft zu ihrem Hals hinauf wanderte und ihn mit den Fingerspitzen leicht berührte.

„Warum?", fragte Tabitha, ihre Stimme klang atemlos.

„Weil es einen Mann verlockt und uns an das erinnert, was wir lieben. Wenn ich eine Frau von hinten nehme, stoße ich in sie hinein, meine Hüften schlagen gegen die Wölbung ihres Hinterns. Es ist ein herrliches Gefühl." Er hauchte in ihren Nacken, roch ihren süßen Duft, und sie zitterte unter seiner Berührung. „Diese verdammte Situation bringt mich dazu, dich gleich hier zu beugen und dich in der Dunkelheit zu nehmen, mit den Blumen um uns herum. Hier könnten wir so ursprünglich sein wie die Tiere, die in den alten Wäldern leben."

Sie reagierte mit einem Schauder, der nicht von Angst herrührte.

„Ich muss dir etwas gestehen", sagte sie, und er hielt den Atem an. „Aber ich fürchte, du wirst mich verurteilen, wenn de es hörst."

Er packte sie fester an der Taille und wollte ihr zeigen, dass er sie nicht loslassen oder wegstoßen würde, egal was sie sagen würde. Vielleicht würde sie ihm jetzt ihre Verbindung zu Hannah Winslow erklären.

„Wie wäre es, wenn ich dir zuerst etwas gestehe?", bot er an. „Dann sind wir auf gleicher Augenhöhe."

Tabitha nickte. „Das würde helfen." Sie drückte sich wieder mit dem Rücken an seine Brust, lehnte sich an ihn, und er genoss das anhaltende Vertrauen, das sie ihm entgegenbrachte.

„Ich habe davon gesprochen, immer recht zu haben", begann er. „Aber ich entdecke gerade, dass ich vielleicht nicht immer und mit allem recht habe."

„Ach?" Sie versuchte, sich umzudrehen, aber er hielt sie mit dem Gesicht von ihm weg. Er konnte es nicht ertragen, ihr Gesicht zu sehen, wenn er sie enttäuschte.

„Ja. Es scheint, dass meine Einmischung in das Leben meiner Freunde ungewollte Folgen hatte. Ich war nicht bereit, mich damit auseinanderzusetzen." Er hielt inne und überlegte seine nächsten Worte sorgfältig. „Ich sehe mich mit der harten Wahrheit konfrontiert, dass vielleicht manchmal andere Menschen ihr eigenes Leben besser kennen als ich und deshalb besser geeignet sind, für sich selbst Entscheidungen zu treffen, als ich es bin. Das ist ein neu entdeckter Makel an mir, den ich nur ungern zugebe, außer dir gegenüber."

Er streichelte ihr Haar und atmete erneut den süßen Duft ein, der ihr anhaftete. Es war, als hätte sie an diesem Morgen in Blütenblättern gebadet.

„Das klingt in der Tat nach einem schrecklichen Makel", pflichtete sie bei. „Aber willst du mich immer noch, wenn ich dir *meine* Wahrheit anvertraue?"

Fitz konnte sich nicht vorstellen, was sie sagen könnte, das ihn von ihr abbringen könnte.

„Als du mich berührt hast und ich Lust empfand, war es das erste Mal, aber es war nicht das erste Mal, dass ich mit einem Mann zusammen war. Es gab da jemanden, vor langer Zeit, als ich noch jünger war."

„Ah, ich verstehe." Sie war keine Jungfrau mehr, aber diese Enthüllung beunruhigte ihn nicht. „Du musst sehr jung gewesen sein." Das war der Teil, der ihn am meisten beunruhigte. Männer nutzten junge Frauen oft aus, und das war falsch.

„Ich war sechzehn. Der junge Mann, mit dem ich zusammen war, war siebzehn", gab Tabitha zu.

„Hat er dir wehgetan?" Das war etwas, was Fitz befürchtete. Sechzehn war furchtbar jung, und es war möglich, dass der übereifrige Junge sie verletzt haben könnte.

„Nein. Im ersten Moment war es etwas unangenehm, und es gab einen kurzen Schmerz, aber er ließ bald nach. Ich war bereit, mit ihm zusammen zu sein, und es schien ihn zu beruhigen, mit mir zusammen zu sein. Ich hatte niemanden, der mir Ratschläge gab, niemanden, der mir erklärte, dass die Intimität des Herzens nicht garantiert ist. Aber er und ich fanden in dieser Nacht miteinander Trost, als wir beide zuvor einsam in der Kälte gewesen waren."

„Ich verstehe das besser, als du denkst. Ich hatte in der Vergangenheit Mätressen, und obwohl ich eine Zuneigung für sie empfand, war es für mich nie mehr als eine körperliche Intimität, obwohl ich mir wünschte, mehr für jemanden zu empfinden. So habe ich nie für jemanden gefühlt."

Bis auf dich, fügte er leise hinzu.

Schließlich erlaubte er ihr, sich in seinen Armen umzudrehen, und sie umklammerte seinen Mantel mit ihren Händen.

„Du verurteilst mich wirklich nicht, weil ich bereits mit jemandem zusammen war?" Diese kornblumenblauen Augen sprachen für sie die Sprache der Blumen und forderten ihn immer wieder auf, sanft zu sein.

„Ich habe meine Schwächen, aber dich zu verurteilen, gehört nicht dazu. Ich bin froh zu hören, dass du nicht verletzt wurdest und dass, wenn wir... Nun, ich möchte dir keine Schmerzen bereiten."

Ihre Hand glitt an seine Brust, um sich gleich darauf um seinen Hals zu schlingen. In diesem Moment wusste er, dass er ewig warten würde, wenn es sein musste, um diese Frau zu haben.

„Ich habe unseren Moment ruiniert, nicht wahr?" Ihre blauen Augen füllten sich mit Tränen, aber sie weinte nicht. Fitz war erleichtert. Wenn sie geweint hätte, war er sich nicht sicher, ob er das überlebt hätte.

„Nein, meine Liebe, das hast du nicht. Ich will dich immer noch ganz und gar, aber es hat mich dazu gebracht, auf den richtigen Zeitpunkt zu warten. Wann auch immer du bereit bist, kann ich diesen Moment zu all dem machen, was das Liebesspiel ausmachen sollte." Es war ihm egal, dass er wie ein romantischer Narr klang. Es fühlte sich richtig an, auszusprechen, was in seinem Herzen lag.

„Egal wann?", fragte sie. „Versprichst du mir das? Ich bin in meinem Leben noch nie so aufgewühlt gewesen wie jetzt, Euer Gnaden."

„Fitz", korrigierte er.

Ihre Lippen verzogen sich zu einem Lächeln, das seine Seele zum Schmelzen brachte. „Fitz. Wie kannst du nur so schroff und süß zugleich sein? Ich habe noch nie einen Mann wie dich getroffen."

„Du sagst ständig solche Sachen. Ich bin mir nicht sicher, ob ich mich dadurch geehrt oder beleidigt fühlen sollte", kicherte er.

Sie drückte ihr Gesicht gegen seine Weste und ihre Hände krallten sich in seine Ärmel, als sie sich an ihn klammerte.

„Küss mich einfach", hauchte sie. Er neigte sanft ihr Gesicht zu seinem und sah, wie sich ein Hauch von Tränen an ihren Wimpern festsetzte.

Sein Mund traf auf den ihren, hart, verzweifelt, erfüllt von einer Sehnsucht, von der er wusste, dass er sie verbergen sollte, aber er konnte es nicht. Ihre Lippen öffneten sich unter seiner forschenden Zunge, als er tiefer in sie eindrang und sie schmeckte, bis sie sich in seine Seele eingeprägt hatte. Mit einer Hand stützte er ihren Hinterkopf, während er mit der anderen ihren unteren Rücken umfasste und sie eng an sich drückte. Die Blumen um sie herum schienen sanfte, süße Worte in ihrer leisen Sprache der wilden Schönheit zu flüstern. Tabithas Lippen waren weicher als die Blütenblätter jeder Blume, und die Hitze, die dieser Kuss erzeugte, entfachte erneut einen Funken des Verlangens in ihm.

Wie hatte er nur so kalt sein und es nicht bemerken können? Diese Kälte, die sein Herz umhüllte und ihn in den letzten Jahren hart und gefroren gehalten hatte, schwand nun unter der heißen Berührung ihrer Lippen. Er war kein Mann, der übermäßig an das Göttliche dachte, aber in diesem Augenblick glaubte er und verstand endlich, was manche Leute meinten, wenn sie sagten, jemanden zu lieben, bedeutete, sich im Göttlichen zu sonnen.

Liebte er sie? Konnte man eine Person so schnell lieben? Sicherlich war es Wahnsinn, ein Trick, den sein Verstand ihm vorspielte, weil er sich insgeheim nach einer tiefen Verbindung zu einer anderen Seele gesehnt hatte.

Ihre Münder trennten sich, und er hatte Mühe, seinen Atem und seine Sinne wiederzuerlangen, da die Erfahrung, Tabitha zu küssen, jedes Mal intensiver wurde.

Diese kornblumenblauen Augen hielten seinen Blick fest, und er vergaß, warum er überhaupt nach ihren Geheimnissen gefragt hatte. Eine Frau sollte ihr Geheimnis immer bewahren, es wie einen pelzgefütterten Mantel tragen oder es wie ein glitzerndes Diadem auf ihre Stirn setzen.

Schließlich fand er seine Stimme wieder. „Komm, ich bringe dich zurück ins Haus." Er drückte ihr noch einen langanhaltenden Kuss auf die Lippen und seufzte. „Verflixt und zugenäht, ich hasse es manchmal, ein Gentleman zu sein." Das entlockte ihr ein leises Lachen. „Aber sei versichert, Tabitha, ich werde über dich herfallen."

„Und ich werde es zulassen", erwiderte sie mit einer bezaubernden Frechheit, die ihn dazu brachte, sie wieder in seine Arme zu schließen und nie wieder loslassen zu wollen. Wo zum Teufel war diese perfekte Frau hergekommen, und warum konnte er die Frage nach ihrer Vergangenheit nicht einfach eine Frage bleiben lassen, die keiner Antwort bedurfte?

❦

TABITHA WÜNSCHTE DEM DUKE EINE GUTE NACHT, ALS er sich zu den anderen Herren ins Billardzimmer begab, und sie am Fuße der großen Treppe zurückließ. Anstatt in den Salon zu gehen, wo die Damen versammelt waren, schlich sie sich in ihr Schlafgemach, um sich auszuruhen und sich auf die kommende Mission vorzubereiten.

Sie rief Liza zu sich, die ihr beim Ausziehen und Baden helfen sollte. Liza war eigentlich Hannahs Dienstmädchen, aber sie war so nett, Tabitha zusätzlich zu ihren Pflichten gegenüber Hannah zu helfen. Sie war einer der wenigen Menschen, die die Wahrheit über die Fröhlichen Rotkehlchen kannten, und sie war mehr als glücklich, deren Geheimnis zu bewahren.

„Danke, Liza. Ich habe vor, später in der Nacht nach dem Diamanten zu suchen, um zu sehen, ob ich ihn stehlen kann oder zumindest eine bessere Vorstellung davon zu bekommen, wo und wie er gesichert ist. Vor dem Arbeitszimmer des Duke scheint eine Wache postiert zu sein, also werde ich dort mit meiner Suche beginnen. Ich werde mich früh zurückziehen und versuchen, erst einmal etwas zu schlafen.“

„Wann möchtet Ihr nach dem Diamanten suchen? Möchtet Ihr, dass ich zurückkomme und Euch wecke?“

„Ja, bitte. Gegen drei Uhr?“

„Natürlich, Miss Tabitha. Zieht das Kleid aus und geht ins Bad.“

Als das Dienstmädchen ihr beim Ausziehen half, musste Tabitha an die geheimen Momente mit Helston im Gewächshaus zurückdenken. Es war Jahre her, dass sie an die Nacht gedacht hatte, in der sie mit dem jungen Joseph das Bett geteilt hatte.

Er war derjenige gewesen, der ihr die Kunst der leichten Finger beigebracht hatte. Er hatte sie nach Hause begleitet, um sicherzustellen, dass sie nicht entführt wurde. Mit sechzehn war sie für Männer angreifbar, vor allem für solche, die auf der Suche nach jungen Mädchen waren, um sie in die Prostitution zu versklaven.

Er hatte ihr angeboten, über Nacht zu bleiben. Es war so kalt gewesen, die anderen Mädchen waren für die Nacht weg, und sie war einsam genug gewesen, um anzunehmen. Eines hatte zum anderen geführt, und sie und Joseph waren sich im Kerzenschein nähergekommen und hatten an den Kleidern des anderen gezerrt, bis sie in ihr Bett gestolpert waren. Es war ein peinlicher und zugleich süßer Moment gewesen, so wie er versucht hatte, ihr nicht wehzutun. Es hatte ihr nicht einmal etwas ausgemacht, ihr Bett zu teilen, als sie beide eingeschlafen waren.

Joseph war sechs Monate später an Typhus gestorben, und obwohl sie ihn nicht geliebt hatte, hatte sie um ihn getrauert und diese Erinnerungen bis heute tief in sich vergraben. Er war einer der vielen Gründe, warum sie sich nicht getraut hatte, ihren Schutz aufzugeben. Aber Hannah und Julia hatten so viele dieser inneren Barrieren niedergerissen, dass es jemandem wie Helston leichtgefallen war, die Zinnen ihres Herzens zu stürmen.

Mit Helston hatte sie alle ihre Regeln gebrochen. Er brachte sie dazu, ihr Herz jemandem anzuvertrauen, nachts neben ihm zu liegen und sicher zu sein, dass er am Morgen noch da sein würde.

Er weckte in ihr die Sehnsucht nach wilden, ursprünglichen Dingen, die ein Mann und eine Frau gemeinsam tun konnten. Sie hatte sich nie erlaubt, daran zu denken, aber heute Abend hatte sie Helston praktisch mit einer Verzweiflung angefleht, sie zu nehmen, die sie nie für möglich gehalten hatte.

Sie hatte gedacht, sie hätte kein Interesse an Männern, aber die Wahrheit war, dass sie einfach noch nicht den *richtigen* Mann getroffen hatte. Und Helston war tatsächlich der richtige Mann... und es war doch verdammt unglücklich, dass er gleichzeitig auch der *falsche* Mann war.

Nach ihrem Bad ließ das Dienstmädchen sie allein, damit sie sich vor ihrer nächtlichen Mission, den Diamanten zu suchen, ausruhen konnte. Als sie in den Schlaf fiel, kehrten ihre Gedanken immer wieder zu Helston zurück.

Als es kurz vor drei Uhr morgens war, klopfte es leise an ihre Tür. Tabitha öffnete und erlaubte Liza, zu ihr ins Zimmer zu schlüpfen.

„Danke, dass du so lange wachgeblieben bist, Liza“, sagte sie, als die Tür fest geschlossen war.

„Hier, Miss Tabitha.“ Liza half ihr, die schwarze Hose und die schwarze Bluse anzuziehen. Jedes der Fröhlichen

Rotkehlchen hatte ihre eigene Kleidung wie diese, die sie bei ihren Diebstählen tragen konnten, wenn diese nicht während Bällen oder Partys durchgeführt werden konnten. Wenn ein Juwel nicht während eines Nachmittags-Tees oder eines Balls gestohlen werden konnte, kehrten sie nachts zurück und benutzten einen Dienstboteneingang, um das Haus zu betreten und das Juwel mit relativer Leichtigkeit zu stehlen.

Tabitha zog sich schnell um und streifte sich eine schwarze Kapuze über den Kopf, die sie bis auf Mund und Augen vollständig bedeckte. So konnte man nichts von ihrer Haut sehen, wenn sie sich im Schatten verstecken musste, und auch ihre Identität als Frau blieb verborgen, da ihr Haar nicht zu sehen war. Sie hatte Augenschlitze in die Maske geschnitten und benutzte stets etwas dunklen Ruß, um die Haut zu verbergen, die eine Person durch die Schlitze sehen könnte, um sich noch weiter zu tarnen.

„Ich habe eine Karte des Hauses für Euch gezeichnet, Miss Tabitha. Ihr hattet recht, das Arbeitszimmer des Duke ist bewacht. Er hat zwei Bedienstete und seinen Kammerdiener, die abwechselnd die Tür bewachen." Liza legte ein Blatt Papier auf den kleinen Tisch neben dem Stuhl vor dem Feuer, und Tabitha beugte sich vor, um es genauer zu betrachten. Es war eine detaillierte Zeichnung des Hauses und seiner vielen Gänge und Treppen, die Tabitha aufgrund ihrer früheren Rundgänge durch das Haus und über das Gelände mit Fitz schnell erkennen ließ, wo sie hin musste.

„Die Wachen sind nur *vor* der Tür? Nicht auf der Innenseite?"

„Ich glaube schon, aber ich bin mir nicht sicher. Ich habe nur die Bediensteten vor der Tür stehen sehen. Ich nehme an, sie denken, das sei genug." Liza zuckte mit den Schultern.

„Für manche mag es das sein, aber ich werde durch das Fenster in das Arbeitszimmer gelangen." Tabitha umarmte das Dienstmädchen kurz. „Wünsch mir Glück." Dann schlich Tabitha aus dem Schlafgemach und die hintere Dienstbotentreppe hinunter.

In Helston Heath war es still, als sie sich lautlos durch die Korridore bewegte. Sie bahnte sich ihren Weg im Schutz der Dunkelheit, bis sie die Hintertür erreichte, die sie zu den Gärten führen würde. In Anbetracht der späten Stunde begegnete sie unterwegs keinen Bediensteten. Die Küchenmädchen würden erst in zwei Stunden aufstehen, um das Feuer zu entzünden.

Sie verließ das Haus durch die Tür, die Helston an diesem Abend benutzt hatte, als er ihr das Gewächshaus gezeigt hatte, da sie auch zum Arbeitszimmer des Duke führte. Draußen angekommen, zählte sie die Fenster des Hauses und machte sich auf den Weg zu dem Zimmer, von dem sie sicher war, dass es das richtige war. Als sie es erreichte, hockte sie sich in die Blumenbeete unter der Fensterbank.

Ihr Herz raste und sie fühlte sich seltsam unwohl bei dem Gedanken, Helstons Diamanten zu entwenden. Ein Aufblitzen der Erinnerung an den gestrigen Abend, als Helston die Kornblume im Gewächshaus hochgehalten und von ihren Augen gesprochen hatte, ließ ihre Lippen erzittern. Sie hatte eine Sanftheit in ihm gesehen, in diesem Mann, der so herrschsüchtig sein und seine Mitmenschen bevormunden konnte. Und diese Sanftheit hatte er ihr gegenüber gezeigt. Er hatte sogar Fehler zugegeben und von Geständnissen und Verlangen gesprochen, die über das rein körperliche Bedürfnis hinausgingen.

Sie schloss die Augen und versuchte, ihre Entschlossenheit zu stärken, aber es half nichts. Stattdessen sah sie Helston wieder. Sie war wieder im Gewächshaus und spürte seine Arme um sie, als er es gewagt hatte, sie zu fragen, ob sie verletzt worden war, als zum ersten Mal ein Mann mit ihr geschlafen hatte. Warum hatte er sie nicht verurteilt? Gentlemen bevorzugten Jungfrauen, aber das schien ihm egal zu sein. Er hatte sogar erleichtert geklungen, als er erfuhr, dass sie nicht gelitten hatte.

Nein. Sie konnte das nicht tun. Sie konnte seinen Diamanten nicht stehlen. Sie stieß sich von der Hauswand ab und schlich zurück ins Haus. Sie fand Liza in ihrem Schlafgemach, wo sie auf sie wartete.

„Habt Ihr ihn?", fragte das Dienstmädchen mit gedämpfter Stimme.

„Nein. Das Fenster war verschlossen. Ich werde es morgen wieder versuchen." Die Lüge kam ihr bitter über die Lippen. Waisen, Witwen und verwundete Kriegsveteranen verließen sich auf sie, doch heute Nacht hatte sie sie im Stich gelassen.

„Geht es Euch gut?", fragte Liza, als Tabitha sich mit einem schweren Seufzer zurück auf das Bett fallen ließ. „Ihr seht ein bisschen mitgenommen aus."

„Ja... es geht mir gut. Warum gehst du nicht ins Bett, Liza?", drängte sie. „Es ist schon spät. Wir werden es morgen erneut versuchen. Ich kann mein Nachthemd auch alleine wieder anziehen."

„Nun gut. Dann gute Nacht, Miss."

Liza ließ sie allein, und Tabitha starrte an die Decke. Erst dann sah sie den Blumenstrauß, der auf einem der

Tische am Fenster stand. Die Vase war übervoll mit roten Tulpen, und sie wusste, was Tulpen bedeuten.

Tabitha erhob sich vom Bett und ging zum Tisch hinüber. Hatte der Duke diese für sie hinterlassen? Das einzigartige Arrangement musste von ihm stammen. Die Blumen mussten geliefert worden sein, als sie nach ihrer Zeit im Gewächshaus im Nebenzimmer gebadet hatte. Liza musste die Blumen genommen, hierhergebracht und vergessen haben, ihr davon zu erzählen.

Tabitha vergrub ihr Gesicht in den samtig weichen Blüten und flüsterte die Botschaft, die die Blumen trugen: „Ich erkläre meine Liebe." Sie bemerkte, dass sich unter die Tulpen auch Kleeblätter mischten. Auch sie trugen eine Botschaft. „Willst du mein sein?"

Was sollte sie nur tun? Sie schnupperte wieder an den Blumen und atmete aus.

Verflucht seist du, Helston, dachte sie. *Verdammt, dass du mich dazu gebracht hast, mich in dich zu verlieben.*

KAPITEL 7

„Hattest du eine ruhige Nacht?", fragte Beck beim Frühstück am nächsten Morgen. Fitz hatte die Bediensteten, die normalerweise den Speisesaal besetzten, draußen warten lassen, bis weitere Gäste zum Frühstück kamen. So konnten sie allein im Speisesaal sein. Die meisten der Gentlemen waren bis spät in die Nacht aufgeblieben, um zu trinken und zu rauchen, aber Fitz war es gewohnt, früh aufzustehen.

„Ja. Ich habe die ganze Nacht gewartet. Meine Diener haben gesagt, dass niemand den Flur betreten hat. Ich glaube, wir müssen den Wächter in der Nacht von der Tür wegschicken."

„Das denke ich auch", pflichtete Beck ihm bei. „Es ist ja nicht so, dass das wahre Juwel auf dem Spiel steht."

Sie unterhielten sich leise, um nicht von jemandem außerhalb des Speisesaals belauscht zu werden.

„Ich übernehme heute Nacht die Wache", bot Beck an.

„Ich denke, *ich* sollte dies heute Nacht noch einmal übernehmen. Du und Evan werden weniger verdächtig sein. Ich möchte, dass du dich durch die männlichen Gäste arbeitest und siehst, was du durch Gespräche erfahren kannst."

„Wir verhören sie also, ohne sie wissen zu lassen, dass sie verhört werden."

„Ganz genau."

Fitz beendete sein Frühstück und betrachtete die Kornblumen auf dem Tisch, die zusammen mit anderen Blumen aus dem Gewächshaus zu einem schönen Strauß arrangiert worden waren. Er lächelte ein wenig, als er sich daran erinnerte, wie er gestern Abend einen ähnlichen Strauß in Tabithas Schlafgemach gebracht hatte, während sie nebenan ein heißes Bad genommen hatte. Das Dienstmädchen hatte ihn ihm abgenommen und ihm versichert, dass sie ihn am nächsten Morgen sehen würde.

Er konnte es kaum erwarten, sie zu sehen und zu fragen, ob sie ihr gefielen. Fast hätte er über seine eigene kindliche Dummheit gelacht, sich so über die Reaktion einer Frau auf einen Blumenstrauß zu freuen.

Evan schlich sich in den Speisesaal und setzte sich zu ihnen an den Tisch. „Großer Gott..."

„Was ist?" Fitz wandte seinen Blick vom Strauß ab und sah Evan an.

„Du hast diesen gewissen Blick", antwortete Evan.

„Einen *Blick*?", blaffte Fitz. „Was zum Teufel soll das denn bedeuten?"

Beck und Evan tauschten einen besorgten Blick aus.

„Er hat recht. Du hast *den* Blick", stimmte Beck zu.

„Ihr tut beide so, als hätte ich die Schwindsucht", sagte Fitz ärgerlich. „Was ist das für ein *Blick*, von dem ihr sprecht?"

Evan entspannte sich. „Und einfach so ist er wieder

verschwunden. Einen Moment lang war ich besorgt. Du sahst aus, als würdest du an etwas wunderbar Angenehmes denken... wie vielleicht eine Frau? Und dies ist nicht die Zeit, um sich mit jemandem einzulassen. Ich dachte, du wärst hier, um einen Dieb zu schnappen, nicht eine Braut. Dieser ganze Plan war deine Idee, wenn du dich erinnerst", sagte Evan.

Fitz wölbte eine Augenbraue. „Und wenn ich *wirklich* an eine Frau denke?", fragte er.

„Du bist bei weitem der am wenigsten Romantischste von uns. Wenn *du* unter das Joch der Ehe fällst, dann sind Beck und ich ganz sicher verloren", schimpfte Evan. „Ich will mich nicht noch einmal verlieben. Mein Herz einmal auszulöschen, hat mir gereicht, danke." Er griff nach einem Teller mit Scones auf dem Tisch.

Beck unterdrückte ein Glucksen, während er an seinem Kaffee nippte. „Ich habe keine Angst vor der Liebe mit der richtigen Frau, aber das ist eine ziemliche Herausforderung, nicht wahr? Heutzutage sind die Frauen viel zu berechenbar. Ich brauche jemanden, der aufregend ist und dem es nichts ausmacht, dass ich so bin, wie ich bin – mit all den Skandalen, die ich mitbringe."

Zum ersten Mal seit Jahren sah Fitz einen Hauch des alten Beck aus der Zeit vor dem Tod seines Vaters, der seine Familie mittellos zurückgelassen hatte.

Beck hatte seine Notlage so lange geheim gehalten, wie er konnte, bis die Gläubiger das Stadthaus überfallen und alles Wertvolle einfach mitgenommen hatten. Dann war er kurz nach Mitternacht bei Fitz aufgetaucht, mit seiner Mutter und seiner kleinen Schwester im Schlepptau, und hatte um ein Zimmer gebeten, in dem sie ein paar Tage schlafen konnten, während er versuchte, andere Vorkehrungen zu treffen.

Fitz hatte sofort drei Zimmer zur Verfügung gestellt und darauf bestanden, dass sie ein paar Monate und nicht nur ein paar Tage blieben. Beck hatte sich dagegen gewehrt, aber als seine Mutter und seine Schwester sich in ihren Zimmern eingerichtet hatten, hatte er das Angebot widerwillig angenommen. Fitz hatte Beck nie gesagt, dass es wunderbar gewesen war, seine Familie unter seinem Dach zu haben. Denn zum ersten Mal seit Jahren hatte er das Gefühl gehabt, wieder eine Familie zu haben.

Innerhalb weniger Monate war Beck dann zu einem berüchtigten Einbrecher geworden, den die Presse als „fröhlichen Schurken" bezeichnete, und bald konnte er sich wieder eine Unterkunft für seine Familie leisten. Er war sogar so schlau gewesen, die Hälfte des gestohlenen Geldes zu investieren, während er die andere Hälfte verspielte, um mehr zu gewinnen. Niemand außer Fitz und Evan hatte je die Wahrheit über Becks schnell anwachsenden Reichtum erfahren.

Die Begegnung mit Tabitha im Gewächshaus am Abend zuvor hatte ihn an die Zeit erinnert, als Beck und seine Familie bei ihm gewohnt hatten. Es hatte sich... einfach richtig angefühlt, jemanden in seiner Nähe zu haben, der ihm etwas bedeutete. Die Art und Weise, wie Tabitha auf ihn reagierte, und dieses schwindelerregende, entzückende Gefühl in seiner Brust, machte ihn aufgeregt und doch gleichzeitig zutiefst gelassen.

„Dürfen wir fragen, was dich heute Morgen so verträumt aussehen lässt?", fragte Evan.

Fitz schnaubte. „Ich bin *nicht* verträumt und werde es auch nie sein."

„Doch, du bist es, alter Junge. Dieses Sherborne-Mädchen hat dich völlig durcheinander gebracht. Geheime Küsse und Spaziergänge zum Gewächshaus im Schutze der Dunkelheit...“ Evan gluckste. „Du solltest vorsichtig sein. Derlei Aktionen hätten unsere Vorfahren schon längst unter die Haube gebracht, und Kinder wären auch schon unterwegs.“

„Sie ist faszinierend, das gebe ich zu. Ich kann nicht anders, als die Teile ihres geheimen Puzzles zusammensetzen zu wollen.“ Er spielte mit seiner Teetasse und lehnte sich dann ein wenig zu seinem Freund. „Ich gebe dir die Schuld, Evan.“

„Mir?“

„Bist du wirklich sicher, dass sie nicht mit Hannah verwandt ist? Auch nicht entfernt?“

Evan schüttelte den Kopf. „Ich habe alles über Hannah erfahren, auch ihren Stammbaum. Ich habe ihre Abstammung bis zu Wilhelm dem Eroberer zurückverfolgt, und ich kenne alle ihre Cousins und Cousinen und sogar Cousinen zweiten und dritten Grades. Nicht ein einziges Mal habe ich eine Tabitha oder eine Sherborne gesehen. Selbst die weiblichen Verwandten, die heirateten und andere Namen annahmen, entgingen meiner Suche nicht.“

„Du nimmst doch nicht etwa an, dass diese mysteriöse Miss Sherborne...“, begann Beck nachdenklich.

„Der Dieb ist?“ Evan vervollständigte Becks Gedanken, und dann brachen beide in Gelächter aus.

Fitz lachte nicht.

Frauen waren zu solchen Aktivitäten mehr als fähig, und um ehrlich zu sein, war ihm diese Möglichkeit auch in den Sinn gekommen. Immerhin hatte Tabitha zugegeben, welch verzweifeltes Leben sie einst geführt hatte. War es nicht möglich, dass diese Diebstähle der Grund dafür waren, dass sie sich ihren jetzigen Lebensstil leisten konnte? Beck war der Beweis dafür, dass solche Dinge möglich waren.

Er hatte jedoch seine Gründe, sie als Verdächtige auszuschließen, und zwar wegen ihrer Begleiterinnen, Miss Starling und Mrs. Winslow. Sie waren wohlgeborene Töchter von Aristokraten – und von Dieben weit entfernt. Außerdem vertrauten sie Tabitha eindeutig, und zwar so sehr, dass sie sich die Geschichte ausgedacht hatten, sie sei Hannahs Cousine. Die drei waren eindeutig gute Freundinnen, und als vornehme Damen würden Hannah und Julia nicht zu solch niederen Handlungen wie einem Diebstahl neigen. Aber was sollte an Tabitha so wichtig sein, dass Hannah und Julia die Gesellschaft für sie anlügen würden?

Plötzlich schlug die Wahrheit wie ein Blitz ein. Er kannte einen sehr wichtigen Grund dafür, dass zwei Damen aus gutem Hause über die Herkunft einer anderen Frau lügen und sie so in die Gesellschaft einführen würden.

„Miss Sherborne ist nicht hinter einem Juwel her. Sie will einen Ehemann", murmelte er vor sich hin und zog damit die Aufmerksamkeit seiner Freunde auf sich.

„Miss Sherborne will einen Ehemann?", fragte Beck.

„Natürlich! Das muss der Grund sein, warum Mrs. Winslow und Miss Starling diese Cousinen-Geschichte ausgeheckt haben. Miss Sherborne hat mir im Vertrauen Dinge erzählt, die mich zu dieser Annahme veranlassen." Er erzählte seinen Freunden nicht all die privaten Dinge, die Tabitha ihm im Vertrauen mitgeteilt hatte. Es stand ihm nicht zu, diese Geheimnisse weiterzugeben. Doch selbst wenn sie es schaffte, ihre Situation geheim zu halten, würden die meisten Männer in der Hochzeitsnacht einen

Beweis dafür verlangen, dass sie noch Jungfrau war. Das war eine dumme, mittelalterliche Vorstellung, aber Männer dachten oft mittelalterlich, wenn es um bestimmte Dinge ging, auch um Frauen.

„Sie ist also hinter dir her", stellte Evan fest. „Ich wundere mich über ihren Mut, einen Duke zu verfolgen. Bravo für sie, aber ich wage zu behaupten, dass sie dich nicht angeln wird. Sie müsste auch deine Großmutter für sich gewinnen."

„Sie hat bereits das Interesse meiner Großmutter geweckt", gab Fitz zu. „Ich habe zufällig gehört, wie sie Mr. Tracy befohlen hat, uns beide während dieser Hausparty so oft wie möglich zusammenzubringen. Großmutter will unbedingt, dass ich heirate, und sie scheint Miss Sherborne sehr gut zu mögen."

„Großer Gott, Mann", stieß Evan hervor. „Du solltest gut aufpassen, sonst bist du bis Weihnachten verheiratet."

Bis Weihnachten verheiratet. Warum versetzte ihn der Gedanke gleichzeitig in Angst und Aufregung? Der große Speisesaal kam ihm plötzlich klein und erdrückend vor. Fitz zupfte an seinem Kragen und versuchte, dem würgenden Gefühl zu entkommen.

„Ich glaube, ich brauche etwas Luft." Fitz schob seinen Stuhl zurück und stand auf. „Ich sehe euch beide später, ja?"

„In der Tat. Ich habe gehört, Krocket ist das Spiel des Tages." Evan grinste. „Es macht mir immer wieder Spaß, auf den Ball einzuschlagen."

Beck rollte mit den Augen. „Und wenn du es tust, braucht es ein halbes Dutzend Männer, um den Ball im Unterholz zu suchen. Währenddessen flirtest du mit jeder hübschen Frau, die anwesend ist."

Evan lehnte sich mit einem vergnügten Blick in seinem Stuhl zurück. „Ich habe nie behauptet, dass ich auf die Wickets ziele. Außerdem habe ich die Damen ganz für mich allein, wenn die anderen Gentlemen dem Ball hinterherjagen."

Beck schnaubte. „Du bist ein Angeber, das weißt du, oder?"

„Ich gebe es gerne zu." Evan grinste.

Fitz ließ seine Freunde im Speisesaal zurück, während er sich auf die hintere Terrasse begab. Draußen angekommen, seufzte er erleichtert auf, als die kühle Herbstbrise sein Haar zerzauste und seine Sinne belebte.

Seine Gedanken wirbelten durcheinander, als er die Terrasse verließ und einen Gartenweg einschlug, der ihn zu einem Feldweg führte. Der Weg führte durch den Wald, der an sein Land grenzte, und vorbei an der Seite eines steilen Hügels mit Wiesen, auf denen im Frühling Schafe weideten. Er schritt schnell voran und beobachtete die Regenwolken, die sich am Horizont zusammenzogen. Das leise Grollen des Donners lenkte ihn nur geringfügig ab, während er sich auf die Frage konzentrierte, was er mit Tabitha tun sollte.

War sie auf der Suche nach einem Ehemann? Und wollte sie *ihn* in dieser Hinsicht? Und noch wichtiger: Wenn sie insgeheim einen Ehemann suchte, spielte sie dann eine Rolle oder war sie authentisch? Frauen versuchten manchmal sich an Männer anzupassen, wenn sie darauf aus waren, einen Ehemann oder auch einen Beschützer zu gewinnen. War Tabitha die Art von Frau, die das tun würde? Oder war sie bei ihm nur sie selbst? Und wenn sie sie selbst war... was hielt er von der Idee, sie zu heiraten? Denn wenn sie tatsächlich auf der Suche nach einem Ehemann war, bewegten sie sich sicherlich in diese Richtung.

Fitz hatte es nie gemocht, an die Tatsache erinnert zu werden, dass er eines Tages heiraten *müssen* würde. Er mochte es nicht, wenn man ihm sagte, was er zu tun hatte, niemals. Natürlich vermied er alles, was ihn zu einer Hochzeit führen könnte. Doch als er daran dachte, wie Tabitha zum Altar schritt, um dort einen anderen Mann zu treffen, entstand ein seltsames Summen in seinen Ohren und er ballte die Fäuste.

Tabithas Gesicht, halb verborgen unter einem Brautschleier, blitzte in seinem Kopf auf. Sie würde exquisit aussehen in einem cremefarbenen Satinkleid, Orangenblüten in ihrem Haar und...

Er fluchte, als er seine Schritte beschleunigte. Seit wann war er die Art von Mann, die von einer Braut träumte? Seit wann gehörte er zu der Sorte Mann, die sich im Dunkeln bei Musik in eine Frau verliebte? Offenbar wurde ein Mann, der eine Frau wie Tabitha kennenlernte, zu einem romantischen Narren, der sich nach Küssen sehnte und die Sprache der Blumen sprach.

❧

Tabitha beschleunigte ihren Schritt, als sie das Grollen des Sturms hinter sich hörte. Sie war todmüde, denn sie hatte in der Nacht zuvor nicht viel schlafen können. Die Blumen, die Fitz für sie hinterlassen hatte, hatten ihr den Kopf verdreht. Sie fühlte sich auch ziemlich schuldig, weil sie Hannah und Julia nichts von ihren wachsenden Gefühlen für Fitz erzählt hatte. Sie hatte gerade einen Mann geküsst, den sie beide verachteten, einen

Mann, der die Verlobung und das Leben einer Freundin ruiniert hatte, was dazu geführt hatte, dass die arme Frau nach Amerika verbannt worden war.

Und als ob das nicht schon schlimm genug wäre, hatte sie es letzte Nacht nicht geschafft, den Diamanten zu stehlen. Genau genommen hatte sie es nicht einmal *versucht*, und das war unendlich viel schlimmer.

Mit all diesen Gedanken im Kopf hatte sie nicht wieder einschlafen können, also hatte sie beschlossen, einen Spaziergang zu machen. Die frühmorgendliche Bewegung über die Felder hatte den zusätzlichen Vorteil, dass sie Julia und Hannah aus dem Weg gehen konnte, zumindest eine Zeit lang. Sie konnte es sich noch nicht leisten, mit ihnen zu sprechen, nicht bevor sie sich überlegt hatte, wie sie sich dafür entschuldigen wollte, dass sie den Diamanten nicht gefunden hatte.

Sie hörte den Regen kommen, lange bevor sie ihn spürte. Das dumpfe Tosen der schweren Tropfen fegte über die Wiese und den Weg, auf dem sie sich befand. Sie setzte zu einem verzweifelten Sprint an, als der Wolkenbruch sie verfolgte. Sie wollte nicht nass wie eine ertrunkene Ratte in das Haus zurückkehren.

Als der Regen sie unweigerlich einholte, war sie von dessen Wucht überwältigt. Sie versuchte, auf dem Weg zu bleiben, aber der Schlamm machte es bald unmöglich. Selbst das immer dichter werdende Blätterdach über ihr konnte den sintflutartigen Regenguss nicht aufhalten. Sie fühlte sich, als würde sie durch einen endlosen Wasserfall laufen.

Verdammt! Das war nicht das, was sie brauchte. Es gab nichts Ärgerlicheres, als bis auf die Knochen durchnässt zu werden. Wenigstens konnte sie jetzt ins Haus zurückkehren, sich umziehen und um ein heißes Bad bitten. Bevor sie Hannah und Julia getroffen hatte, wäre sie den Rest des Tages nass gewesen, mit einem leeren Bauch und einer Erkältung, die wahrscheinlich zu Schlimmerem geführt hätte. Dem Himmel sei Dank, dass sie nicht mehr unter solchen Bedingungen leben musste. In diesem Moment beschloss sie, Hannah und Julia zu umarmen, wenn sie zurückkam. Die beiden Frauen hatten sie wirklich aus dem Elend ihres alten Lebens gerettet.

Aber schon der Gedanke daran weckte die tiefe Befürchtung, dass sie im Leben nur einen einzigen Zweck haben würde: zu stehlen. War sie nichts weiter als eine kleine Diebin in einem hübschen Kleid? So viele Jahre lang war sie nur eine Taschendiebin gewesen, nichts weiter. War sie es wert, irgendetwas zu sein oder für irgendjemanden von Bedeutung zu sein, abgesehen von ihren speziellen Fähigkeiten? Wahrscheinlich war es albern, sich darüber überhaupt Gedanken zu machen, aber sie tat es.

Tabitha schlug einen Trampelpfad zu einem kleinen bewaldeten Hügel hinauf ein und versuchte, dem dicken Schlamm auszuweichen, der sich auf dem Weg gebildet hatte, aber sie rutschte auf den glitschigen Wiesengräsern aus. Sie schrie mehr vor Schreck als vor Schmerz auf, als ihr Knöchel unter ihr nachgab und sie zu Boden stürzte und den steilen Hügel hinunterrutschte, wobei sie bei jedem Überschlag vor Schmerz aufstöhnte.

Mit einem dumpfen Aufprall rutschte sie gegen einen Felsbrocken, der sich löste und mit ihr weiter den Hang hinabrollte. Aber dieser Felsbrocken grunzte.

Es war es kein Felsbrocken. Es war ein Mann. Als sie den Regen aus ihren Augen blinzelte, starrte sie in das Gesicht von Fitz, dessen Augen so stürmisch waren wie die

Wolken über ihnen. Sein nasses goldenes Haar hing in feuchten Ranken in sein Gesicht wie poliertes Gold. Er starrte sie an, während er auf der Seite lag. Er blinzelte langsam, als wolle er entscheiden, ob er sie wirklich sah oder ob sie ein Traum war.

„Euer Gnaden", keuchte sie.

Er setzte sich langsam auf und zuckte zusammen. „Tabitha?" Er hatte eine Wunde an der Stirn. Sie war nicht tief, aber das Blut rann über sein Gesicht.

„Oh Gott, du blutest ja." Sie kramte in ihrer durchnässten Rocktasche und zog das Taschentuch mit seinen Initialen heraus, das er ihr überlassen hatte. Dann hob sie das feuchte Taschentuch an, um seine Wunde abzuwischen und er zuckte zusammen.

„Halt still", sagte sie und hielt sein Kinn fest, während sie ihn abwischte. „Ich glaube, das Tuch ist zu nass. Wir müssen irgendwo hin, wo es trocken ist, bevor ich mich richtig darum kümmern kann."

Fitz lächelte sanft. „Du bist also Krankenschwester?"

„Nein, aber ich habe mich schon oft verletzt. Jede Schnittwunde muss ernst genommen werden, besonders in der Stadt. Was in aller Welt hast du hier draußen gemacht?", fragte sie, während sie vorsichtig ihren linken Knöchel berührte.

„Ich war spazieren." Er blinzelte zum Regen hinauf, der weiter um sie herum zu Boden prasselte. „Dann kam dieser Sturm wie aus dem Nichts. Und du? Was machst du hier?"

„Ich war ebenfalls spazieren. Ich dachte, ich schaffe es zurück zum Haus, bevor ich komplett nass werde, aber ich habe mich wohl geirrt."

„Ich wäre erstaunt, wenn du es geschafft hättest. Wir

sind eine ganze Meile vom Haus entfernt. Warum entfernst du dich so weit von den anderen?", fragte Fitz.

Sie errötete und wandte den Blick ab. „Ich bin gerne aktiv. Ich gehe oft spazieren. Ich laufe sogar, wenn niemand zu sehen ist. Es tut mir gut, meine Beine zu bewegen. Ich glaube diesen dummen Ärzten nicht, die sagen, dass es die weibliche Fruchtbarkeit beeinträchtigt. Frauen sind schon gelaufen und haben gearbeitet, lange bevor diese spießigen alten Männer aufkamen. Frische Luft und Bewegung sind besser als Stillstand."

Der Duke gluckste. „Da sind wir uns einig. Ich halte es auch nicht aus, zu lange stillzusitzen." Während er dies sagte, versuchte er aufzustehen, aber er schwankte unsicher auf seinen Füßen.

„Guter Gott... ich..." Er sackte zurück auf den Boden. „Mir ist ziemlich schwindlig."

„Das ist alles meine Schuld. Ich habe dich getroffen, als ich fiel. Meinst du, du könntest gehen, wenn du dich auf mich stützt?"

„Das könnte ich bestimmt", antwortete er unsicher. Seine Augen waren recht glasig geworden, und sie befürchtete, dass er eine Gehirnerschütterung haben könnte. Sie hatte ihn ziemlich hart getroffen.

„Gut, ich werde versuchen, dich hochzuheben. Dann stützt du dich auf mich." Sie stand auf und unterdrückte ein Wimmern, als ihr Knöchel heftig schmerzte. Aber sie konnte gehen und hatte schon viel Schlimmeres überlebt. Tabitha reichte Fitz die Hände, die er gerne annahm, und er stand auf. Er schwankte wieder, aber sie legte schnell einen seiner Arme um ihre Schultern.

„Halt dich fest und lass uns den Weg weitergehen. Wir müssen uns vor dem Schlamm in Acht nehmen."

Sie kamen nur langsam voran, aber schließlich erreichten sie den Weg weiter oben auf dem Hügel und machten sich auf den langen Heimweg. Sie waren vielleicht ein paar hundert Meter weit gegangen, als ein dunkelbärtiger Mann mittleren Alters aus dem Wald kam und ein Gewehr locker in der Armbeuge trug. Er hatte zwei tote Fasane an eine Leine gebunden, die er sich über die Schulter gehängt hatte. Bei ihrem Anblick neigte er seinen Schlapphut nach hinten.

„Euer Gnaden?", fragte der Mann. „Seid Ihr verletzt?"

Fitz seufzte vor Erleichterung. „Das ist John Cress, einer meiner Pächter", stellte er ihn ihr vor und wandte sich dann an den Mann. „John, Gott sei Dank sind wir uns über den Weg gelaufen. Wir brauchen einen Ort zum Aufwärmen. Dürften wir Euer Haus in Beschlag nehmen, bis der Regen aufhört?"

„Natürlich, Euer Gnaden." John nickte und straffte stolz die Schultern. „Meine Frau wird sicher eine Suppe auf dem Herd haben, nehme ich an." John kam herüber und machte sich ein Bild von ihrem verwahrlosten Zustand und von Tabithas humpelnden Bewegungen.

„Hier, Mädchen, haltet das. Wir werden schneller sein, wenn ich mich um ihn kümmere. Ihr solltet Euren Fuß besser nicht so belasten." John reichte Tabitha seine Schrotflinte und legte dann den Fitz' Arm um seine Schultern, um ihr die Last abzunehmen.

„Folgt mir", sagte John. Sie bogen in ein Waldstück ein, das sich zu einer kleinen Koppel mit einer winzigen Scheune abflachte. Ziegen, ein paar Schweine, ein Dutzend Hühner und eine widerspenstig aussehende Milchkuh waren alle an einem Trog im Schutz der Scheune. Dahinter befand sich ein gemütliches kleines Steinhaus. Es war ein willkommener Anblick, und Tabitha lächelte trotz der Schmerzen, die sie immer noch empfand. Sie drehte sich zu Fitz um und stellte fest, dass er sie mit sanften Augen ansah. Vielleicht war es nur die Gehirnerschütterung, aber der Blick ließ sie trotzdem erröten.

„Hey! Maddie!", rief John über die Lichtung. Die Tür der Hütte flog auf, und eine Frau mittleren Alters starrte sie an.

„Was ist los, John? Oh, Himmel! Euer Gnaden!" Sie machte einen kurzen Knicks, als sie sich näherten.

„Es tut mir so leid, Mrs. Cress. Aber Miss Sherborne und ich hatten einen kleinen Unfall oben auf dem Hügel."

„Das kann ich sehen, Euer Gnaden. Kommt schnell herein." Sie trat zurück und ließ das durchnässte Trio ins Haus. John führte Fitz zu einem Stuhl am Feuer und nahm Tabitha dann behutsam die Flinte aus ihren eiskalten Händen.

„Setzt Euch ans Feuer, Mädchen." John gab ihr einen Schubs in Richtung des anderen Stuhls neben Fitz, und sie ließ sich dankbar darauf fallen.

Mrs. Cress kam zu ihnen herüber. „Miss Sherborne, nicht wahr? Seid Ihr verletzt?"

„Mein Knöchel ist ein wenig verstaucht, aber ich kann gehen. Ich mache mir mehr Sorgen um Lord Helston." Sie nickte auf Fitz' immer noch blutende Stirn, aber das Blut schien genug geronnen zu sein, um die Blutung zu verlangsamen. „Er scheint immer noch ein wenig benommen zu sein."

„Ich werde einen Verband holen. Wir kriegen ihn schon wieder hin. Na ja, vielleicht nicht ganz." Die Frau kicherte nervös. „Mein Gott, da ist ein Duke in meinem Haus, John. Kannst du das glauben?" Sie flüsterte dies laut ihrem

Mann zu, der Tabitha zuzwinkerte, als würde er sich über die Aufregung seiner Frau amüsieren. Mrs. Cress holte ihre Medikamente aus einem Schrank neben dem Kohleofen.

Sie versorgte die Wunde an Fitz' Stirn und schenkte dann beiden Tee ein.

„Wir sollten Euch besser aus diesen Klamotten herausholen. Ihr wollt Euch doch nicht den Tod holen. Ihr zuerst, Miss Sherborne." Sie begleitete Tabitha in ein kleines Schlafzimmer im hinteren Teil des Häuschens.

„Es ist nicht viel, aber es wird Euch warmhalten", sagte Mrs. Cress, während sie saubere Unterkleider, Unterröcke, eine Wanderjacke und eine Bluse aus der Schublade eines Schranks holte. Tabitha zitterte, als die andere Frau ihr half, das durchnässte Wanderkleid auszuziehen und die geliehenen Kleidungsstücke anzuziehen.

Als sie in den Hauptraum zurückkehrten, saß Fitz bei einer Tasse Tee und starrte ins Feuer. Er blickte auf, als sie sich ihm näherte, und sie errötete, als er sie in einfacher, selbstgestrickter Kleidung sah. Sie war weitaus bequemer als die feinen Kleider, in denen er sie bislang gesehen hatte, und sie befürchtete einen Moment lang, dass er erkennen könnte, dass sie eher daran gewöhnt war, diese zu tragen. Er lächelte sie einfach an, sein Gesicht war müde, aber sein Ausdruck weich und voller Wärme, die ihre Röte nur noch vertiefte. Wären sie allein in diesem kleinen Häuschen gewesen, nur das Feuer im Kamin und der Regen draußen... sie wusste, dass ihre Kleidung das Letzte gewesen wäre, woran sie gedacht hätte.

„In Ordnung, Euer Gnaden, Ihr seid der Nächste." John half ihm beim Aufstehen, und die beiden Männer gingen ins Schlafzimmer.

Während die Männer weg waren, half Tabitha Mrs.

Cress dabei, einen deftigen Wildhaseneintopf in Schüsseln für alle zu löffeln.

„Es ist gut, dass mein John Euch gefunden hat, bevor der Regen schlimmer wurde", meinte Mrs. Cress.

„Das ist es in der Tat. Lord Helston und ich sind zutiefst dankbar dafür." Der Gedanke, den ganzen Weg zum Herrenhaus im kalten Regen zu gehen, ließ sie frösteln.

Mrs. Cress reichte ihr eine Schüssel und einen Löffel. „Seid Ihr und seine Lordschaft... äh... nun... hofieren gewesen?"

Tabitha wäre von der ehrlichen Frage der Frau überrascht gewesen, wenn sie eine Frau aus gutem Hause gewesen wäre, aber sie selbst war nicht viel reicher aufgewachsen als Mrs. Cress, und in diesem Teil der Gesellschaft wurde Offenheit höher geschätzt als andere gesellschaftliche Annehmlichkeiten.

„Nein... nein, waren wir nicht."

„Oh." Die Frau sprach die einzelne Silbe mit einer solchen Bedeutung, dass Tabitha lieber auf ihren Eintopf starrte, als dem Blick der Frau zu begegnen.

„Er steht... im Rang über mir, Mrs. Cress. So sehr über mir, dass..." Ihr fehlten die richtigen Worte, um zu Ende zu sprechen, aber die andere Frau nickte feierlich.

„Ach, macht Euch keine Sorgen, Liebes. Ich verstehe Euch. Ich war eine einfache Lumpensammlerin, wenn Ihr Euch das vorstellen könnt. Aber John kam eines Tages nach London und sah mich an einer Straßenecke, wo ich versuchte, jedes Stückchen alten Stoffs von guten Leuten zu kaufen, das ich bekommen konnte. Wenn ich anständigen Stoff bekam, konnte ich ihn für ein bisschen mehr als den Preis weiterverkaufen und mir jeden zweiten Abend den Bauch vollschlagen. John sah mich und bot mir an, das Hemd zu verkaufen, das er trug. Er war so charmant, so süß, aber ehrlich. Ich sagte ihm, dass ich nichts habe, und es war ihm egal. Er wollte nur mich."

Tabitha lächelte die Frau an. „Ihr habt großes Glück, dass Ihr ihn gefunden habt."

Mrs. Cress zuckte mit den Schultern. „Das Lustige ist, dass er sagt, *er* sei der Glückliche, der mich gefunden hat. Ich glaube, wir Frauen vergessen manchmal, dass Titel und edle Kleider nicht das sind, was wirklich zählt. Nicht für gute Männer. Es sind unsere Herzen, die ihnen wichtig sind, nicht unsere Reichtümer." Sie stupste Tabitha an. „Esst auf, bevor die Männer zurückkommen."

Kaum hatte sie ihre Schüssel geleert, kamen die beiden Männer zurück.

„Fühlt Ihr Euch in trockenen Kleidern besser, Euer Gnaden?" Mrs. Cress setzte Fitz wieder auf den Stuhl am Feuer, und erneut suchte Fitz Tabithas Blick. Etwas Elektrisches und Mächtiges schoss zwischen ihnen hin und her. Es war ein Blick, der es wagte, ihrem törichten Herzen Hoffnung auf eine Zukunft zu geben, die sie nicht haben konnte.

„Ja, danke, Mrs. Cress. Wir wissen Eure Großzügigkeit zu schätzen", antwortete er.

Tabitha betrachtete die zu kurzen Hosen, das kurze Hemd und die Stiefel, die Fitz jetzt trug. In Johns einfacher Kleidung sah er wie ein Riese aus. Obwohl er furchtbar albern aussah, oder vielleicht gerade deshalb, ertappte sich Tabitha dabei, dass sie ihn anlächelte. Fitz lächelte zurück und spielte mit den zu kurzen Ärmeln des geliehenen Hemdes, als ob er sie irgendwie länger machen könnte.

„Sobald der Regen aufhört, bringe ich die Herrschaften in meiner Kutsche zurück. Ich will die matschigen Straßen nicht riskieren, bevor es nicht ein wenig abgetrocknet ist", erklärte John.

„Bis dahin könnt Ihr Euch hier aufwärmen, und wenn Ihr Euch ausruhen wollt, das Bett ist sauber mit frischgewaschenen Laken."

„Oh, das können wir nicht annehmen", protestierte Fitz.

„Unsinn, Euer Gnaden", wandte Tabitha ein. „Ihr hattet einen anstrengenden Tag, und Ihr habt heute einen harten Schlag abbekommen, als ich Euch getroffen habe. Ihr müsst ausruhen."

Fitz sagte nichts, während er seinen Eintopf aß, und nickte schließlich nach ein paar Augenblicken. „Es stimmt, ich fühle mich immer noch ein wenig schwindlig", gab er mit einem Stirnrunzeln zu.

„Ich werde ihm ins Bett helfen", verkündete Mrs. Cress.

„Bitte, Mrs. Cress. *Ich* werde mich um ihn kümmern. Ihr habt schon so viel für uns getan." Sicherlich hatte Mrs. Cress viel zu tun, und Tabitha wollte nicht, dass sie oder Fitz eine zusätzliche Belastung darstellten.

„Kommt, Euer Gnaden." Sie half Fitz auf und begleitete ihn ins Schlafzimmer, wo sie ihn auf das kleine Bett legte, dessen Matratze unter seinem Gewicht nachgab. Er stieß einen müden Seufzer aus.

„Ich fühle mich ziemlich elend", gestand er. „Wir stören einen meiner Pächter, und ich kann wegen des Regens nicht einmal nach Hause gehen. Und ich kann mich auch nicht richtig um dich kümmern. Du bist verletzt." Er nickte auf ihren Knöchel.

„Euer Gnaden, mir geht es jetzt wirklich gut...“

„Fitz“, korrigierte er mit einem jungenhaften Lächeln. „Wir sind nun unter uns.“

„*Fitz*. Das ist alles meine Schuld. Ich war diejenige, die auf dem Hügel ausgerutscht ist und dich getroffen hat.“

Immer noch grimmig dreinblickend, hielt er ihr die Hand hin. „Ein Gentleman übernimmt immer Verantwortung, aber du könntest meine Verletzungen mit einem Kuss oder zwei lindern.“

Da ist wieder der unwiderstehliche Charmeur, dachte sie. Tabitha legte ihre Hand in seine, und er zog sie zu sich heran. Das würde wahrscheinlich ein Fehler sein, aber sie schuldete ihm einen Kuss, und noch wichtiger, sie *wollte* ihn küssen. Sie griff mit ihren Händen nach oben und fuhr mit den Fingern durch die nassen Strähnen seines Haares. Seine Augen schlossen sich halb vor Vergnügen.

„Komm her“, sagte er und zog sie näher zu sich. Sie ließ sich auf seinen Schoß fallen und sein Mund glitt in einem heißen, leidenschaftlichen Kuss über ihren.

Tabitha war verloren. Alles, was es gab, war das Gefühl seines Körpers, die Wärme seines Mundes und das Schwindelgefühl, das sie empfand. Sie kämpfte darum, näher an ihn heranzukommen und zog an seinen Haaren, wollte ihn fester umarmen, während sie ihn mit diesem Kuss ihre Seele verschlingen ließ. Ihre warmen Atemzüge vermischten sich in dem schummrigen kleinen Raum, während draußen der Donner grollte. Das Geräusch war leise und tief und ließ die Luft und die Erde um sie herum vibrieren.

Wenn wir nur nie diesen Raum verlassen müssten, dachte sie mit schmerzhafter Sehnsucht. *Lass uns für immer hierbleiben, einfach so.*

KAPITEL 8

Fitz ignorierte das Pochen in seinem Schädel und gab sich ganz dem Augenblick hin. Er hatte sein kleines geheimnisvolles Wesen wieder in seinen Armen, genau dort, wo er sie haben wollte, und sie küsste ihn mit einer Leidenschaft, die der seinen entsprach.

Sie schmeckte so verdammt gut und fühlte sich *perfekt* in seinen Armen an. Nasse Haarsträhnen hatten sich gelöst, und er verkrallte seine Hände in den seidigen Strähnen nahe ihres Halses. Tabitha stöhnte gegen seinen Mund und erzitterte auf seinem Schoß. Er lächelte gegen ihre Lippen, erfreut darüber, dass sie es zu genießen schien, dass er sie so energisch anfasste. Er konnte sanft sein, und er würde es auch bei ihr sein, aber es war eine Erleichterung, in diesem Moment er selbst zu sein und festzustellen, dass sie genauso empfand. Ihre Hände zerrten an seinem Haar und ihre Zähne knabberten an seiner Unterlippe auf eine Weise, die seinen Körper hart wie Stein werden ließ. Sie bewegte wieder ihren Hintern, und er starb fast an dem quälenden Vergnügen, das er empfand, als sie sich durch seine Hose hindurch an seinem Schwanz rieb.

Irgendwo in seinem Hinterkopf war er sich bewusst, dass es ihn zwingen könnte, ihr einen Heiratsantrag zu machen, wenn seine Gäste herausfinden würden, was er und Tabitha in den letzten Tagen geteilt hatten. Der Gedanke löste in ihm nicht die erwartete Rebellion aus, die er bisher beim Gedanken an eine Heirat immer verspürt hatte. Wenn es um die Ehre ginge, würde er zustimmen und dieses bezaubernde Geschöpf zu seiner Frau nehmen, seine Freunde und ihre Proteste sollten verdammt sein. Aber etwas hielt ihn davon ab, dieses Schicksal freiwillig zu wählen. Denn jeden Augenblick dachte er daran, wie glücklich er mit ihr an seiner Seite sein würde... aber der unausweichliche Gedanke, sie zu verlieren, zog ihn aus seinem Hoch herab und machte ihm das Atmen schwer. Er wollte nicht zulassen, dass seine Gedanken diesen Kuss ruinierten, und hielt sie fest, als ob die Welt sie jeden Moment aus seiner Umklammerung reißen könnte und er darum kämpfen müsste, sie zu behalten.

Ihre Münder trennten sich, und sie legte ihre Stirn an seine. Eine plötzliche tiefe Verbundenheit mit ihr stellte sich ein.

„Du fühlst dich an wie *Zuhause*", flüsterte sie. Sie strich mit ihren Fingerspitzen über seinen Kopf, die Berührung war beruhigend. „Wie ist das möglich?"

„Du fühlst dich für mich auch so an. Ich kann mich nicht erinnern, wann ich mich das letzte Mal so gefühlt habe. Es gab Zeiten, in denen ich eine bestimmte Tabakmarke gerochen habe, und ich konnte nicht anders, als an meinen Vater in seinem Arbeitszimmer zu denken, oder daran, wie meine Mutter dort in einem Sessel saß und las, während er seine Briefe beantwortete."

Fitz sah ihr in die Augen, als die Erinnerungen überhand nahmen, und sein Herz zog sich zusammen. „Ich weiß noch, wie ich einmal als Junge in der Tür stand und sie in dieser gemütlichen kleinen Szene beobachtete. Damals wusste ich nicht, dass solche familiären Freuden nicht von Dauer sind und dass ich sie eines Tages zum letzten Mal so sehen würde. Vielleicht ist es töricht, sich an diese glücklichen Tage zu erinnern. Aber dich zu küssen... es bringt mich *nach Hause*."

Tabitha streifte sachte mit ihren Lippen über die seinen und gab ihm den Hauch eines Kusses. „Es ist nicht töricht. Ich war so lange ohne Heimat, dass meine Erinnerungen an sie nur noch verschwommen sind. Aber wenn ich mit dir zusammen bin, werden diese Erinnerungen wieder wach."

„Denkst du auch so oft an deine Vergangenheit?", fragte er. Er wollte glauben, dass sie wie er sonnige Erinnerungen hatte.

Tabitha knabberte an ihrer Unterlippe, als ob sie überlegte, ob sie etwas sagen sollte. Aber nach einem beruhigenden Atemzug schien sie eine Entscheidung getroffen zu haben.

„Bis vor kurzem fühlte ich mich gefangen zwischen meiner Vergangenheit und einer aussichtslosen Zukunft. Ich will ehrlich zu dir sein, Fitz."

Er streichelte ihr sanft über den Rücken. „Dann sei ehrlich." Welches Geständnis könnte diese starke Frau zögern lassen?

„Ich habe dir bereits erzählt, dass mein Leben nicht einfach war. Die Wahrheit ist, dass ich nur knapp überlebt habe", gestand sie. „Nach dem Tod meines Vaters lebte ich bei einigen Mädchen, die mich aufnahmen. Sie bewahrten mich davor, auf der Straße zu landen. Das war schwieriger, als du dir vorstellen kannst."

Fitz hatte begonnen, sich zu fragen, wie sehr sie gelitten haben musste. Jetzt erfuhr er mehr von der Wahrheit, und es brach ihm das Herz, sie zu hören. Er wagte nicht, sie seinen Schmerz sehen zu lassen, nicht wenn sie seine Kraft und sein Mitgefühl brauchte.

Sanft nahm er eine ihrer Hände in seine. „Ich hatte mich schon gefragt, woher diese Schwielen kommen." Als sie versuchte, ihre Hand wegzuziehen, drückte er Küsse auf ihre Fingerkuppen.

„Ich denke immer wieder daran, wie sehr du dich schämen würdest, mit mir zusammen zu sein", flüsterte sie. „Ich bin ein Niemand, ein Nichts. Ich weiß, dass du ein Mann bist, der sich um sein gesellschaftliches Ansehen sorgt."

Er stieß einen müden Seufzer aus. „Das tue ich, wahrscheinlich zu sehr", gab er zu. „Ich genieße den Trost, zu wissen, dass es eine Ordnung in der Welt gibt und dass ich meinen Platz darin kenne. Dennoch weiß ich, dass einige Menschen mich deswegen verachten, wie zum Beispiel deine Cousine. Vor nicht allzu langer Zeit hatte ich einen Freund, der ein Mädchen heiraten wollte. Sie war eine gute Frau, ich fand nichts an ihr auszusetzen, aber ihre Familie war so grausam, dass eine Heirat das Leben meines Freundes ruiniert hätte."

Sie wandte sich mit einem finsteren Blick ab. „Du weißt, wie schrecklich das ist, nicht wahr?"

„Vielleicht ist es ungerecht, aber ich fand es nicht schlimm, mir damals Sorgen um die Zukunft meines Freundes zu machen. Wenn man jemanden heiratet,

heiratet man auch seine Familie, und das wirkt sich auf alles aus, was man tut, nicht nur auf die gesellschaftliche Stellung. Die Gentlemen würden sich wegen seines Schwiegervaters weigern, mit meinem Freund Geschäfte zu machen, und die Mutter hätte ihn mit ihrem groben Verhalten auf Bällen und Partys in Verruf gebracht. Seine geschäftlichen Aussichten wären zunichte gemacht und seine sozialen Verbindungen gekappt worden, und er wäre innerhalb eines Jahrzehnts bankrott gewesen. Ich habe meinen Freund vor einem langsamen Tod bewahrt."

„Vielleicht... aber das Einzige, was du mit Sicherheit getan hast, war, ihn vor dem wahren Glück zu bewahren", konterte Tabitha.

„Welches Glück würde er finden, wenn er und seine Frau verarmt wären? Ich habe gesehen, wie Männer aus tiefster Liebe geheiratet haben und daran zerbrochen sind, als das Leben seinen Tribut gefordert hat. Wenn ein Mann sein Vermögen und sein Heim verliert, ist seine glückliche Ehe oft das Nächste, was er verliert. Es ist besser, nie zu heiraten, als seine Frau auf diese Weise zu verlieren."

„Du kannst nicht wissen, dass es so weit gekommen wäre, aber du bist dir dessen so sicher. Was wäre gewesen, wenn du an seiner Seite gestanden hättest, wenn andere sich abwandten? Hätte das nicht ein Zeichen gesetzt? Oder hast du dich davor gefürchtet, dass du mit ihm zusammen gemieden wirst?"

Daran hatte er ehrlich gesagt nicht gedacht, und die Tatsache, dass er diese Möglichkeit nicht einmal in Erwägung gezogen hatte, hinterließ bei ihm ein Gefühl der Verzweiflung.

Sein Stolz verlangte, dass er Tabithas Vermutungen in Frage stellte, doch er hatte nicht die Kraft, dies zu tun. Er war sich so sicher gewesen, dass er das Richtige getan hatte. Louis hatte ihm sogar dafür gedankt, dass er sich um seine Interessen gekümmert hatte, doch jedes Mal, wenn er sich bei Louis gemeldet hatte, waren seine Nachrichten nicht beantwortet worden. Fitz war so mit seinen Geschäften in Edinburgh beschäftigt gewesen, dass er seinen Freund seit ihrem letzten Treffen einfach aus den Augen verloren hatte. Aber nun, als er so darüber nachdachte... stellte er mit Entsetzen fest, dass er seit dem Abend, an dem Louis zugestimmt hatte, seine Verlobung mit Anne Girard aufzulösen, nicht mehr mit seinem Freund zusammen gewesen war. Hatte seine Einmischung ihn wirklich seine Freundschaft gekostet?

„Seit dem Abend, an dem er meinen Rat befolgte und die Hochzeit absagte, hatte ich keine Gelegenheit mehr, mit ihm zu sprechen", erklärte Fitz resigniert. „Es ist, als ob die letzten fünfzehn Jahre unserer Freundschaft einfach verschwunden wären. Jetzt, wo ich darüber nachdenke, glaube ich, dass er mir an jenem Abend im Kartenzimmer direkt den Hinweis darauf gegeben hat, und ich war einfach zu... verdammt arrogant gewesen, seine Handlungen als das zu erkennen, was sie waren."

Louis hatte ihn an diesem Abend in der Tat ignoriert, aber im Saal war es sehr lebhaft zugegangen. Louis war in ein Gespräch mit einigen anderen Herren vertieft gewesen, die Fitz nicht kannte. Fitz hatte angenommen, dass Louis einfach nur beschäftigt gewesen war. Er hatte ihn später aufsuchen wollen, aber dazu war es nicht mehr gekommen.

Fitz' Kehle schnürte sich zu, als er über den Vorfall sprach. Er hatte sein Bestes getan, um es so abzutun, dass sein Freund ihn einfach nicht sehen wollte, aber jetzt, wo er Tabitha davon erzählte, kamen all die Schuldgefühle, die er empfand, und die Niedergeschlagenheit, seinen Freund verloren zu haben, wieder hoch. Es fiel ihm schwer, zu atmen.

Tabitha versteifte sich in seinen Armen. „Dann wäre ich sicher nicht gut genug für dich." Ihr Tonfall enthielt keinen Biss mehr, keinen Vorwurf, aber er hörte den Kummer in ihrer Stimme. Sie glitt von seinem Schoß, und der Verlust ihrer Wärme ließ ihn so kalt zurück wie der tiefe Winter.

„Fitz, wir müssen das beenden, bevor wir zu weit gehen." Die Entschlossenheit in ihrem Gesichtsausdruck verwandelte die Kälte, die ihn durchströmte, in eine dunkle, leere Weite.

„Ja", stimmte er zu, aber das Wort schmeckte bitter auf seinen Lippen.

In diesem Moment klopfte John an die geschlossene Tür. „Euer Gnaden? Meine Kutsche steht bereit. Die Straßen trocknen langsam. Ich kann Euch jetzt zum Haus bringen."

„Danke, John." Fitz stand auf und bedeutete Tabitha, vor ihm zu gehen, als sie das Schlafzimmer verließen. Mrs. Cress wartete dort, um sie zu verabschieden.

„Armes Kind", sagte sie zu Tabitha. „John wird Euch nach Hause bringen, macht Euch nur keine Sorgen. Braucht Ihr etwas zu essen für den Weg? Ich werde Eure Kleidung trocknen lassen, bevor ich sie ins Haus zurückschicke."

„Nein, danke, Mrs. Cress. Ihr wart wirklich sehr freundlich." Tabitha umarmte die Frau und folgte John nach draußen. Fitz verweilte noch einen kurzen Moment im Haus.

„Ich danke Euch, Mrs. Cress. Ich werde Eure Freundlichkeit nicht vergessen. Sie wird belohnt werden."

Mrs. Cress lächelte, ihr Gesicht hatte einen weichen, mütterlichen Ausdruck. „Unsinn. Die Belohnung ist das Wissen, dass wir zur richtigen Zeit hier waren, um zu helfen. Mehr brauchen wir nicht, Euer Gnaden. Ihr gebt uns so viel, indem Ihr John auf Eurem Land jagen lasst."

„Ich werde es trotzdem nicht vergessen", versprach er ihr. Ein paar Rehe und Fasane fühlten sich nicht nach viel an, verglichen mit der Freundlichkeit dieser Frau.

Die Cresses waren seine Pächter, und es war seine Pflicht, für sie zu sorgen. Stattdessen hatten sie sich um ihn und Tabitha gekümmert. Er würde sicherstellen, dass er sich für ihre Großzügigkeit revanchierte.

Als er sich zu John und Tabitha an den Wagen gesellte, hatte der Mann ein großes Öltuch hervorgeholt und es Tabitha um die Schultern gelegt, um sie vor dem Regen zu schützen, der während der Fahrt nach Helston Heath kommen könnte.

„Es ist trocken und wird Euch warmhalten. Leider habe ich Euch nur das Heu auf der Ladefläche anzubieten", erklärte John Tabitha und bot Fitz ein zweites Öltuch an.

„Behaltet es, John. Wir sind nicht weit vom Haus entfernt. Ihr werdet es brauchen, wenn der Regen wiederkommt."

Als der Mann zögerte, rutschte Tabitha hinüber und hob einen Teil ihres Öltuchs hoch.

„Ja, bitte nehmt es, Mr. Cress. Seine Gnaden und ich können uns das hier teilen."

„Wie Ihr wünscht." Er kletterte auf seine Sitzbank auf dem Wagen, und Fitz kroch durch das Heu zu Tabitha. Sie hielt das Tuch auf der einen Seite hoch, und er schlang es um seine Schultern und zog sie dicht an sich heran, sodass sie seine Wärme in sich aufnahm, während er seinen anderen Arm um ihre Schultern schlang.

„Ist dir warm genug?", fragte er leise, und seine Stimme klang heiserer, als er beabsichtigt hatte.

„J- ja, danke."

Nimm meine Wärme, mein Liebling, drängte er sie stumm. *Und ich werde diesen Moment mit dir an meiner Seite so lange wie möglich in Ehren halten.*

Zum ersten Mal in seinem Leben wollte er etwas – oder besser gesagt, jemanden, den er nicht haben konnte. Tabitha war keine Frau, vor der ein Mann einfach weglaufen konnte. Sie war die Art von Frau, die einen Mann für immer veränderte, sobald er sie in seinen Armen hielt. Ein kluger Mann würde mit ihr zum Altar schreiten und nie wieder zurückblicken.

Aber wie sie ihn daran erinnert hatte, konnte er das nicht tun. Er war ein Duke, und die Gesellschaft hatte Erwartungen, wen er heiraten durfte. Ja, Fitz konnte sie alle zur Hölle schicken, was ihm vielleicht sogar gefallen würde, aber dieselben Leute konnten seiner Frau das Leben zur Hölle machen, wenn er seine Entscheidung nicht weise traf.

Diese düsteren Gedanken ließen ihn Tabitha nur noch fester umarmen. Es fühlte sich an wie in jenen Monaten, als er seinen Vater verloren hatte. Er hatte davon geträumt, ihn zu sehen, ihn zu berühren, nur um dann aufzuwachen und festzustellen, dass es nichts als ein Traum war. Der Mensch, der sich so real angefühlt hatte, dass er ihn berühren und seine Stimme hören konnte, war nur in seiner Vorstellung gewesen... und in seinem gebrochenen Herz.

Jetzt hielt er sich an Tabitha fest, aber wann würde er aufwachen und spüren, wie sie wie jeder andere Traum verblasste?

Als die Kutsche vorwärts rollte, legte Tabitha ihren Kopf unter seinen und er legte sein Kinn auf ihren Haarschopf. Keiner von ihnen sprach während der Fahrt zum Haus. Fitz befürchtete, dass selbst die Erwähnung ihres Namens den Traum zerstören könnte. Der Sturm hatte sich in die Ferne verzogen und einen leichten Nebel zurückgelassen, der die Luft kühlte. Tabitha zitterte in seiner Umarmung und er rieb ihren Arm, um ihr mehr von seiner Wärme zu geben.

Als der Wagen die letzte Kurve zur Einfahrt von Helston Heath nahm, eilte einer von Fitz' Stallknechten den Kiesweg herunter auf sie zu.

„Gott sei Dank! Sie sind da!", rief ein Bediensteter jemandem im Haus zu. Er wartete, bis der Wagen vor der Tür zum Stehen kam, bevor er Fitz und Tabitha seine Hilfe anbot. Die beiden lösten sich aus ihrer Umarmung und krochen zum Rand der Ladefläche.

Fitz stieg als Erster aus und sagte dem Diener, er solle John hineinbringen und am Feuer in der Küche aufwärmen, und er solle eine warme Mahlzeit sowie einen Korb mit Lebensmitteln bekommen, die er mitnehmen könne.

„Lass keine Ausrede gelten. Sag ihm, ich bestehe darauf." Dann drehte sich Fitz um, fasste Tabitha an der Taille und half ihr herunter. „Kommt, wir bringen Euch hinein", sagte er an Tabitha gewandt, nun wieder mit seiner förmlichen Ansprache.

„Ihr müsst Euch von einem Doktor deinen Kopf ansehen lassen", erinnerte sie ihn.

Fitz berührte seine Stirn und zuckte zusammen. Sie

hatte recht. Es war keine tiefe Wunde, aber er hatte sich nach dem Unfall eine Zeit lang verdammt schwindlig gefühlt. Er war sich nicht sicher, ob es an einer Gehirnerschütterung oder am Blutverlust lag, aber es wäre trotzdem gut, wenn der Arzt einen Blick darauf werfen würde.

Mr. Tracy und Fitz' Großmutter standen in der Tür und warteten auf sie.

„Gütiger Himmel, Fitz, was ist passiert? Und was in aller Welt hast du da an?" Als seine Großmutter ihn ansah, erinnerte sie ihn daran, dass er und Tabitha ihre eigenen Kleider im Haus der Cresses zurückgelassen hatten. Er würde die Kleidung, die er trug, reinigen und bügeln lassen müssen, bevor er sie dem Pächter zurückgab und seine eigene zurückbekam.

Das Gesicht seiner Großmutter war blass. Sein Verschwinden hatte sie zweifellos erschreckt. Sie hatte bereits ihren Mann, ihren Sohn und ihre Schwiegertochter verloren. Fitz war alles, was ihr von ihrer Familie geblieben war. Er konnte ihr nicht noch einmal so etwas antun. Also nahm er sich vor, in Zukunft vorsichtiger mit sich selbst zu sein.

„Ich war in den Hügeln unterwegs, als ich Miss Sherborne begegnete, oder besser gesagt, sie begegnete mir. Sie ist im Schlamm ausgerutscht und den Hügel heruntergefallen, und ich fürchte, sie hat mich mitgerissen. Mein Pächter, John Cress, hat uns gefunden. Könntest du einen Arzt kommen lassen, der sich um Miss Sherbornes Knöchel kümmert? Sie hat ihn sich ein bisschen verstaucht."

Tabitha meldete sich zu Wort. „Und er muss am Kopf untersucht werden. Ich habe ihn ziemlich hart getroffen, als ich gegen ihn gestürzt bin."

Seine Großmutter legte einen Arm um Tabithas Schultern. „Du liebe Güte! Kommt herein und lasst mich Eure Cousine rufen. Sie hat sich große Sorgen gemacht und fragt sich, wo Ihr geblieben seid. Die Bediensteten und Stallknechte haben in der letzten Stunde die Gärten und die Straße abgesucht. Ihr seid ja durchnässt bis auf die Knochen. Wir müssen Euch sofort ins Bett bringen." Die Angst der Großmutter zeigte sich deutlich in ihrer panischen Rede.

„Oh, bitte, macht Euch keine Umstände. Mir geht es gut. Es geht mir wirklich gut."

„Unsinn, ich bestehe darauf. Ein warmes Feuer und ein Bett mit einem Fußwärmer. Das ist es, was Ihr jetzt braucht."

Tabitha warf Fitz einen flehenden Blick zu, aber er stellte fest, dass ihm der Gedanke gefiel, dass Tabitha im warmen Bett kuschelte, auch wenn er ihr nicht Gesellschaft leisten konnte.

„Meine Großmutter hat immer recht. Ihr müsst tun, was sie sagt", antwortete er in seinem ernstesten Ton. „Tracy, bitte holt Mrs. Winslow. Danach holt den Arzt."

Fitz' Butler ging und kam kurz darauf mit Hannah und Julia zurück. Fitz beobachtete, wie sich die beiden anderen Frauen um Tabitha kümmerten, die errötete und zu beteuern versuchte, dass es ihr gut ging. Es war klar, dass Tabitha ihnen sehr am Herzen lag, ganz gleich, wie sie in ihr Leben getreten war. Das war sein einziger Trost für das Wissen, dass er nicht derjenige sein konnte, der sich um sie kümmerte. Sie hatte Freundinnen. *Gute* Freundinnen.

„Kommt jetzt. Bringen wir Euch nach oben, Miss Sherborne", sagte seine Großmutter.

Tabitha machte einen Schritt, und er bemerkte, dass ihr Hinken schlimmer geworden war. Da er nicht wollte, dass sie sich weiter verletzte, trat er vor und hob Tabitha in seine Arme, bevor sie ihn daran hindern konnte.

Ihr Gesicht färbte sich knallrot. „Was macht Ihr da?"

„Ja, Euer Gnaden, was macht Ihr?", fragte Julia neben ihnen.

„Miss Sherborne hat sich den Knöchel verletzt. Ich bestehe darauf, sie selbst nach oben zu tragen, damit keine weiteren Verletzungen entstehen." Niemand konnte es wagen, ihm zu widersprechen, wenn er sie unter diesen Umständen trug.

Julia warf ihm einen misstrauischen Blick zu, und er unterdrückte ein triumphierendes Lachen, weil er Miss Starling ausnahmsweise einmal überrumpelt hatte.

Zum Glück hörte Tabitha auf zu protestieren und ließ sich von ihm tragen. Wenn er nur noch ein paar Gelegenheiten hatte, sie zu halten, selbst auf diese Weise, wollte er sie nicht verpassen. Er hatte sich noch nie für einen Masochisten gehalten, aber jetzt quälte er sich gerne, wenn es um diese Frau ging.

☙❦❧

TABITHA WOLLTE IHR GESICHT AN FITZ' HALS vergraben, aber sie wehrte sich gegen dieses Bedürfnis. Gerade noch so. Immerhin gab es Zeugen für diesen Moment, und sie konnte niemandem zeigen, was sie für Fitz empfand – schon gar nicht Hannah und Julia. Stattdessen versuchte sie sich zu überlegen, was sie ihren Freundinnen sagen würde, wenn sie allein waren. Sie würden sie ausfragen, und sie musste sich überlegen, was sie ihnen antworten wollte.

Hannah eilte vor ihnen die Treppe hinauf, um die

Schlafzimmertür zu öffnen, während Julia an Fitz' Seite blieb. Ihre Hand war als stille Unterstützung auf Tabithas Schulter gelegt.

Hannah zog die Bettdecke zurück. „Ihr könnt sie hier ablegen, Euer Gnaden."

Fitz setzte sie ab, und für einen kurzen Moment, als er Hannah den Rücken zuwandte, sah Tabitha nur Fitz' Gesicht. Er war ihr so nah, und diese Augen, die so voller Stürme waren, ließen ihr Herz wie verrückt rasen. Er küsste flüchtig ihre Wange, während er sich vorbeugte, um die Kissen hinter ihrem Rücken aufzuschütteln. Sie beugte sich einen halben Zentimeter weiter vor, ihre Lippen berührten nun seine...

Oh nein. Sie hätte es nicht tun sollen. Der bittersüße Schmerz in ihrer Brust wurde unerträglich. Warum sehnte sie sich so nach diesem Mann? Warum beeinflusste er sie auf diese Weise? Sie könnten nicht unterschiedlicher sein und zugleich nicht besser zueinander passen, und doch verursachte die süße Qual ihrer Sehnsucht danach, mit ihm allein zu sein, einen so tiefen Schmerz, dass er kleine Schnitte in ihre Seele ritzte. Bevor ihre Freundinnen diesen verbotenen Moment sehen konnten, zog er sich von ihr zurück.

„Ich werde den Arzt heraufschicken, sobald er eintrifft. Bitte lasst mich rufen, wenn ich noch etwas tun kann, Miss Sherborne." Fitz betrat den Korridor und schloss die Tür hinter sich. Julia und Hannah stürzten sich auf sie, sobald er weg war.

„Was ist geschehen?", platzte Julia heraus.

„Warum trägt Helston die Kleidung von jemand anderem? Warum trägst *du* die Kleidung von jemand anderem?", fragte Hannah. „Was ist mit seinem Kopf passiert?"

„Hast du dir wirklich den Knöchel verstaucht?“

„Tut sonst noch etwas weh? Warum hast du das Haus allein verlassen?“

Tabitha stöhnte. Das Pochen hinter ihren Augen wurde unter dem Ansturm der Fragen immer schlimmer. „Bitte, lasst mich einfach atmen. Es war ein schwieriger Morgen.“

Die beiden Freundinnen verstummten auf ungewohnte Weise und warteten geduldig darauf, dass sie sprach.

Als sie bereit war, erzählte Tabitha, was während der Wanderung passiert war. Sie berichtete von ihrem Unfall, und davon, wie der Pächter sie gefunden und mitgenommen hatte.

Hannah und Julia tauschten besorgte Blicke aus.

„Geht es dir wirklich gut? Helston war doch nicht grob zu dir, oder?“, fragte Hannah.

„Nein, er war genau das Gegenteil. Um fair zu sein, er war ein wenig erschüttert, aber er schien sehr um mein Wohlergehen besorgt zu sein.“

„Oh...“ Hannah räusperte sich. „Nun, so wie es sein sollte.“

Die Schlafzimmertür öffnete sich, und Liza schlüpfte hinein.

„Gott sei Dank bist du da, Liza. Wir müssen Tabby aus diesen Kleidern befreien und sie ins Bett bringen.“

Die drei Frauen zogen Tabitha schnell ihre geliehenen Kleider aus und streiften ihr ein warmes Nachthemd über. Dann wurde sie wieder zugedeckt und es wurden Wärmflaschen unter die Laken neben ihren Füßen gelegt. Es war ein wunderbares Gefühl, so umsorgt zu werden. Es erinnerte sie daran, wie behaglich sie sich in der kleinen Hütte der Cresses gefühlt hatte.

Ich sollte mich nicht daran gewöhnen, dachte sie. Eines

Tages würde das Stehlen von Edelsteinen vorbei sein und sie würde sich dem nächsten Schritt in ihrem Leben stellen, was auch immer das sein mochte. Es war diese Ungewissheit über die Zukunft, die sie müde und ängstlich machte. Als sie noch als Taschendiebin gelebt hatte, hatte sie sich nur um ihre momentanen Sorgen gekümmert – um Nahrung, Unterkunft und Sicherheit. Aber jetzt, wo sie diese Dinge erreicht hatte, war ihr Verstand immer auf die „Was dann?"-Fragen über ihre Zukunft konzentriert. Sie konnte sich nicht vorstellen, dass sie immer ein Leben wie dieses führen würde, in dem sie von Dienern umgeben und von einem Mann wie Fitz oder sogar ihren Freundinnen wie Hannah und Julia umsorgt wurde.

„Liza, könntest du bitte die Kleider, die ich getragen habe, waschen und bügeln lassen? Sie gehören der Frau eines Bauern in der Nähe. Ich möchte sicherstellen, dass sie ihr zurückgegeben werden."

„Natürlich, Miss Sherborne."

„Danke, Liza. Du bist wunderbar." Tabitha gähnte, und das Dienstmädchen lächelte zum Dank.

Es war gegen jeden Instinkt, dass Tabitha ihre Wachsamkeit fallenließ und einschlief, aber sie erinnerte sich daran, dass sie in Sicherheit war.

„Eine von uns beiden sollte heute Nacht den Diamanten suchen", murmelte Julia zu Hannah. „Es ist die perfekte Gelegenheit. Helston wird sich wahrscheinlich ausruhen. Keiner wird es erwarten."

Ihre Worte zwangen Tabitha, gegen den Schlaf anzukämpfen, und sie setzte sich auf, um zu sprechen.

„Nein, lasst mich das machen", beharrte sie. „*Ich* muss es machen." Dann vergrub sie sich in ihrem Kissen und schloss die Augen. Ja, sie musste diejenige sein, die den

Diamanten nahm. Wenn sie es nicht tat, würde sie riskieren, ihm die Wahrheit darüber zu sagen, wer sie wirklich war und warum sie hier war. Ihn zu bestehlen, so schrecklich es auch war, würde ihr Herz gerade genug vor ihm schützen, um die volle Wahrheit vor ihm zu bewahren.

Ich muss es machen.

ɩ

EVAN KAM AN DIESEM ABEND NACH DEM ESSEN ZU FITZ ins Billardzimmer. „Ich habe gehört, du hattest einen anstrengenden Tag", sagte er.

„Ich nehme an, das hatte ich." Fitz widerstand dem Drang, den Schnitt an seiner Stirn zu berühren. Ein Arzt war gerufen worden, und der Mann hatte ihm versichert, dass die Wunde schnell heilen würde und dass seinem Kopf offenbar kein größerer Schaden zugefügt worden war. Seit er und Tabitha ins Haus zurückgekehrt waren, kämpfte er mit Kopfschmerzen, die er zum Teil auf die Neugier seiner Gäste über den Unfall zurückführte. Dass ein Duke und eine unverheiratete Frau gemeinsam einen Unfall hatten und in fremder Kleidung ins Haus zurückkehrten, war ein gefundenes Fressen für Klatsch und Tratsch. Nur sein guter Ruf hielt Fitz davon ab, Tabitha einen Heiratsantrag zu machen. Jeder Mann in diesem Raum heute Abend wusste, dass er eine Frau niemals so ausnutzen würde. Ihr den Kuss im Salon zu stehlen und dann im Gewächshaus... das war so völlig untypisch für ihn gewesen, dass niemand hier ihn je für fähig gehalten hätte, das zu tun. Die Gentlemen hatten ihn gnadenlos über Tabitha und sein Glück, von einer so schönen jungen Frau verletzt zu werden, aufgezogen.

„Beck dachte, dass dich vielleicht die Leidenschaft übermannt hat", berichtete Evan.

„Du denkst, ich würde mit einer Frau mitten im Regen auf einem Feld schlafen?" Fitz schnaubte. „Ich mag es, Frauen an weitaus bequemeren Orten zu verführen, und ich hätte mich bestimmt nicht dabei verletzt."

Daraufhin grinste Evan verrucht. „Wenn du nicht auf eine Art und Weise Liebe machst, die manchmal Verletzungen riskiert, dann machst du es vielleicht ganz falsch, alter Junge."

Beck bückte sich ihnen gegenüber, um einen Stoß auf dem Billardtisch auszuführen, und schmunzelte.

„Evan hat nicht unrecht, Fitz", gluckste Beck. „Die besten Nächte, die ich mit Frauen hatte, waren eher voller wilderer Leidenschaft."

Fitz ignorierte ihre Sticheleien. „Sie ist nicht zum Essen heruntergekommen. Was, wenn sie krank geworden ist?", fragte er. „Sie war lange genug in der Kälte und der Nässe, dass sie sich erkältet haben könnte."

Der Arzt hatte gesagt, dass Tabithas Knöchel ein wenig geschwollen war, aber es schien sie nicht sehr zu schmerzen. Sie war eindeutig ein starkes Geschöpf, aber das bedeutete nicht, dass sie sich nicht erkälten konnte, wenn sie zu lange in nassen Kleidern steckte.

„Was auch immer du tust, alter Junge, geh nicht, ich wiederhole, geh *nicht* zu ihr und sieh nach. Das ist eine perfekt ausgelegte Mausefalle", warnte Evan.

„Bleib hier und spiel mit uns." Beck reichte ihm einen Queue. „Es ist mehr als ein Jahr her, dass wir alle zusammen Billard gespielt haben, nicht wahr?"

Fitz nahm den Queue entgegen und krümmte seine

Finger um das Holz. Es war schon zu lange her, dass er einen solchen Abend mit seinen Freunden genossen hatte.

„Wer von uns beiden hat heute Nacht Dienst?", flüsterte Evan, als Beck sich zu ihnen an den Tisch setzte.

„Ich wieder", sagte Fitz. „Ihr müsst euch beide darauf konzentrieren, unsere Gäste zu beobachten."

„Bist du sicher? Solltest du dich nicht ausruhen, nachdem du dir den Kopf gestoßen hast?", fragte Evan.

„Wenn ich das Gefühl habe, dass ich mit jemandem tauschen muss, werde ich einen Diener beauftragen, einen von euch zu wecken."

„Nun gut, aber sei vorsichtig, Fitz", warnte Beck. „Wenn der Dieb hier ist, hat er nur noch ein oder zwei Tage Zeit, um seinen Versuch zu unternehmen."

„Wenn er es versucht", sagte Fitz, während er sich bückte und auf die weiße Kugel vor ihm zielte, „werden wir bereit sein." Er schnippte seinen Queue nach vorne und traf die weiße Kugel, die gegen eine Ansammlung anderer Kugeln prallte, die daraufhin in perfekter, chaotischer Schönheit über den Tisch rollten.

KAPITEL 9

Wieder in ihr schwarzes Diebesgewand gekleidet, schlich Tabitha den Korridor hinunter zur Treppe der Dienerschaft. Bei jedem Schritt schmerzte ihr Knöchel, aber das Leben auf der Straße hatte sie zu einer zähen Kämpferin gemacht, und sie ertrug den Schmerz.

Die Öllampen in den Fluren spendeten nur ein schwaches Licht, und sie konnte sich an den Schatten entlang der Wände orientieren, während sie sich bewegte. Keiner der Bediensteten war zu sehen. Sie überwand die Treppe der Bediensteten und ging geradewegs auf die Hintertür zu. Als sie an den Porträts der alten Vorfahren von Helston vorbeikam, spürte sie deren stumme Blicke auf sich, die sie für das Verbrechen verurteilten, das sie im Begriff war zu begehen.

Dieser Diamant wird in unseren Händen viel mehr Gutes bewirken als auf dem Kopf einer Lady, erinnerte sie sich. Sie versuchte, ihre wachsenden Schuldgefühle zu verdrängen.

Diesmal durfte sie sich davon nicht abhalten lassen. Sie musste den Diamanten stehlen. Heute Nacht.

Tabitha drehte den Riegel der Tür um und trat hinaus in die Nacht, wobei sie erleichtert aufatmete. Bisher war alles nach Plan verlaufen.

Die kalte Nachtluft füllte ihre Lungen und machte ihren Kopf frei. Über ihr funkelten und glitzerten die Sterne wie Diamanten auf schwarzem Samt, zu weit weg, um sie zu stehlen. Sie nahm denselben Weg, den sie in der Nacht zuvor zum Fenster des Arbeitszimmers genommen hatte.

Dort angekommen, hob sie leicht den Kopf und spähte in den dunklen Raum. Niemand war zu sehen. Der Raum lag zur Hälfte im Schatten, aber der Schreibtisch und ein Teil des Raumes wurden vom Mondlicht erhellt, sodass sie zuversichtlich war, den Raum durchsuchen zu können, ohne eine Kerze anzuzünden. Die Dunkelheit in den tiefsten Ecken des Raumes ließ sie kurz innehalten, aber sie wusste, dass dort nichts war. Die Wachen waren draußen vor der Tür, nicht drinnen.

Sie fühlte sich sicherer, griff nach oben und prüfte das Fenster. Die große Glasscheibe schwang langsam auf, ohne ein Geräusch zu machen. In ihrer Hosentasche hatte sie einen kleinen Fettlappen mit Öl verstaut, mit dem sie knarrende Scharniere einreiben konnte, aber zum Glück würde sie ihn heute Nacht nicht brauchen.

Sie drückte das Fenster weiter auf, hievte sich auf den steinernen Sims und schob ihre Beine über die Brüstung ins Innere des Zimmers. Ihre schwarzen Pantoffeln mit den weichen Sohlen gaben kein Geräusch von sich, als sie mit katzenhafter Anmut auf dem Boden landete.

Tabitha betrachtete den Raum und bemerkte den

großen Kirschholzschreibtisch, der mit Briefen und Geschäftsbüchern bedeckt war und in dessen Mitte Zeitungen lagen. Sie beugte sich hinter den Schreibtisch und untersuchte die Rückseite, auf der Fitz saß, wenn er arbeitete. Der Schreibtisch hatte sieben Schubladen, drei auf jeder Seite und eine direkt in der Mitte. Vorsichtig zog sie jede einzelne auf, wobei ihre Augen jedes bisschen des hellen Mondlichts nutzten, um den Inhalt zu untersuchen. Eine brennende Kerze könnte von jedem Diener draußen in den Gärten gesehen werden, und sie konnte es nicht riskieren, entdeckt zu werden.

Sie überprüfte jede Schublade auf einen falschen Boden, bevor sie zu den Schränken an einer Wand ging. Auf dem Schreibtisch war nichts von Bedeutung zu finden, außer den üblichen Dingen, die man erwarten würde. Brieföffner, Wachssiegel, ein paar Zigarren und Fläschchen mit unbenutzter Tinte.

Der Rest des Raumes bestand aus Bücherregalen und einem hohen Schrank. Sie überließ die Bücherregale sich selbst und prüfte die Tür des Schranks. Diese war verschlossen, aber sie war von einer Marke, die sie schon einmal geknackt hatte. Sie nahm einen kleinen Satz Haarnadeln heraus, eine gerade und eine mit gebogenem Ende, und steckte sie in das Schloss. Dann drehte Tabitha so lange, bis sie spürte, dass etwas an einer davon hängen blieb, und drehte sie dann kräftig. Danach fand sie die nächste Zuhaltung und tat dasselbe, und schließlich eine dritte. Ein zufriedenstellendes Klicken am Ende verriet ihr, dass sich das Schloss geöffnet hatte. Sie steckte die Haarnadeln zurück in ihre Ärmelmanschette und öffnete die Schranktür.

Sie grinste triumphierend, als sie endlich eine große

Samtschachtel fand, die genau die richtige Größe hatte, um das Helston-Diadem darin aufzubewahren. Schnell öffnete sie das Kästchen und stellte es dann auf den Schreibtisch. Die Oberfläche des beeindruckenden Diadems war mit Diamanten besetzt. Die Steine funkelten und glitzerten sie an. Das Stück war schöner als alles, was sie je in ihrem Leben gesehen hatte. Ihre Hände zitterten ein wenig, als sie die visuelle Poesie dieser Diamanten im Mondlicht in sich aufnahm.

Der große Diamant in seiner Mitte war jedoch das Einzige, was sie heute Nacht mitnehmen würde. Der Edelstein war in einer silbernen Fassung befestigt, die in den Rest des Diadems eingearbeitet war. Tabitha nahm den Diamanten vorsichtig aus der Fassung und steckte ihn in ihre Hosentasche. Sie hatte das Diadem gerade wieder in die Samtschatulle gelegt, als sie hinter sich das Geräusch eines Pistolenhahns hörte, der gespannt wurde. Ihr Magen verknotete sich.

„Eine Bewegung und du bist tot", grollte eine kalte Stimme hinter ihr. Ein Schauer lief ihr über den Rücken. Es war Fitz. Er war hier in diesem Raum. Aber wo?

„Folgendermaßen wird es ablaufen. Du wirst das Juwel ablegen, deine Arme heben und dich mir zuwenden."

Tabithas Atem stockte in ihrer Lunge, und ihr Körper erstarrte. Alles, wofür sie und ihre Freundinnen gearbeitet hatten, war umsonst gewesen... weil der Mann, der ihr so ans Herz gewachsen war, der Mann, von dem sie überzeugt war, dass sie ihn lieben könnte, eine Pistole auf ihren Rücken gerichtet hatte.

„Ich sagte, leg den Stein hin und dreh dich um", befahl Fitz.

Sie wagte nicht zu sprechen, denn sie wusste, dass ihre

Stimme ihre Identität sofort verraten würde. Der Schutz ihrer Identität war lebenswichtig, damit sie Hannah und Julia vor der Strafverfolgung wegen der Diebstähle bewahren konnte.

Sie konnte das Gewicht des Diamanten in ihrer Tasche spüren. Er war dort sicher. Wenn sie nur das Fenster erreichen konnte, hatte sie immer noch eine Chance zu entkommen. Das eigentliche Kunststück würde darin bestehen, unbemerkt wieder ins Haus zu gelangen, denn Fitz würde wahrscheinlich Alarm schlagen, sobald sie entkam. Wie sie es in der vergangenen Nacht geplant hatten und auch heute Nacht wieder tun würden: Julias Aufgabe war es, ein Auge auf Tabithas Gemächer zu werfen, um ihr Entwarnung zu geben, damit sie zurückkehren konnte. Sie würde zweifellos mit einem Nachthemd und einem Bademantel auf Tabitha warten, um ihr bei ihrer Rückkehr zu helfen. Hannahs Aufgabe war es, nach Bediensteten Ausschau zu halten und zu sagen, dass sie vor dem Schlafengehen ein Glas Milch bräuchte, falls jemand sie während ihrer Patrouille in den Korridoren sah. Das würde Hannah auch die Möglichkeit geben, zu behaupten, sie habe eine Gestalt gesehen, die in die entgegengesetzte Richtung von Tabithas geplantem Fluchtweg gelaufen sei, falls jemand nach ihr suchen würde.

Es war alles so sorgfältig von ihnen geplant worden. Außer Fitz. Mit ihm hatte sie überhaupt nicht gerechnet. Wie konnte man auch die Taten eines Mannes mit goldglänzendem Haar, stürmischen Augen und einer Stimme, die wie Honig triefte, wenn er sie mit der Sprache der Blumen verführte, planen? Wie hätte sie wissen können, dass sie sich in ihre Zielperson verlieben würde? Und wie konnte sie so verdammt dumm sein, in die Falle dieses Mannes zu geraten?

„Ich werde nicht zögern, dich zu erschießen", warnte Fitz mit harter Stimme.

Sie zweifelte nicht daran. Doch Tabitha nutzte ihre Chance und stürzte sich auf das Fenster, als der Knall einer Pistole durch den Raum hallte. Der Schmerz durchbohrte ihren linken Arm, aber sie hörte nicht auf, sich zu bewegen, bis sie das Fenster erreicht hatte. Plötzlich lagen seine Arme um ihren Körper, als er sie zu Boden riss. Seine Hände umklammerten sie, und sie musste ihren Wunsch zu schreien herunterschlucken. Stattdessen kämpfte sie, trat hart gegen seine Schienbeine und rammte ihm einen Ellenbogen in den Magen, während sie auf die Beine kletterte.

Fitz versuchte, sie festzuhalten, aber sie wurde in seinen Armen schlaff und zwang ihn mit einem Fluch, sie fallenzulassen. Dann lehnte sie sich zurück und trat ihm mit beiden Füßen hart in den Magen, sodass er mit einem schmerzhaften Grunzen über die Schreibtischlehne kippte.

Beinahe wäre sie zu ihm gerannt, weil sie befürchtete, ihm etwas angetan zu haben, aber der Überlebenswille ließ ihr Blut in Wallung und sie in Panik geraten. Sie tat, was sie tun musste... und floh um ihr Leben.

Raus hier! Sieh nicht zurück!, schrien ihre Instinkte, als sie aus dem Fenster kletterte und über den Gartenweg zur Hintertür rannte, die am nächsten zur Treppe der Bediensteten lag.

Als sie hineingeschlüpft war, hörte sie bereits das schwache Echo von Männern, die im ganzen Haus „Dieb!" riefen. Sie huschte von schattiger Nische zu schattiger Nische, während sie versuchte, die Sicherheit ihres

Zimmers zu erreichen. Tabitha umklammerte ihren verletzten Arm, um den Blutfluss zu stoppen, während sie die letzten paar Schritte in ihr Schlafgemach stolperte.

„Oh mein Gott!" Julia war im Nu an ihrer Seite. „Tabby, was ist passiert?"

Tabitha nahm ihre schwarze Maske ab und holte tief Luft, bevor sie ihren Arm anhob. Blut sickerte aus einer tiefen Wunde an der Seite ihres Arms. Die Kugel hatte sie nur gestreift, zumindest hoffte sie das. Sie konnten nicht zulassen, dass sich ein Arzt ihre Wunde ansah. Wenn sie das taten, wären sie erledigt.

„Er hat auf mich geschossen", keuchte sie, immer noch unter Schock.

„Komm, setz dich ans Feuer. Ich werde ein paar Verbände suchen." Julia befeuchtete mehrere Tücher in einer Schüssel mit sauberem Wasser und kehrte dann zu ihr zurück. Tabitha ließ sich in den Sessel neben dem Feuer fallen und zuckte zusammen, als Julia den Ärmel ihrer Bluse hochschob, um die Wunde zu untersuchen. „Weißt du, wer es war? Haben sie dich gesehen?"

„Fitz hat auf mich geschossen." Tabitha schloss die Augen, um das Blut nicht sehen zu müssen, während Julia die Wunde säuberte. „Und nein, ich hatte die ganze Zeit meine Maske auf."

Julia nickte, während sie Druck ausübte. „Ich glaube, es ist nur ein Streifschuss, aber es wird einige Zeit dauern, bis die Wunde verheilt ist. Ich werde eine Salbe auftragen und dann einen Verband anlegen. Wir müssen sofort – noch vor dem Frühstück – aufbrechen. Wir werden allen sagen, dass du nach dem Unfall auf dem Hügel krank geworden bist und sofort deinen Arzt in London aufsuchen musstest." Julia hob den Kopf, als sie endlich zu begreifen schien, was

Tabitha gesagt hatte. „Moment... du sagtest, *Lord Helston* hat dich angeschossen? Nicht der Diener, der die Tür bewacht?"

„Nein, Fitz hat in seinem Arbeitszimmer gewartet. Es gab eine dunkle Stelle im Raum, stockdunkel. Ich konnte ihn nicht sehen, während er in dieser Ecke wartete. Es war eine Falle. Er hat uns erwartet." Sie griff in ihre Tasche, holte den Diamanten heraus und hielt ihn ins Licht. „Aber ich habe ihn."

„Großer Gott, Tabby. Kein Diamant ist dein Leben wert! Du hättest ihn liegenlassen und weglaufen sollen!"

„Ich hatte ihn schon, als Helston auf den Plan trat. Und ich versichere dir, ich lief..." Tabitha seufzte. „Denk nur an all das Gute, das wir damit tun werden." Sie hatte an die verwundeten und psychisch kranken Kriegsveteranen gedacht und wollte den Diamanten von Helston für die Pflege dieser Männer verwenden. Männer, die genau wie Fitz' Vater gedient hatten. Fitz würde das Schicksal seines Diamanten nie erfahren, aber zumindest würde er einer Sache zugutekommen, von der sie vermutete, dass sie ihm sehr am Herzen lag. Sie krümmte ihre Finger um den Diamanten, während Julia einen Verband um ihren Arm wickelte.

„Wir schälen dich jetzt besser aus diesen Kleidern und stecken dich in dein Nachthemd", meinte Julia.

Nachdem Tabitha sich ausgezogen hatte, warfen sie die Sachen auf den Baldachin über dem Bett, wo niemand hinschauen würde, wenn sie das Zimmer durchsuchten. Sie versteckten auch den Diamanten dort.

„Wir sollten den blutigen Stoff verbrennen", schlug Tabitha vor, als sie Julia das blutige Hemd reichte. Ihre Freundin warf die Bluse ins Feuer, und einen Moment lang sahen beide Frauen zu, wie die Flammen den Stoff verzehrten. Es kam keinen Moment zu früh, denn jemand klopfte hektisch an die Tür.

„Lass mich das machen. Zieh deinen Bademantel an und leg dich aufs Bett", forderte Julia Tabitha auf. „Du solltest dich doch krank fühlen", erinnerte sie sie.

„Ich bin angeschossen worden", murmelte Tabitha. „Es wird nicht schwer sein, ein gewisses Unwohlsein vorzutäuschen."

Julia öffnete die Tür zum Schlafgemach und Hannahs Gesicht erschien.

„Helston hat gerade Alarm geschlagen. Die Dienerschaft und die Gentlemen suchen das Haus nach einem Dieb ab. Ist... ist es geglückt?", fragte sie. Julia nickte, zog sie ins Zimmer und schloss die Tür.

„Aber wir haben ein Problem, Hannah." Julia nickte Tabitha zu. „Dieser schöne Bastard hat unsere Tabby angeschossen."

„Was?" Hannah schnappte erschrocken nach Luft.

„Mir geht es gut", beharrte Tabitha. „Es ist nur ein leichter Streifschuss... denke ich. Hannah, wir haben den Diamanten, aber wir müssen gleich heute früh aufbrechen."

„Ja", antwortete Hannah, die sich nun etwas beruhigt hatte. „Ja, natürlich. Wo ist der Diamant?"

Tabitha deutete mit einem Finger auf den Baldachin aus Brokatstoff, der über ihrem Kopf hing.

„Gut. Lassen wir ihn dort, bis wir bereit sind zu gehen. Dann wird ihn eine von uns in ihr Haar stecken, bevor wir losfahren. Keiner wird es wagen, unsere Haare zu durchsuchen."

Tabitha ließ sich ins Bett zurücksinken. „Ihr solltet

beide in eure Zimmer zurückkehren. Wir sollten nicht vor heute früh zusammen gesehen werden."

„Sie hat recht", sagte Julia. „Aber, Tabby, wenn dein Arm schlimmer wird, musst du sofort eine von uns holen."

„Das werde ich", versprach sie.

Nachdem ihre Freundinnen gegangen waren, legte sie sich zurück ins Bett und stieß einen tiefen Seufzer aus. Sie hatte es getan. Sie hatte Fitz' Diamanten gestohlen, und er hatte sie angeschossen wie eine gewöhnliche Diebin – was sie auch war. Sie hätte getötet werden können, aber das löschte nicht die Schuldgefühle, die sie empfand, weil sie ihn so hart getreten oder den Edelstein gestohlen hatte. Was auch immer langsam zwischen ihnen gewachsen war, diese zarte Blume, die im Gewächshaus ihrer Herzen blühte... war durch einen unerwarteten Frost verdorrt. Und dieser Verlust schmerzte sie mehr als die Kugel, die ihren Arm getroffen hatte.

Denk an all die Menschen, denen es helfen wird. Es ist ja nicht so, dass du den Duke und *seinen Diamanten haben könntest. Das Leben ist nun einmal kein Kindermärchen.*

FITZ HIELT DIE KERZE HOCH, UM DAS FENSTERBRETT seines Arbeitszimmers zu erhellen. Karminrote Tropfen sprenkelten den Boden vor der Fensterbank, und ein schwacher Blutfleck schimmerte im Licht, wo der Dieb seinen Arm am Fensterrahmen abgestreift hatte, als er aus dem Arbeitszimmer geklettert war.

Evan sah sich das Blut an. „Wie sah der Kerl aus? Groß oder klein?"

„Kleiner als ich", antwortete Fitz. „Aber das wird nicht viel helfen. Die meisten Männer sind kleiner als ich."

Außer ihm und seinen beiden Freunden hatten sich einige der männlichen Gäste freiwillig gemeldet, um das Haus nach dem Dieb zu durchsuchen. Er hatte sie natürlich sorgfältig auf Anzeichen von Verletzungen untersucht, nur um sicherzugehen, dass der Dieb nicht so schlau war, zurückzukommen und so zu tun, als ob er Hilfe anböte. Aber die Gäste, die gekommen waren, um ihm zu helfen, waren alle vom Verdacht befreit worden.

„Du hast den Kerl ganz schön erwischt", sagte Beck, als er sich zu ihnen gesellte. „Ich glaube nicht, dass er sterben wird, aber er wird definitiv eine Verletzung aufweisen. Das gibt uns etwas, womit wir arbeiten können."

„Ich habe nur versucht, ihn zu verlangsamen. Ich wollte auf das Bein des Diebs zielen. Es wäre ein besseres Ziel gewesen, aber ich habe während des Kampfes das Gleichgewicht verloren, und ich habe nicht richtig getroffen. Tracy soll unsere hellsten Laternen holen. Ich möchte der Blutspur durch den Garten folgen und sehen, wohin sie führt."

Auf Fitz' Anweisung hin begannen alle, den Garten des Anwesens sorgfältig abzusuchen, aber die Blutspur endete nur ein paar Meter vom Fenster des Arbeitszimmers entfernt. Der Mann musste die Wunde abgedeckt haben, um die Blutung zu stoppen, und das hatte jede leicht zu verfolgende Spur zum Erliegen gebracht.

Fitz leuchtete mit der Laterne in die Dunkelheit der Gärten.

„Durchsucht das Haus. Jedes Zimmer, Bedienstete und Gäste", befahl Fitz.

„Nun, doch nicht *jedes* Zimmer, nicht wahr?", lachte Evan. „Wir sollten die Damen schlafen lassen."

„Nein, auch ihre Gemächer. Es ist durchaus möglich, dass der Dieb sich in einem Zimmer versteckt hat, während eine Dame schläft."

Fitz und die Diener, denen er vertraute, teilten sich auf, um das gesamte Haus zu kontrollieren. Er steckte seine Pistole in ein Holster, das er an seiner Hüfte befestigt hatte, und begann an die Türen zu klopfen. Jedes Mal, wenn er einen seiner Gäste weckte, erklärte er ihm die Situation und durchsuchte kurz das Zimmer. Zum Glück hatten nur einige wenige den Schuss gehört. Das Haus war groß genug, und angesichts der Kälte waren die meisten Fenster geschlossen. Das gute Mauerwerk und die englische Eiche dämpften die meisten Geräusche im Haus.

Als Fitz die Zimmer von Julia und Hannah erreichte, warteten sie gebieterisch darauf, dass er seine Suche beendete, und beschimpften ihn leise, weil er ihren Schlaf gestört hatte. Dann ging er weiter zu Tabithas Zimmer. Als er klopfte, kam sie zunächst nicht an die Tür. Dann versuchte er es mit der Klinke, und die Tür öffnete sich.

Sie lag im Bett und schlief fest, das Feuer im Kamin brannte schwach, aber eine Öllampe brannte noch neben ihrem Bett. Fitz hasste es, sie zu wecken. Sie war so schön, wenn sie schlief. Ihr Haar lag in dunklen Wellen auf dem Kopfkissen. Im schwachen Licht sah ihr Gesicht so glatt wie Alabaster aus, mit einem Hauch von Rose auf den Wangen.

Schließlich nahm er den Mut zusammen, ihre Ruhe zu stören, und legte ihr sanft eine Hand auf die Schulter, während er ihren Namen flüsterte.

„Tabitha?"

Sie regte sich und ihre dunklen Wimpern flatterten, als sie gähnte. „Was ist los, Liza? Oh!" Sie zuckte zusammen, als sie merkte, dass es *er* und nicht ihr Dienstmädchen war, das sie geweckt hatte. „Fitz? Was ist passiert? Warum bist du hier?" Sie setzte sich im Bett auf und zog sich die Bettdecke über die Brust.

„Ich fürchte, ich muss dein Zimmer durchsuchen", antwortete er.

„Mein Zimmer? Warum?" Sie strich sich das Haar aus dem Gesicht, sodass es in wirbelnden Wellen über ihre Schultern fiel.

Herr im Himmel, er wollte ihr Haar berühren, mit den Fingern durch diese seidenen Strähnen streichen. Aber er konnte nicht. Wenn er sie berührte, wollte er immer mehr. Er würde nie genug davon bekommen, sie zu berühren. Und im Moment musste er sich konzentrieren.

„Wir haben einen Dieb im Haus. Jemand hat den Diamanten aus dem Diadem meiner Großmutter gestohlen, und wir durchsuchen das ganze Haus."

„Und du glaubst, ich war es?", fragte Tabitha leise und ihr Gesicht verhärtete sich ein wenig.

Fast hätte er gelacht, aber sie sah so ernst aus, dass er es nicht tat. „Nein, natürlich nicht. Der Dieb wurde verletzt, als ich mit ihm kämpfte, aber er ist entkommen. Wir haben das Gelände durchsucht und niemanden draußen gefunden. Wir gehen davon aus, dass sich der Mann wieder ins Haus geschlichen hat, und durchsuchen nun alle Räume."

Die Spannung, die ihre Augen und ihren Mund umgab, ließ nach. „Oh..."

„Du kannst im Bett bleiben, während ich nachsehe." Er

räusperte sich und wandte sich von ihr ab, um ihr Zimmer, den großen Kleiderschrank und sogar ihr Bett zu durchsuchen.

„Du liebe Güte. Du glaubst doch nicht wirklich, dass er unter dem Bett steckt? Bei all dem Staub?", fragte Tabitha.

Fitz war auf den Knien, spähte unter das Bettgestell und blickte auf ihre Frage hin auf. Sie saß auf der Bettkante und schaute mit einem verwirrten Gesichtsausdruck auf ihn herab. Sie war schön. Ja, er hatte schon schönere Frauen gesehen – in den Werken von Bildhauern oder Malern. Aber was Tabitha unwiderstehlich machte, war die Lebendigkeit ihres Gesichts und ihres Körpers, die Art, wie ihre Seele so hell aus ihren Augen leuchtete, dass sie unendlich viel reizvoller war als jede andere Frau, die er kannte. Es würde nie einen Moment geben, in dem er sie nicht beobachten wollte.

„Fitz?" Sie sprach seinen Namen, als er die Überwurfdecke wieder nach unten sinken ließ. Er hielt in seinen Bewegungen inne, als er einen roten Tropfen auf dem Ärmel ihres Nachthemdes bemerkte.

„Tabitha, bist du verletzt?" Er stand auf und war sich sicher, dass es Blut war, das er auf ihrem Nachthemd sah.

„Was? Nein, ich–" Sie versuchte, die Decke über ihren Körper zu ziehen, aber Fitz hielt sie mit seinem eisernen Griff fest und verhinderte, dass sie sie bewegte.

Ein schwaches Klingeln setzte in seinen Ohren ein, als er mit der anderen Hand nach ihrem Arm griff.

„Nein, Fitz, nicht!" Tabitha versuchte, sich von ihm loszureißen, aber er beugte sich vor und hielt sie am Kragen ihres hochgeschlossenen Nachthemdes fest. Er ließ die Bettdecke los und umfasste den Ellenbogen ihres linken Arms, sanft, aber entschlossen, während er auf den sich weiter verdunkelnden roten Fleck starrte. Langsam hob er seinen Blick zu ihrem Gesicht, sein Gesichtsausdruck war kalt, als er sprach.

„Öffne dein Nachthemd. Ich will deinen Arm sehen.“

Tabitha schüttelte trotzig den Kopf, und er ließ seine Hand an ihrem Ellenbogen hinaufgleiten. Als sie zusammenzuckte, ließ er sie los. Der Blutfleck wuchs leicht auf dem Ärmel ihres Nachthemdes an.

„*Du* warst es...“, knurrte er, immer noch nicht glauben wollend, was seine Augen ihm da sagten. Das war keine Wahrheit, die er akzeptieren wollte.

„Ich... habe auf dich geschossen...?“

Fitz stolperte ein wenig über die Worte und war entsetzt über seine Tat. Er hatte eine Frau angeschossen. Er griff nach Tabitha, seine Instinkte verlangten, dass er sie sicher in seinen Armen hielt und sich vergewisserte, dass sie durch sein törichtes Handeln nicht ernsthaft verletzt worden war. Doch einen Moment später traf ihn die schwere Wahrheit ihres Verrats wie ein Schlag in die Magengrube.

Sie begegnete seinem Blick mit Feuer und Schmerz in den Augen.

„*Du* hast den Diamanten gestohlen?“ Er konnte kaum atmen, seine Brust war zu eng. „*Warum?*“ Das alles ergab keinen Sinn. Wie konnte Tabitha der Dieb sein?

Einen langen Moment fürchtete er, sie würde nichts sagen. Doch endlich sprach sie.

„Es tut mir so leid.“ Ihre Worte erschreckten ihn.

„Brauchst du Geld?“, fragte er in ruhigem Ton. Aber sein Geist schrie vor Wut über ihren Verrat. Er hatte seine

Seele für sie geöffnet... für eine *Diebin*. Sie hatte gerade versucht, seinen Diamanten zu stehlen und dabei sein Vertrauen aufs Schrecklichste missbraucht.

Sie hielt ihren Arm und löste sich ein wenig von ihm. „Es ist viel komplizierter als das."

„Tabitha, du würdest überrascht sein, wie *unkompliziert* finanzielle Angelegenheiten sein können. Entweder man braucht das Geld oder man braucht es nicht." Fitz stützte sich mit einer Hand auf den Bettpfosten am Fußende des Bettes und wandte ihr den Rücken zu. Er war wütend auf sie. So sehr, dass er es nicht ertragen konnte, sie anzusehen.

„Ich kann nicht glauben, dass du dieser Rotkehlchen-Dieb bist." Er starrte ungläubig in die Flammen des Kamins.

„Wenn ich es zugeben würde, würdest du dann die Ermittler von Scotland Yard holen lassen?" In Tabithas Stimme lag eine harte Schärfe, die ihn wütend machte. *Er* war der einzige, der das Recht hatte, wütend zu sein, nicht sie. Er drehte sich zu ihr um, bereit, ihr zu sagen, dass er sofort den Yard kontaktieren würde. Aber in dem Moment, als sich ihre Blicke trafen, sah er ihre Angst. Sie dachte, er würde ihr wehtun. Und diese Erkenntnis durchbohrte ihn wie ein Messer. Er würde ihr nicht... er *konnte* ihr nicht wehtun.

Fitz holte tief Luft, seine Hände zitterten, als er versuchte, das hektische Chaos seiner Gedanken zu beruhigen.

„Ich sollte es tun... aber ich werde es nicht tun. Gott weiß warum, aber ich kann dir das nicht antun. Ich könnte dir niemals Schaden zufügen."

Sie entspannte sich bei seinen Worten ein wenig, und ihm entging nicht, wie erleichtert sie ausatmete. Er würde sein Versprechen halten. Er würde nichts tun, was ihr Schaden zufügen könnte, aber er musste verstehen, *warum* sie getan hatte, was sie getan hatte... und warum sie es *ihm* angetan hatte. Nach allem, was sie miteinander geteilt hatten, war der Verrat, den er fühlte, so tief, wie ein immer tieferes schwarzes Becken, das ihn zu ertränken drohte.

„Aber ich will Antworten von dir haben." Er wollte sich nicht länger von seinen Fragen abhalten lassen. „Wo ist der Diamant?"

Tabitha deutete über ihren Kopf hinweg auf den Baldachin.

„Sag mir, dass das ein Scherz ist."

Sie schüttelte den Kopf. Mit einem leisen Fluch kletterte Fitz auf das Bett und schlug mit der Faust gegen den Stoff des Baldachins. Etwas Helles glitzerte, als es neben dem Bett auf den Boden fiel. Beide starrten es einen langen Moment an. Dann hockte er sich auf den Boden und nahm den Stein in die Hand. Er war unecht, aber das schien sie noch nicht zu wissen. Fast hätte er ihn ihr zurückgegeben. Es würde ihr recht geschehen, wenn sie versuchen würde, ein Stück Glas zu verkaufen.

„Du hättest mich einfach um das Geld bitten sollen", sagte er und schloss die Augen. „Ich hätte es dir ohne zu zögern gegeben." Der Abgrund, der sich in seiner Brust auftat, machte es ihm verdammt schwer zu atmen.

„Du verstehst es immer noch nicht", entgegnete sie.

Fitz öffnete seine Augen. „Dann erkläre es mir. Sag mir, was treibt eine Lady zum Stehlen?"

„Das ist es ja gerade, Fitz. Wie ich dir schon sagte, bin ich keine Lady. Ich bin eine Taschendiebin. Mein Vater ist gestorben und ich hatte niemanden mehr. Eine Bande von Diebinnen nahm mich auf und brachte mir bei, wie man überlebt."

Er schnaubte barsch. „Diese anderen Fröhlichen Rotkehlchen, nehme ich an?"

„Nein!", erwiderte sie. „Ich arbeite allein. Ich habe diese Notizen nur hinterlassen, um zu suggerieren, dass es mehr als einen Dieb gibt, um die Behörden zu verwirren."

„Und wie hast du Hannah und Julia kennengelernt? Ich weiß, dass du nicht wirklich mit Hannah verwandt bist."

„Nein, wir sind nicht verwandt", gab sie zu. „Ich habe versucht, Hannahs Halskette zu stehlen. So haben wir uns kennengelernt. Sie hatte Mitleid mit mir und ließ mich mit zu sich nach Hause kommen. Ich glaube, sie sieht mich als eine Art Wohltätigkeitsprojekt. Sie hat mich Julia als eine Freundin in Not vorgestellt. Keine von beiden weiß etwas von all dem." Ihr flehender Blick grub sich in sein Herz.

„Du stiehlst also, um dir ein Leben als Hannahs Gesellschafterin leisten zu können?" Fitz kannte viele Damen aus gutem Hause, die sich in finanziellen Schwierigkeiten als Gesellschafterinnen verdingten.

„Nein. Ich verwende das Geld aus dem Verkauf dieser Juwelen, um denjenigen zu helfen, die es brauchen. Waisen, Witwen, verwundete Kriegsveteranen, ältere Menschen. Das Geld geht komplett an Wohltätigkeitsorganisationen."

Hätte ihm jemand anders eine solche Geschichte aufgetischt, hätte er sofort einen Gesetzeshüter gerufen, aber er glaubte ihr tatsächlich. Von dem Moment an, als er Tabitha kennengelernt hatte, hatte sie von den Bedürfnissen anderer gesprochen. Sie konnte damals nicht wissen, dass er sie beim Stehlen seines Diamanten erwischen würde, also hätte sie nicht daran gedacht, so früh zu lügen, als sie sich zum ersten Mal getroffen hatten. Er starrte auf den gläsernen Diamanten in seiner Hand hinunter und warf ihn dann ins Feuer.

„Nein!", rief sie leise und überrascht hinter ihm. Als er sich zu ihr umdrehte, sah er, dass mehr von ihrem Ärmel jetzt dunkelrot war. Mehr Blut sickerte durch den Verband.

„Er war nicht echt", erklärte er und nickte mit dem Kopf auf das pastellfarbene Juwel. „Der echte Diamant ist an einem sicheren Ort." Er näherte sich dem Bett, und sie wich vor ihm zurück. Er hielt inne, als ein neuerlicher Schmerz in seiner Brust ihn zusammenzucken ließ. Sie vertraute ihm immer noch nicht.

„Ich würde dir *niemals* wehtun", flüsterte er. „Das musst du doch mittlerweile wissen."

„Muss ich das?", konterte sie.

„Tabitha… Von dem Moment an, als wir uns kennenlernten, war ich bei dir so, wie ich wirklich bin." Er streckte eine Hand aus. „Bitte, lass mich deinen Arm ansehen. Die Blutung wird schlimmer."

Er konnte die kleine, aber sehr starke Erleichterung nicht leugnen, die er verspürte, als sie an den Rand des Bettes kroch und ihre Beine über die Seite fallenließ.

„Du musst dein Nachthemd aufknöpfen, damit ich die Wunde sehen kann", sagte er sanft.

Mit zitternden Händen öffnete sie die Knopfreihe bis zu ihren Brüsten und streifte sich das Nachthemd von der Schulter, bevor sie ihren Arm vorsichtig aus dem Ärmel schob. Fitz sah den behelfsmäßigen Verband und fluchte. Er war durchnässt. Sie musste die Wunde wieder aufgerissen haben, als er sie geweckt hatte.

Tabitha schien zu bemerken, was er dachte. „Vorher

war es nicht so schlimm. Ich glaube, die Wunde ist wieder aufgegangen.“

„Mein Gott. Ich kann nicht glauben, dass das wirklich passiert ist. Wie schlimm ist die Wunde?“

„Ich glaube, es ist nur eine oberflächliche Wunde. Ich hatte keine Zeit, den Verband fest genug zu machen.“

Das war seine Schuld. Er hatte sie verletzt − obwohl er ja nicht gewusst hatte, dass sie es war. Er hätte nie geschossen, wenn er gewusst hätte, dass es eine Frau war. Er hatte gedacht, er würde auf einen Mann zielen.

„Lass mich mal sehen.“ Er griff nach dem Verband um ihren Arm. „Aber wenn es mir nicht gefällt, rufe ich den Arzt.“

„Bitte, Fitz, du kannst nicht...“

„Diese Entscheidung obliegt mir. Ich will nicht, dass du an einer infizierten Wunde stirbst, die ich in meinem Haus verursacht habe.“ Er wickelte den Verband ab, bis er einen besseren Blick darauf werfen konnte. Dann atmete er erleichtert auf. Die Kugel hatte nur den Rand ihres Arms durchschlagen und nicht einmal den Muskel erreicht. Es blutete immer noch an einigen Stellen. Er fixierte Tabitha mit einem strengen Blick.

„Beweg dich nicht. Ich muss ein paar Dinge holen und bin gleich wieder da. Schließ die Tür hinter mir ab. Die Männer durchsuchen immer noch das Haus nach dem Dieb, und ich kann ihnen ja schlecht sagen, dass du gefunden wurdest.“

Er verließ das Schlafgemach und machte sich gedankenversunken auf den Weg zum Zimmer seines Butlers im Untergeschoss. Mr. Tracy bewahrte hinter seinem Schreibtisch eine Medizintasche auf, um kleinere Schnitt- und Schürfwunden zu versorgen, die sich das Personal im Laufe der Arbeit zuziehen konnte. Fitz betete, dass es ausreichen würde, wenn er die Wunde versorgte. Der Anblick ihres Blutes hatte ihm nicht nur den Magen umgedreht – er hatte ihm das Herz gebrochen.

Seine Tabitha war die berüchtigtste Diebin von ganz London... und er hätte sie beinahe umgebracht.

KAPITEL 10

Tabitha ging im Zimmer auf und ab und versuchte, nicht daran zu denken, was passieren würde, wenn er wieder durch die Tür trat. Er hatte zwar gesagt, dass er sie nicht an die Behörden ausliefern würde, aber sie bezweifelte, dass er sie einfach weiter stehlen lassen würde, ganz gleich, wie edel der Grund dafür auch sein mochte. Was, wenn er sie zwang, Hannahs und Julias Verwicklung zu enthüllen? Was, wenn er seine Freunde davon in Kenntnis setzte, um zu verhindern, dass sie zu weiteren Veranstaltungen eingeladen wurde, zu denen sie, Hannah und Julia Zugang brauchen würden, um weitere Juwelen zu stehlen? Das Kartenhaus, das sie aufgebaut hatten, stand kurz vor dem Zusammenbruch. Fitz musste nur ein Wort gegen sie sagen.

Sie wusste wirklich nicht, wozu Fitz fähig war, und doch konnte sie sich nicht vorstellen, dass er sie zu irgendetwas erpressen würde, und sie glaubte auch nicht, dass er Julia oder Hannah absichtlich etwas antun würde, um sie zu verletzen, während sie alle Möglichkeiten durchspielte.

Er war viel zu sehr ein Gentleman, um echte Damen wie Kriminelle zu behandeln. Aber was auch immer er tat, es könnte unbeabsichtigte Folgen haben. Hannah und Julia könnten durch die Assoziation befleckt werden und wären gezwungen, sich für sie oder ihr eigenes soziales Leben zu entscheiden, und sie wusste, wofür sie sich entscheiden würden, was bedeutete, dass sie ihre Freundinnen verlassen müsste, um sie zu retten.

Tabitha würde wieder auf der Straße leben, und mit solch einem Skandal im Nacken wäre eine Anstellung in einem Geschäft wahrscheinlich unmöglich. Ladenbesitzer würden keine Frauen beschäftigen wollen, die ihnen die Kunden vergraulen würden. Fitz könnte mit den besten Absichten handeln und trotzdem alle Beteiligten in den Ruin treiben...

Aber all diese Sorgen verblassten gegen das Ziehen in ihrem Bauch, das sie jedes Mal verspürte, wenn sie sich an den Moment erinnerte, als Fitz erkannt hatte, dass *sie* der Dieb war. Das würde für den Rest ihres Lebens einen Schatten in ihrem Herzen hinterlassen. Sie hatte etwas Schönes zwischen ihnen zerstört, etwas, das sie sich nie hätte erträumen können. Und es war nun für immer verloren, weil sie diesen verdammten Diamanten gestohlen hatte.

Sie war zu müde, um noch weiter zu laufen, und ließ sich in einem Stuhl nieder, um auf ihren Untergang zu warten. Sie ignorierte den pochenden Schmerz in ihrem Arm, der von Fitz' Kugel herrührte, während sie beobachtete, wie die Flammen versuchten, den Diamanten zu verbrennen. Den *gefälschten* Diamanten. Sie hatte ihr Leben für ein Stück Glas riskiert. Sie hatte die glücklichen Erinnerungen, die sie mit Fitz gemacht hatte, zerstört, ihre

Zukunft zerstört – für nichts. Sie hatte alles ruiniert, außer Hannahs und Julias Leben, und selbst diese waren noch nicht sicher.

Ihre Beteiligung war im Moment noch geheim, aber jemand könnte das Puzzle zusammensetzen, wenn er Tabithas Aufenthaltsort während jedes Diebstahls untersuchen würde. Tabitha musste dafür sorgen, dass Fitz sie nicht nur gehen ließ, sondern auch zusagte, dass er niemandem erzählen würde, was sie getan hatte, nicht einmal seinen Freunden. Und um das zu erreichen, wusste sie, dass er ihr wahrscheinlich das Versprechen abverlangen würde, dass sie nie wieder einen Fuß in die feine Gesellschaft setzen würde, damit sie nicht erneut in Versuchung käme, ihre Mitmenschen zu bestehlen. Wenn er nur wüsste, dass sie keinen Zwang zum Stehlen verspürte, gar kein Verlangen hatte, anderen etwas wegzunehmen, sondern es nur tat, weil es notwendig war. Aber ein solches Argument würde wahrscheinlich auf taube Ohren stoßen. Also würde sie den Bedingungen zustimmen müssen, die er stellte, um sein Schweigen zu bewahren. Nur so konnte sie sicher sein, dass sie ihre Freundinnen schützen konnte.

Jemand klopfte an die Tür. Sie stapfte über die Teppiche, um die Tür zu öffnen. Fitz' Gesicht, das noch immer von leisem Zorn überschattet war, erschien zwischen Tür und Rahmen.

„Du kannst mich hineinlassen. Der Korridor ist leer."

Sie trat zurück, und er trat schnell ein, bevor er die Tür hinter sich schloss und verriegelte. Er trug eine kleine schwarze Ledertasche unter einem Arm.

„Ich habe die Suche im Haus abbrechen lassen. Alle gehen zurück in ihre Betten." Er stellte die Tasche am Fußende des Bettes ab und öffnete die silbernen

Verschlüsse am oberen Ende, bevor er im Inhalt herumwühlte.

„Fitz“, sagte sie und hauchte seinen Namen.

Daraufhin verstummte er. „Helston oder Euer Gnaden, bitte. Nur meine *Freunde* dürfen mich Fitz nennen.“

Die Worte, obwohl sanft gesprochen, waren so förmlich, dass es sich wie ein Schlag ins Gesicht anfühlte.

„Komm her“, befahl er und zeigte auf das Bett.

Tabitha gehorchte und ließ sich auf die Bettkante neben ihm fallen. Sie befreite ihren Arm aus dem Nachthemd und erlaubte ihm, mit einer Flasche klaren Alkohols das Blut von der klaffenden Wunde in ihrem Fleisch zu wischen. Dann tupfte er das Baumwolltuch über die Wunde selbst. Es brannte heftig, aber das einzige Geräusch, das sie von sich gab, war ein leises Zischen.

Fitz' gesenkte Augenbrauen und sein stummer Blick wurden etwas weicher, aber er sagte nichts, während er ihre Wunde weiter säuberte.

„Ich behalte die Juwelen nicht“, flüsterte sie leise. Ihre Worte schienen ihn zu erschrecken, und er blickte sie an.

„Sie sind nicht für mich“, sagte sie mit Nachdruck. „Es ist so, wie ich dir schon sagte. Sie werden verkauft, und fast der gesamte Erlös geht an Wohltätigkeitsorganisationen.“

„*Fast* der gesamte Erlös? Was, bitte schön, geschieht mit dem Rest des Erlöses? Kannst du dir davon deine üppigen Kleider leisten?“ Seine Worte waren scharf, aber sie hatte es verdient und wich nicht zurück.

„Nein, die Kleider sind von Hannah. Du weißt, was für ein Mensch sie ist. Sie hat ein großes Herz. Sie besteht darauf, dass ich schöne Kleider trage, aber ich versuche immer, sie davon abzuhalten. Ich wollte nichts als langweilige Farben tragen und in den Hintergrund treten, aber sie hat mich nicht gelassen."

„Ich bezweifle, dass du jemals in den Hintergrund treten könntest", murmelte er.

Sie blinzelte und wandte ihren Blick für einen kurzen Moment von ihm ab. „Oh, aber das tue ich, ganz einfach. Es ist möglich, dass du mir bereits auf der Straße begegnet bist. Ich hätte alte Kleidung getragen, mein Haar zu einem Knoten hochgesteckt und zum Schutz gegen die Kälte mit einer Jungenmütze bedeckt. Ich wäre mit dem Staub der Kutschen bedeckt gewesen, meine Handflächen wären schwielig und schmutzig. Ich hätte einen Mann wie dich um ein bisschen Geld angefleht, um meinen Bauch zu füllen." Sie atmete aus. „Und du, wie jeder andere Mann auch, wärst weitergegangen, mit erhobenem Kopf, den Stock zum Schlag bereit, wenn ich deiner perfekten Welt zu nahe gekommen wäre."

Seine Finger krallten sich um ihren Ellenbogen, der Griff war fest, aber er tat ihr nicht weh. Er starrte sie einen langen Moment an.

„Ich hätte dich gesehen", versicherte er. „Du wärst mir aufgefallen. Ich weiß es."

Ihre Blicke trafen sich, und sie spürte, wie ihr Herz zerbrach, sich wieder neu formte und erneut zerbrach.

„Aber hättest du meine Schwestern auf der Straße gesehen? Oder die Kinder, die hungern, während sie dir verwelkende Blüten verkaufen? Würdest du die Männer sehen, die im Krieg Gliedmaßen verloren haben, während sie auf die Steinmauern der Gassen starren? Diese Männer, die an der Seite deines Vaters dienten, diese Männer, die Freunde und Brüder sterben sahen. Warum hast du ihnen nicht die Hand gereicht, um ihnen zu helfen? Sie haben ihr

Leben, ihr Zuhause, ihre Familien aufgegeben... ihre Zukunft. Für dieses Land. Und du behandelst sie, als gäbe es sie nicht."

Sie war zu weit gegangen, aber sie wollte nur, dass er sah, was sie gesehen hatte, dass er verstand, dass ihre Mission über das egoistische Bedürfnis hinausging, für sich selbst zu sorgen.

Fitz war still, als er ihre Wunde fertig säuberte.

„Du gibst das Geld also an diese Wohltätigkeitsorganisationen. Wie funktioniert das? Wie kannst du dir sicher sein, dass die Mittel für einen guten Zweck verwendet werden?"

„Weil ich die Ergebnisse mit eigenen Augen gesehen habe. Dein Freund, Lord Brightstone... ich habe die diamantenen Ohrringe seiner Cousine gestohlen. Und als ich sie weiterverkaufte, konnten mit dem Geld mehr als zwanzig Kinder neu eingekleidet werden. Und zwar nicht einfach nur neu, sondern mit zwei Garnituren, eine für den Winter und eine für den Sommer. Einige der Kinder im Waisenhaus hatten in ihrem ganzen Leben noch nie ein Paar Schuhe besessen. Weißt du, was das bedeutet? Wenn Schnee und Eis die Straßen bedecken, können diese Kinder ohne Angst vor Erfrierungen und Zehenverlust umhergehen. Das verändert ihr Leben. Und die Frau, der ich diese Ohrringe abgenommen habe, hat nur einen Stich in ihren Stolz erlitten."

„Bist du jemals ohne Schuhe durch den Schnee gelaufen?", fragte er leise.

„Einmal, in meinem zweiten Winter nach dem Tod meines Vaters, war ich allein. Eines der Mädchen, eine meiner Freundinnen, stahl ein schönes Armband und verkaufte es, kaufte mir Schuhe und nahm uns alle mit, um süße Kuchen zu kaufen. Ich war ihr so dankbar, dass ich ihr meinen Kuchen schenkte.“

„Mein Gott, das muss doch eines der Mädchen gewesen sein, die von dem vergifteten Kuchen gestorben sind, nicht wahr?“

Sie nickte stumm, die alten Erinnerungen waren noch zu roh, um ihnen zu nahe zu kommen.

„Und mein Diamant? Was könntest du damit tun?“, fragte er.

„Sehr vieles. Ich wollte damit einer Frau helfen, die eine Pension besitzt. Sie nimmt verwundete Veteranen auf und gibt ihnen Essen und Unterkunft. Ich wollte ihr helfen. Sie hat so viele Mäuler zu stopfen und so wenig zum Leben, da viele der Männer keine Arbeit finden können. Nicht jeder kann in ein Herzogtum heimkehren wie dein Vater.“

„Ja, er war ein Glückspilz, aber er hat sich trotzdem erschossen, als die Albträume und Erinnerungen zu viel für ihn wurden.“ Fitz‘ Worte waren ruppig und voller Emotionen, und sie hätte am liebsten ihre Arme um seinen Hals gelegt und ihn festgehalten, damit er seinen Vater nicht allein betrauern musste. Aber sie wagte nicht, ihn zu berühren. Sie hatte kein Recht auf Intimität mit diesem Mann, nicht nachdem sie sein Vertrauen gebrochen hatte.

Fitz tauchte die Spitze seines Fingers in einen Topf mit Salbe, die schwach nach Eukalyptus roch, und rieb damit die Wunde ein. Danach tupfte er sie vorsichtig mit einem Tuch ab und wickelte sie fest mit einigen Binden ein.

„Ist das zu fest? Es sollte etwas Druck ausgeübt werden, um die Wunde am Bluten zu hindern, aber ich möchte den Blutfluss zum Rest deines Arms nicht unterbrechen.“ Seine Stimme war rau, aber sie konnte die Zärtlichkeit nicht überhören, die in jedem Wort mitschwang, als er sich um sie kümmerte. Es zerrte an ihrem Herzen, als sie sah, wie seine Hände zitterten, während er sich um ihre Wunde kümmerte.

„Es fühlt sich gut an", antwortete sie. Einen Moment lang trafen sich ihre Blicke. Seine Augen, die sonst so stürmisch waren, waren jetzt dunkel und unergründlich, ruhig wie ein windstilles Meer. Sie konnte nichts in ihren glasartigen Tiefen lesen. Er hatte die Fenster zu seiner Seele verschlossen und ihr die Sicht versperrt. Es war ein neuerlicher Stich in ihr Herz, die Fähigkeit zu verlieren, die sie einst besaß, um in ihm zu lesen und seine Gefühle zu erkennen. Bei keiner anderen hatte er sich so verhalten. Sie war die Einzige gewesen, bei der er seine Schutzmechanismen vernachlässigt hatte, und sie hatte es ihm mit Verrat heimgezahlt.

„Ich bin fertig. Du darfst... äh... dich anziehen." Sein Blick glitt über die Haut ihres Arms und ihrer Schulter, die in den letzten Minuten entblößt gewesen war. Einen Moment lang sah sie die Hitze und das Verlangen, das dem ihren so ähnlich war. Ein schwaches Feuer entflammte in ihrem Bauch, und das unausweichliche Verlangen nach diesem Mann entfachte erneut. Selbst nach all dem, was geschehen war, wollte sie ihn immer noch mit einer hoffnungslosen, glühenden Sehnsucht.

Als sie nach oben griff, um ihren Arm zurechtzurücken und zurück in ihr Nachthemd zu schlüpfen, blinzelte er und drehte ihr den Rücken zu.

Fitz räumte seine Utensilien weg und warf die blutigen Lappen ins Feuer. Dann schloss er die Medizintasche und machte sich auf den Weg zur Tür. Zwischen ihnen wurde es wieder kalt, so frostig, dass sie erwartete, dass gleich Schnee von der Decke über ihnen fallen würde. Sein

Verhalten hatte eine Endgültigkeit, die sie mit einer Panik erfüllte, die sie nie zuvor gekannt hatte.

„Fitz." Ihre Stimme klang verzweifelt bei dem Gedanken, ihn wirklich zu verlieren. Er hielt inne. Er drehte sich nicht um, aber seine große, kräftige Gestalt wurde starr, als hätte er aufgehört zu atmen.

Tabitha nahm all ihren Mut zusammen. „Du hast gesagt, bei mir könntest du dein wahres Ich zeigen. Ungeachtet dessen, was du heute Nacht über mich erfahren hast, schwöre ich, dass auch ich bei dir mein wahres Ich gezeigt habe."

Die Anspannung in seinen Schultern und seinem Nacken schien seinen Körper zum Vibrieren zu bringen.

Sie wartete einen Herzschlag, bevor sie fortfuhr. „Ich habe früh gelernt, mich zu verstecken. Das musste ich. Nur durch Verstecken konnte ich mich schützen. Aber du..." Sie rang nach den richtigen Worten. „Du hast mich vergessen lassen, wie es ist, mich zu verstecken. Du hast mir das Gefühl gegeben, die Frau zu sein, die ich hätte sein sollen... wenn ich nicht schon so früh in meinem Leben so viel verloren hätte." Es schmerzte sie, diese Worte auszusprechen, aber dies war ein Moment, in dem die Wahrheit mehr zählte als das Leben selbst.

Doch er bewegte sich nicht, zuckte nicht einmal und verlagerte auch nicht sein Gewicht. Er war so still wie Stein. Aber sie hatte noch Hoffnung, denn er war nicht gegangen.

„Ich bin nicht verrückt... oder doch? Zu glauben, dass da etwas zwischen uns war. Etwas Wunderbares?" Sie schüttelte den Kopf und lächelte verbittert. „Was auch immer es war... Ich weiß, ich habe es ruiniert. Ich würde alles dafür geben, zurückzugehen und den Diamanten nie zu stehlen und einfach die Nacht in deinen Armen im Gewächshaus zu verbringen und bis zum Morgengrauen in der Sprache der Blumen zu sprechen. Ich wünschte, ich hätte diese Erinnerung mit dir zusammen gemacht, um sie mitzunehmen, wenn ich gehe."

Sie hielt den Atem an, denn sie wusste, wie töricht es war, sich ihm gegenüber so zu öffnen. Aber unter all den anderen Dingen, die sie an diesem Tag bereuen würde, würde das Aussprechen dieser Worte nicht dazugehören.

„Ich hätte in diesem Moment alles für dich gegeben, Fitz. Alles, was ich bin. Ich wäre dein gewesen." Ihr Geist, ihr Körper, ihr Herz... sogar ihre Seele hätte für immer ihm gehört, wenn er sie nur weiter geküsst hätte, während die Blumen um sie herum in dieser endlosen Nacht blühten.

Fitz ließ die Medizintasche zu Boden fallen und drehte sich langsam um, wobei er die Hände an den Seiten zu Fäusten ballte, als wüsste er nicht, was er damit tun sollte. Sein hübsches Gesicht war ein Wechselbad der Gefühle, das von Wut bis Trauer reichte. Es dauerte einen langen Moment, bevor er sprach.

„Ich wünschte das auch. Weil ich die Erinnerung an deine Lippen nicht aus meinem Gedächtnis streichen kann, egal wie sehr ich es versuche. Du warst ein Licht in der Dunkelheit, das ich nie zu sehen erwartet hätte. Du bist tief in meinem Inneren, und ich kann dich nicht wieder herausholen." Seine Stimme, so rau vor Schmerz, ließ ihre Augen vor Tränen brennen. „Und ich weiß auch gar nicht, ob ich das überhaupt will."

Da wusste sie, dass sie sich nie wieder ganz fühlen würde, wenn sie nicht in seinen Armen lag. Sie unterdrückte ein Schluchzen, und er blickte zur Zimmerdecke hinauf, sein Gesicht war so schön, so gequält, so schmerzhaft. Es war, als stünde er auf einer Klippe, an deren Rand er schwankte.

„Ich bin verdammt, dich jetzt so heftig zu wollen – auch wenn ich weiß, was du bist."

Was du bist. Wie hart, wie verletzend diese Worte waren. Und doch hatte er recht. Sie war eine Diebin. Eine Lügnerin. Aber sie sorgte sich auch um ihn.

Tabitha rieb sich die Unterarme und versuchte, sich gegen das plötzliche Frösteln in ihrer Brust zu wappnen. Die brennende Intensität in seinen Augen hatte nicht nachgelassen, und das war der einzige Hoffnungsschimmer, den sie brauchte. Sie hatte eine letzte Chance, ihn kennenzulernen, das Gefühl, dass die Zukunft, nach der sie sich insgeheim gesehnt hatte, mit ihm möglich war, wenn auch nur für eine Nacht.

„Eine Nacht", flüsterte sie. „Gib mir eine Nacht mit dir. Eine Nacht mit deiner Berührung, deinem Kuss. *Bitte*. Ich würde meine Seele verkaufen, wenn der Teufel sie mir wegnehmen würde, nur um zu wissen, was es bedeutet, von dir geliebt zu werden." In ihrem Leben hatte sie schon um Essen, Unterkunft und Sicherheit gebettelt. Dies war das erste Mal, dass sie um Liebe bettelte, und sie war sicher, dass sie es nicht überleben würde, wenn er sie zurückwies.

Er starrte sie einen langen Moment an, ohne sich zu bewegen. Dann wich die Anspannung aus ihm, als er einen einzigen Schritt auf sie zu machte. Die Bewegung war so entschlossen, dass ihr der Atem im Hals steckenblieb. Sie rutschte vom Bett und kam auf ihn zu. Sie trafen sich in der Mitte des Raumes, und seine Hände erhoben sich, eine legte sich auf ihre Hüfte, die andere umfasste ihr Gesicht. Die Umarmung war besitzergreifend und doch so vollkommen zärtlich, dass Tabitha in seinen Armen erzitterte.

Sie lehnte sich in seine Berührung und schloss kurz die Augen.

„Eine Nacht", stimmte er zu. „Nur eine."

Sie nickte, und Erleichterung machte sich in ihr breit. Das war noch nicht das Ende zwischen ihnen, noch nicht.

„Heb deine Arme an", befahl er.

Sie beeilte sich zu gehorchen und hob ihre Arme in den engen Raum zwischen ihren Körpern. Seine Hände verließen ihre Hüften und griffen nach den Falten ihres Nachthemdes. Es rutschte ihr ohne großen Widerstand über den Kopf, und er ließ es zu ihren Füßen auf den Boden fallen. Sie hob ihren Blick zu ihm, und die Hitze dort besiegelte ihre bittersüße Abmachung in der Dunkelheit. Seine Augen schweiften über sie, und sie fragte sich, was er sah. Ihre Haut erzählte die Geschichte eines harten Lebens – helle Narben aus ihrer Vergangenheit und frische blaue Flecken vom Kampf in seinem Arbeitszimmer.

„Es tut mir so leid. Ich wusste nicht, dass... Ich dachte, du wärst..." Er schluckte schwer, sein Adamsapfel wippte, als er sich auf die Unterlippe biss.

„Du dachtest, ich sei ein Mann", sagte sie und beendete seinen Gedanken. „Ist schon gut, Fitz. Bitte denk nicht daran. Nicht heute Nacht." Sie hatte seinen Vornamen gesagt, ohne nachzudenken, aber er korrigierte sie nicht. Nur für diese Nacht würde er Fitz für sie sein.

Er fuhr mit den Fingerrücken über ihren Hals, ihr Schlüsselbein und hinunter zu ihren Brüsten, wobei er eine ihrer Brustwarzen zu einer straffen Spitze neckte. Seine Berührung fühlte sich exquisit an. Sie wollte ihm dasselbe herrliche Vergnügen und das Gefühl der Verbundenheit geben und berührte ihn im Gegenzug, indem sie die Linie seines Kiefers nachzeichnete, das Kratzen seines wachsenden Bartes und die zarten Muscheln seiner Ohren spürte. Er drehte sein Gesicht und erlaubte ihr, ihn zu erforschen, während er sie erforschte. Es hatte etwas so Wunderbares, so Intimes, ihn auf diese Weise berühren zu dürfen. Ihm nahe zu sein und zu wissen, dass sie ihn küssen und ihre Hände über seinen Körper gleiten lassen konnte.

Sie hatte so wenig von Josephs Körper gesehen, als sie vor langer Zeit zusammengekommen waren. Jetzt wollte sie Fitz mit einer fast gewalttätigen Verzweiflung sehen. Sie zerrte an den Knöpfen seiner Weste und zog sie dann von ihm weg, bevor sie sein Hemd aus der Hose riss. Er hörte nur lange genug auf, ihren Körper zu berühren, um sein Hemd und seine Stiefel auszuziehen. Dann zog er sie an sich. Ihre Brüste rieben an seiner Brust, und dies reizte sie so sehr, dass sie stöhnte. Ein schwacher Hauch von dunkelgoldenem Haar auf seinen oberen Brustmuskeln war weich unter ihren Fingern, als sie ihre Hand auf seine Brust legte, um seinen Herzschlag zu spüren. Sie beugte sich vor und küsste seine Haut, was ihn erschaudern ließ und seinen Griff um sie verstärkte.

„Warum fühlt sich alles mit dir tausendmal intensiver an?", fragte er mit einer Stimme voller Verwunderung.

Sie hatte keine Antwort darauf. Alles, was sie wusste, war, dass sie etwas, das sie beide brauchten, verlieren würde, wenn sie heute Nacht nicht seinen Körper beanspruchte und ihn ihren beanspruchen ließ. Dies war ihr einziger Moment, in dem sie mit Fitz zusammen sein konnte, und sie würde diese Erinnerung nicht verlieren, solange sie lebte.

Er grub seine Hände in ihr Haar, seine Finger fanden die letzten verirrten Nadeln, die sie übersehen hatte, und er breitete ihr Haar in einem Wasserfall aus.

Seine Hand tauchte in ihr Haar ein, und er neigte ihren Kopf, um seinen Mund auf ihren zu legen. Sie überließ sich der Süße seines Mundes, dem Zureden, der Sanftheit, als er entschlossener, härter, verzweifelter wurde. Er ließ seine Zunge zwischen ihre Lippen gleiten, und sie stöhnte auf, als seine freie Hand ihren Po in einem fast strafenden Griff packte. Diese Andeutung von Schmerz steigerte nur die Intensität zwischen ihnen.

„In ein paar Stunden geht die Sonne auf", flüsterte er, bevor er sie erneut küsste. „Ich *brauche* dich."

Sie spürte seine unausgesprochene Warnung. Er würde das Zeichen seiner Leidenschaft auf ihrer Seele hinterlassen, sodass jeder Mann, der es wagen würde, ihm nachzufolgen, sie niemals ganz besitzen würde, sie niemals vollständig in Besitz nehmen würde. Es würde stets einen Teil von ihr geben, der für immer ihm gehörte.

„Ja, bitte", flehte sie, und ihre Augen verschwammen vor Tränen. Sie wollte das auch, um zu wissen, dass er einen Teil von ihr mit sich tragen würde, auch wenn sie nie wieder so zusammenkommen würden. Wenigstens würden sie heute Nacht einen Teil des anderen tief in den Brunnen ihrer Herzen tragen.

Er wischte ihre Tränen mit den Daumen weg, sein Blick wurde weicher, als er die glänzenden Spuren der Tränen auf ihren Wangen küsste. Sein Mund bedeckte wieder ihren, als er sie auf das Bett hob und sie unter sich legte. Dann küsste Fitz sich einen Weg von ihrem Mund hinunter zu ihren Brüsten, saugte hungrig an jeder Spitze und ließ sie bei dem exquisiten Gefühl aufschreien. Tabitha grub ihre Hände in sein Haar und forderte ihn auf, nicht aufzuhören.

Die Verbindung zwischen ihnen wuchs, während er ihre Haut mit Küssen überhäufte. Sie wimmerte, als er die

Spitze ihrer Brust verließ. Doch dann nahm er zu ihrer Freude und Erleichterung auch die andere Brustwarze zwischen seine Lippen. Ihr Körper wölbte sich nach oben, versuchte, sich an ihm zu reiben, versuchte dieses Bedürfnis, das zu mächtig war, um es zu benennen, zu befriedigen. Das Verlangen danach, ihren Körper und ihre Seele mit diesem Mann zu vereinen, war überwältigend – dieses pochende, pulsierende, verzweifelte Bedürfnis, sich ihrem und seinem Verlangen hinzugeben.

Er glitt tiefer, sein Mund küsste erst ihre Hüften, dann die dunkle Lockenpracht zwischen ihren Schenkeln, und schließlich umfasste er ihre Knie und spreizte ihre Beine. Ein Teil von ihr wollte sich verstecken, aber sie wurde von einem Bedürfnis angetrieben, das so alt war, dass moderne Bescheidenheit diesen Kampf verlor.

„Lass deine Beine gespreizt", knurrte er, als er sich am Fußende des Bettes niederließ und seine Lippen auf die Innenseiten ihrer Oberschenkel presste. „Vertrau mir, Tabitha." Sie erzitterte, als er seinen warmen Atem auf ihr entblößtes weibliches Inneres hauchte. „Vertrau mir. Ich werde dir niemals wehtun."

Dann tanzten seine Lippen und seine Zunge in wilden, trägen Mustern an der empfindlichsten Stelle ihres Fleisches.

Es war fast zu viel, um es zu ertragen, gleichermaßen beängstigend und wunderbar. Tabitha fühlte sich, als könnte sie den Himmel erreichen und mit ihren Fingerspitzen neue Galaxien aufwirbeln, während sie Sterne wie kostbare Edelsteine sammelte. Ein Lichtblitz hinter ihren geschlossenen Augen überwältigte sie, und sie gab sich der Explosion der Lust hin, die zwischen ihren Schenkeln erfolgte, als er sie mit seinem Mund erforschte. Jeder

Muskel, der einst vor Angst und Unruhe angespannt war, war nun so entspannt, dass sie sich nie wieder bewegen wollte.

Sie öffnete ihre Augen, als sich das Bett leicht bewegte. Dann spürte sie die Wärme seines Körpers, als er sich über sie bewegte. Er hatte seine Hose weggeworfen. Sie hatte nicht gesehen, wie er sie auszog, aber sie hatte in den letzten Minuten auch nichts anderes als Vergnügen empfunden.

Tabitha versuchte, sich aufzusetzen und ihn anzusehen, aber sie sackte zurück auf das Bett.

„Sei vorsichtig mit deinem Arm", murmelte Fitz mitfühlend, als er sich zwischen ihren Schenkeln niederließ.

„Er ist in Ordnung. Es tut im Moment nicht weh." Fitz hatte ihr in den letzten Minuten so viel Freude und Lust bereitet, dass sie bezweifelte, dass sie jemals wieder Schmerz empfinden würde.

Er war so viel größer als sie, so muskelbepackt, und doch umarmte sie ihn mit ihrem Körper. Sie spürte, wie eine uralte weibliche Kraft in ihr aufflammte. Sie war geschaffen, diesen Mann zu halten, ihn zu berühren und zu lieben, so wie er geschaffen war, sie zu berühren und zu lieben. Ihr Herz stotterte, als sie spürte, dass dieser Mann in einem anderen Leben *ihr* Mann, *ihre* andere Hälfte hätte sein können. Doch in *diesem* Leben konnte das nicht sein. Diese Nacht war alles, was sie haben würden. Ein gestohlener Moment, der viel zu schnell vorbei war.

Seine Augen suchten ihr Gesicht ab, als ob er ihre traurige Erkenntnis spürte. Tabitha umfasste seine Wange mit einer Hand, während ihre andere sich um seinen Nacken legte. Sie zog seinen Kopf zu sich herunter.

„In meinem ganzen Leben", begann er, während seine Worte zwischen den Küssen über ihre Lippen glitten, „hat es nie eine Frau wie dich gegeben." Ein Hauch von schrecklicher Sehnsucht und Verzweiflung lag in der Begegnung ihrer Münder. Wie ein Feuer, das spät in den dunklen Herbstmonaten brannte und dem kommenden Schnee trotzte.

Sie hob ihre Hüften, suchte ihn, und er bewegte sich über ihr, führte sich in sie hinein. Dann füllte er sie aus und schuf eine Verbindung, die sich in einen unendlichen Raum ausdehnte, jenseits rationaler Gedanken und Worte.

Tabitha grub ihre Finger in ihn, zog ihn tiefer, drängte ihn, sich zu bewegen und sie sich beide lebendig fühlen zu lassen. Es würde keinen Moment nach diesem geben. Keine Diamanten, keine Schuld, kein Kampf. Nur dieser unvorstellbare Frieden, der mit der Entdeckung von etwas *Perfektem* einherging. Sie war ein Schmetterling, der langsam aus seinem Kokon kroch. Ihre Flügel waren nass und neu und ach so hell. Jetzt lag sie auf dem Boden ihrer Seele und atmete zum ersten Mal und wartete auf den Moment, in dem sie fliegen konnte.

Fitz murmelte leise, wunderbare Dinge, seine Lippen kitzelten ihr Ohr und brachten sie in der Dunkelheit zum atemlosen Lachen, während er mit ihr Liebe machte. Die Freude über ihre Vereinigung war umso größer, da sie wussten, dass sie sich bald trennen würden.

Ihre Finger verschränkten sich ineinander, während er ihre Hände auf beiden Seiten ihres Kopfes am Bett festhielt. Ihre Blicke hielten sich fest, als er in sie eindrang, die leisen Geräusche ihrer aufeinandertreffenden Körper und die keuchenden Atemzüge umgaben sie in einer exquisiten Sphäre, die sie selbst geschaffen hatten. Schweiß benetzte ihre Körper und Fitz' Haut schimmerte, als er sich über ihr bewegte, sich in ihr bewegte. Er war wirklich der schönste Mann, den sie je gesehen hatte, als er sich ihr öffnete und sie noch einmal seine Seele in seinen Augen sehen ließ.

„Sag mir, dass kein anderer Mann deine Seele besitzen soll", forderte er, sein Atem war schwer in der Dunkelheit. Er drang in sie ein und das exquisite Vergnügen, wenn er tief in sie stieß, ließ sie seinen Namen schreien.

„*Sag es mir*", forderte er wieder.

„Niemand", keuchte sie. „Niemand außer dir."

Ihre Antwort schien ihn in Brand zu setzen, als er sie beanspruchte, seine Rauheit war der einzige Hinweis darauf, dass seine Leidenschaft und ihre Worte ihm gegeben hatten, was er brauchte. Sie explodierte vor Lust unter ihm, ihr Körper spannte sich an, als sie den berstenden Sternenhorizont erreichte.

„Du gehörst mir, Tabitha", keuchte er, als er seine Hüften ein letztes Mal gegen ihre stieß. Er stemmte sich über sie, aber seine breiten Schultern zitterten, als er ihre verschränkten Hände losließ. Sie bewegte sich, um ihn zu umarmen. Ihre Handflächen glitten über seine brennende Haut und ihre Knie umklammerten seine schlanken, muskulösen Hüften und schlossen sie zusammen, damit er sich nicht von ihrem Körper zurückziehen konnte.

Fitz drückte sanfte, langanhaltende Küsse auf ihre Wangen, ihre geschlossenen Augenlider, ihre Stirn und dann auf ihre Lippen. Sie rangen nach Atem, als sie von ihrem Liebesspiel herunterschwebten wie Flaumfedern, die durch einen trägen Sonnenstrahl trudelten.

Sie lauschten beide dem Feuer, das in der Feuerstelle knisterte und knackte. Nach und nach wurde ihr der Rest der Welt um sie herum wieder bewusst. Sie wusste, dass sie die Worte hören musste, bevor sie ihre Chance verspielte.

„Sag mir, dass du mein bist, Fitz.“

Er hob den Kopf und sah sie an. Einen Moment lang fürchtete sie, er würde ihr den Anspruch auf ihn verweigern, aber seine Augen wurden weicher, wie sie es immer zu tun schienen, wenn er sie ansah, und die Welt drehte sich wild um sie herum, als er die Worte sprach, die sie für den Rest ihres Lebens immer wieder hören würde.

„Es wird nie eine andere für mich geben als dich“, versicherte er. „*Niemals.*“

Niemals war so ein endgültiges Wort, aber sie sah die Wahrheit in seinen Augen. Wenn er eines Tages heiratete und mit einer anderen Frau einen Erben zeugte, würde ihr das nichts ausmachen. Er würde keine andere lieben als sie. Und sie würde keinen anderen lieben als ihn.

Sie lagen schweigend da, keiner wollte sprechen. Worte würden das Ende nur noch näher bringen. Sie konnte die Dämmerung nicht ertragen, nicht mehr.

❧

FITZ MERKTE ES SOFORT, ALS SIE EINSCHLIEF. UND JETZT, als er spürte, wie sie sich der Erschöpfung hingab und wusste, dass ihr Liebesspiel vorbei war... wuchs ein langsamer, bitterer Schmerz in ihm heran. Er verlor sie jetzt, Augenblick für Augenblick, denn er würde dieses Bett verlassen müssen, *sie* verlassen müssen und in sein Leben zurückkehren... ohne sie.

Seine Brust zog sich zusammen, als er dem Bedürfnis widerstehen musste, sie zu wecken, noch einmal mit ihr zu schlafen und der Nacht ihr Recht auf ein Ende zu verweigern. Er kroch unter die Bettdecke, zog sie in seine Arme und küsste den Scheitel ihres Haares. Niemand würde jemals davon erfahren, dass ein Duke sich in eine gewöhnliche Diebin verliebt hatte.

Nein, sie war nicht gewöhnlich – sie war *außergewöhnlich*. Sie hatte im Schutze der Dunkelheit einen Diamanten gestohlen und sich so tapfer wie jeder Mann gewehrt, um der Festnahme zu entgehen. Wäre er heute Nacht nicht hergekommen, um nach ihr zu sehen, hätte er nie erfahren, dass sie die Diebin war. Er hätte auch nie erfahren, wie ihr wirkliches Leben aussah, bevor sie sich kennengelernt hatten. Die vagen Geschichten, die sie ihm erzählt hatte, waren so gefiltert, dass er die Wahrheit hätte ignorieren können, wenn er es gewollt hätte. Aber jetzt wusste er, was sie durchgemacht hatte, welche Kraft sie hatte aufbringen müssen, um ihre Umstände zu überwinden und immer noch ein offenes Herz zu haben, um für andere zu kämpfen, die Hilfe brauchten.

In einem anderen Leben wäre sie vielleicht eine Heilige gewesen, so gut waren ihre Absichten und Taten. Und er, der Mann, der alle Mittel der Welt hatte, um die Dinge für andere zu ändern, hatte es nicht getan. Aber er konnte sich ändern. Er konnte ihr den Diamanten geben und sie tun lassen, was sie konnte, um anderen zu helfen. Es würde ihm ein wenig Frieden geben, den Edelstein unter diesen Umständen wegzugeben. Es erleichterte die Scham, die er empfunden hatte, weil er bisher nicht gesehen hatte, was er all die Jahre hätte tun können, um anderen zu helfen.

Er strich mit seinen Fingern über Tabithas Wangenknochen und Nase und spielte dann mit den Strähnen ihres Haares, die sich in der Nähe ihrer Ohren zu dunklen Strähnen kräuselten. Es gab so viele entzückende kleine

Dinge an Tabitha, die ihn verzauberten. Es brach ihm das Herz, wenn er daran dachte, dass er nie die Chance haben würde, alles über sie zu erfahren, die Intimität zu haben, die ein Liebhaber, ein Ehemann haben könnte, wenn sie gemeinsam alt wurden. Zu viel war zwischen ihnen geschehen, zu viel Schmerz und Herzschmerz, dass er keinen anderen Weg sehen konnte als den, der weg von ihr führte.

Er überprüfte den Verband an ihrem Arm, um sicherzugehen, dass die Blutung gestoppt war.

Ein klügerer, vernünftigerer Mann hätte eine Frau nicht genommen, solange sie so verletzt war. Aber wenn Tabitha in der Nähe war, war er alles andere als weise, und dies war ihre einzige Gelegenheit gewesen. Sie hatte gesagt, dass sie ihn wollte, und er konnte ihr nicht verweigern, was sie beide brauchten.

Als der blassrosa Farbton des kommenden Morgens durch die Vorhänge drang, wusste er, dass er seine Entscheidung über ihre Zukunft getroffen hatte. Mit großem Widerwillen schlüpfte er aus dem Bett und zog sich an. Dann deckte er Tabitha zu.

Er war zu dem Entschluss gekommen, dass er den Diamanten seiner Großmutter nicht mehr wollte, und so ging er, während Tabitha schlief, in sein Arbeitszimmer, um ihn aus seinem Versteck zu holen. Als er in Tabithas Zimmer zurückkehrte, starrte er den Diamanten in seiner Handfläche an, wog ihn und dachte darüber nach, was Tabitha gesagt hatte, wie dieser Edelstein Männern helfen könnte, die an der Seite seines Vaters gekämpft hatten. Männern, die kein Herzogtum und kein Geld hatten, zu dem sie heimkehren konnten. Männern, die ihre Zukunft aufgegeben hatten, damit er und Tabitha und all die anderen nie erfahren würden, was es bedeutete, den Krieg zu sehen. Es waren Männer mit Ehre, doch selbst ein bescheidenes Leben war ihnen verwehrt worden. Ihr Leben war ihnen genommen worden und sie lebten nun als Geister auf den Straßen.

Tabitha hatte recht gehabt. Er hatte sie nicht gesehen, diese staubbedeckten Gesichter und die flehend ausgestreckten Hände, die ein bisschen Liebe, ein bisschen Fürsorge von ihren Mitmenschen brauchten. Er war vorbeigegangen, entschlossen, seine Termine wahrzunehmen, und hatte sich nicht um die armen Seelen gekümmert, die ihn brauchten.

Er konnte den Diamanten nicht behalten, denn jedes Mal, wenn er ihn ansah, erinnerte er ihn an heute, an Tabithas Verrat und an die Nacht, die sie geteilt hatten und die er nie wieder erleben konnte.

Der Diamant war zu einer Manifestation von Tabithas Präsenz in seiner Seele geworden. Dieses Juwel gehörte nicht mehr ihm. Nicht mehr. Er wusste, dass seine Großmutter es nicht vermissen würde. Sie hatte immer wieder darauf bestanden, dass er den Stein in Besitz nahm, aber er wusste, sobald er den Diamanten in seinem Besitz hatte, würde sie erwarten, dass kurz darauf eine Hochzeitsankündigung folgen würde. Da er noch nicht heiraten wollte, hatte er sich geweigert, den Diamanten in seine Obhut zu nehmen und darauf bestanden, dass sie ihn in ihrem Diadem aufbewahrte.

Aber nach dem, was er mit Tabitha geteilt hatte, verstand er, was seine Großmutter ihm von Anfang an hatte zeigen wollen. Diesen Diamanten der Frau zu geben, die er liebte, würde sich besonders anfühlen. *Besonders* war kein starkes Wort für das, was er fühlte, als er wusste, dass er den Diamanten nun der Frau gab, die er liebte. Er gehörte ihr und er wollte, dass sie ihn nahm, um damit zu tun, was immer sie brauchte oder wollte. Es war das Einzige, was er ihr jetzt geben konnte. Er konnte sie nicht zur Braut nehmen, konnte ihr nicht seinen Namen geben, sondern nur diesen Diamanten – und sein Herz.

Er legte den Diamanten auf den Tisch neben dem Bett und holte Papier und Tinte aus dem Schreibtisch in der Ecke, um ihr eine Nachricht zu hinterlassen. Bevor er jedoch die Worte auf das Blatt schrieb, betrachtete er ihr schlafendes Gesicht.

Er würde den Mann beneiden, der eines Tages jeden Morgen diesen Anblick genießen würde, und er würde sich selbst dafür verfluchen, dass er nicht wusste, was er tun konnte, um sie zu halten. Er konnte sich selbst nicht trauen, und er konnte ihr nicht trauen. Er musste tun, was er am besten konnte: vor dem Schmerz weglaufen. Ihn begraben. Sich vor der Welt und all den Dingen, die ihm schaden könnten, verstecken.

Ich bin ein verdammter Feigling.

Zu ängstlich, um zu lieben, zu ängstlich, um zu riskieren, einen anderen Menschen zu verlieren oder jemandem sein Herz anzuvertrauen. Zu ängstlich, um etwas anderes zu tun als wegzulaufen und sich zu verstecken.

Fitz legte den gefalteten Zettel unter den Diamanten und verließ den Raum, um die Tür und sein Herz für immer zu schließen.

Für ihn würde es nie wieder eine andere geben. Das war das Einzige, was ihm in diesem Augenblick Frieden gab, so gering dieser Friede auch sein mochte. Sein Herz würde nicht ein zweites Mal brechen.

KAPITEL 11

Tabitha wachte mit Tränen in den Augen auf, als ein Traum aus ihrem Gedächtnis verschwand. Wovon hatte sie geträumt? Vergeblich versuchte sie, die spärlichen Erinnerungsfetzen an das, was sie zum Weinen gebracht hatte, wieder aufleben zu lassen. Sie erinnerte sich an Freude, aber auch an Trauer, als hätte sie inmitten ihres Glücks gewusst, dass alles zu Ende gehen würde. Als sie sich über die Augen wischte, wurde der Raum wieder klar. Das Feuer im Kamin war erloschen, und das Morgenlicht warf sanfte Strahlen durch die Lücken in den Vorhängen, die das Fenster umgaben.

Fitz war hier gewesen. Bei ihr. Ihr Körper fühlte sich noch immer träge und entspannt an, obwohl ihr Arm von der Wunde schmerzte. Sie starrte auf die zerknitterten Laken und das leere Bett und umarmte sich selbst. Erst dann, als ihr Blick durch das Zimmer wanderte, bemerkte sie den großen Diamanten, der sanft auf dem Beistelltisch funkelte. Sie griff nach dem Edelstein, ihre Finger schlossen sich um ihn. Dann wandte sie sich der Asche im

Kamin zu, wo sie das teilweise verbrannte Pastenjuwel immer noch liegen sah.

Das kann doch wohl nicht sein. Aber wenn es so ist...

Der Zettel darunter trug eine solide, sichere Handschrift, von der sie annahm, dass sie von Fitz stammte. Tabitha brauchte einen Moment, um den Schmerz zu verdrängen, den sie verspürte, weil sie wusste, dass das, was sie gleich lesen würde, auch eine Botschaft des Abschieds sein würde.

Dieser Diamant gehört dir. Tu damit etwas Gutes in der Welt, und ich werde gut schlafen, ohne den Stein zu vermissen. Wisse, dass ich dir in meinem Herzen treu sein werde. Für immer.

Neue Tränen entkamen ihr, und sie vergrub ihr Gesicht in den Händen. Der Diamant und die Nachricht von Fitz fielen ihr in den Schoß, und ihr Körper bebte, als sie schluchzte. Es dauerte lange, bis ihre Tränen endlich versiegten und sie aufhörte, vor Kummer zu zittern. Betäubt und müde starrte sie auf den Diamanten. Ein Lichtstrahl war auf dem Stein gelandet, und ein Prisma aus Farben brach auf der anderen Seite hervor und tauchte die Wände in einen Regenbogen aus buntem Licht.

Dieser Edelstein könnte so viel Gutes bewirken, wenn sie ihn verkaufen würde. Aber dazu müsste er in ein Dutzend kleinerer Diamanten zerlegt werden. *Dieser* Diamant würde für immer verschwinden, und sie wollte egoistischerweise, dass dieses Geschenk von Fitz unverändert blieb. Er war ein Symbol für das, was zwischen ihnen lag, die reine, uralte Vollkommenheit von etwas, das nicht zerstört werden sollte. Sie drückte den Stein an ihre Brust und atmete tief ein. Sie konnte ihn nicht behalten, aber sie konnte dafür sorgen, dass er immer in Sicherheit war.

Tabitha versteckte das Juwel in der Blumenvase, die

Fitz ihr geschenkt hatte, und verstaute dann die Nachricht von ihm in ihrer Reisetasche. Sie hatte gerade ihr Gesicht im Waschbecken auf dem Waschtisch gewaschen, als Liza mit einem Frühstückstablett hereinkam.

„Guten Morgen, Miss Tabitha", grüßte sie fröhlich, als sie das Tablett auf einem Tisch abstellte. Als sie näherkam, senkte sie ihre Stimme. „Ist gestern Nacht alles gut gegangen? Habt Ihr ihn gefunden?"

„Ja. Der Stein ist sicher versteckt", beruhigte Tabitha sie.

„Gut. Die Dienerschaft schwirrt herum wie ein Bienenstock. Unten trieft es nur so vor Klatsch und Tratsch über die Geschehnisse der letzten Nacht."

„Oh? Was sagt man denn?" Die Angst erhöhte ihre Stimme ein wenig.

„Nun, dass der Diamant gestohlen wurde, natürlich, dass alle Zimmer durchsucht wurden und die Männer die halbe Nacht auf der Suche nach dem Dieb waren. Sie haben aber keinen Diamanten und keinen Dieb gefunden." Das Dienstmädchen zwinkerte ihr zu. „Dann, heute Morgen, hat Lord Helston jede weitere Durchsuchung des Geländes und des Hauses abgebrochen. Das Merkwürdige daran ist aber, dass er nach London abgereist ist und seinem Diener gesagt hat, dass sie morgen von London nach Edinburgh reisen und nicht zurückkehren werden!"

Tabithas Magen verkrampfte sich. „Er hat seine eigene Hausparty verlassen?"

„Ja, ebenso wie seine beiden Freunde, Lord Brightstone und Mr. Beckley. Sie waren ziemlich fassungslos über die ganze Angelegenheit. Man hörte, wie sich die drei in seinem Arbeitszimmer stritten, bevor Seine Gnaden in seine Kutsche stieg und nach London fuhr."

Tabitha ließ sich in einen Stuhl fallen, ihr Frühstück ignorierte sie.

„Ich dachte, Ihr würdet Euch über die Nachricht freuen, dass Ihr mit dem Leben davongekommen seid." Liza holte ein exquisites, blass-gestreiftes Satinkleid aus dem Schrank und legte es auf Tabithas Bett.

„Das sollte ich auch", stimmte sie zu, obwohl sich ihre Stimmung nur noch weiter verschlechterte.

Fitz war vor ihr weggelaufen. Das war das Klügste, was er tun konnte. Wenn er geblieben wäre... hätten sie alles vermasselt. Die Wahrheit hätte ans Licht kommen können. Es war viel besser, viel sicherer, einen sauberen Schlussstrich zu ziehen und neu anzufangen. Getrennt. Für immer.

Sie berührte ihren Bauch. Sie hatten gestern Nacht keine Vorsichtsmaßnahmen getroffen. Keiner von ihnen hatte klar denken können. Was, wenn jetzt neues Leben in ihr aufblühte? Sie würde *alles* tun, um ein Stück von ihm zu haben, nur einen Teil von ihm, den sie halten konnte.

Liza half ihr beim Anziehen des Kleides und ordnete ihr Haar, während ihr tausend Gedanken durch den Kopf gingen: Was tun, wenn sie schwanger war? Was mit dem Helston-Diamanten tun? Was mit ihren Gefühlen für Fitz tun, die niemals verschwinden würden? Aber der Schmerz darüber, dass sie ihn nie wiedersehen würde, war so groß, dass sie sich nicht in der Lage sah, einen Plan zu entwerfen, der ihr Trost spenden konnte.

Aber sie musste *etwas* tun. Sie konnte den Diamanten nicht behalten, und sie konnte es nicht ertragen, dass er in kleinere Stücke zerbrochen wurde, also blieb nur eine Möglichkeit.

Als sie wieder salonfähig war, hatte Tabitha ihre

Entscheidung getroffen. Sie bat Liza, Hannah und Julia zu sagen, dass sie bald abreisen würde. Als das Dienstmädchen gegangen war, holte Tabitha den Diamanten aus seinem Versteck und steckte ihn in die Tasche ihres Rocks. Dann machte sie sich auf die Suche nach Mr. Tracy, um ihn um eine Privataudienz bei Lady Helston in einer sehr wichtigen Angelegenheit zu bitten.

Sie wartete eine Weile auf dem Korridor, bevor sie in einen privaten Salon geführt wurde. Die alte Witwe saß an ihrem Schreibtisch und blätterte in Briefen. Ihr feines, jagdgrünes Satinkleid war mit belgischer Spitze besetzt und an Saum und Ärmeln mit goldenen Quasten verziert. Sie trug eine zarte Smaragdkette, und ihr silbergraues Haar war klassisch frisiert, was sie alterslos erscheinen ließ. Tabitha hatte noch nie in ihrem Leben eine ältere Frau gesehen, die so prächtig aussah.

Die Witwe drehte sich um, als Tabitha sich ihr näherte, und wies mit einer Geste auf einen Stuhl in der Nähe.

„Bitte setzt Euch, Miss Sherborne." Die Witwe lächelte sie warm an, aber das stach die Klinge in Tabithas Herz nur noch tiefer hinein.

„Euer Gnaden, ich bin hier, um Euch etwas zurückzugeben." Sie wusste es besser, als zu versuchen, ihr Handeln mit Worten zu erklären oder das Unvermeidliche hinauszuzögern. Es war das Beste, es einfach hinter sich zu bringen.

Lady Helstons Augenbrauen wölbten sich ein wenig vor Neugierde. „Oh?"

Tabitha holte den Diamanten aus ihrer Tasche und legte ihn in ihre Handfläche, dann drückte sie das glitzernde Juwel der älteren Frau in die Hand.

„Dies gehört Euch."

„Guter Gott, wie um alles in der Welt habt Ihr das...?"

Lady Helston hob plötzlich ihren Blick zu Tabithas Gesicht, und in ihren Augen dämmerte ein Ausdruck des Verständnisses.

„Es tut mir leid, Euer Gnaden", flüsterte Tabitha, wobei ihre Stimme ein wenig brach.

„Weswegen, meine Liebe?" Die Augen der Duchess wurden weicher, und Tabitha sah im Gesicht der älteren Frau ganz deutlich eine Ähnlichkeit mit Fitz. Tabithas Schultern zitterten, als sie versuchte, nicht zu weinen. Sie hatte erwartet, dass Fitz' Großmutter wütend sein würde, dass sie vielleicht sogar ihren Butler rufen würde, der sie festhalten sollte, damit sie nicht entkommen konnte. Von der Frau, der sie den Diamanten gestohlen hatte, hatte sie nicht erwartet, dass sie so viel Mitgefühl zeigen würde.

„Es war falsch von mir, ihn an mich zu nehmen."

„Ihr habt ihn genommen?" Lady Helston überlegte. „Ich hatte es so verstanden, dass die Fröhlichen Rotkehlchen nur diejenigen ins Visier nehmen, die es verdient haben. Mein Enkel hatte es zugegebenermaßen nötig, für sein Verhalten eine Abreibung zu bekommen."

Tabithas Lippen verzogen sich vor Schreck. „Der Diamant gehört Euch, nicht ihm. Ich hätte niemals..."

„Meine Liebe", unterbrach Lady Helston sanft, „Edelsteine gehören der Erde. Sie gehören nicht den *Menschen*, schon gar nicht den Männern, die sie irgendwo erwerben oder gar plündern. Ich glaube, dass Frauen die richtigen Hüterinnen sind, aber selbst *wir* könnten solche Dinge niemals wirklich besitzen. Wir kümmern uns nur eine Zeit lang um sie." Sie hob den Diamanten hoch ins Licht. „Kennt Ihr die Geschichte dieses besonderen Steins?"

Tabitha schüttelte den Kopf. Die Wände um sie herum

wurden in farbiges Licht getaucht, als die Witwe das Juwel bewegte und es langsam im Licht der Fenster drehte.

„Dieser Diamant wurde 1698 in den großen indischen Minen von Golconda entdeckt. Sein Schliff ist brillant und er ist fast lupenrein. Er hat vierhundertsechsundzwanzig Karat und wurde zwei Jahre lang in mühevoller Kleinarbeit geschliffen. Er wurde von Philippe II., dem Duke of Orléans, dem Regenten von Frankreich, gekauft. Ludwig XV., Ludwig XVI. und Marie Antoinette haben diesen Diamanten alle irgendwann in ihrem Leben getragen. Napoleon trug ihn sogar am Griff seines Schwertes. Einst befand er sich in der Mitte des Diadems von Kaiserin Eugénie. Dieser Stein hat Blut, Tränen, Freude, Gier und Liebe gesehen. Er hat fast zwei Jahrhunderte lang das Sonnenlicht reflektiert. Seht Ihr den gelben Farbton? Er ist schwach, aber immer noch sichtbar.“

Tabitha schaute sich den Diamanten an und nickte.

„Alle Diamanten aus Golconda haben diese Farbe, während Diamanten aus anderen Orten eher weiß erscheinen. Manche glauben, das sei ein Makel dieses besonderen Juwels, aber ich sehe in keinem Diamanten einen Makel, auch nicht in irgendetwas anderem, das aus der Erde kommt. Selbst rohe und ungeschliffene Diamanten sind auf ihre Weise *perfekt*.“ Sie drehte den Diamanten noch einmal, warf ihn dann in die Luft und fing ihn auf, als er wieder zu Boden fiel, was Tabitha überraschte.

„Aber es ist nur ein Stein. Sein Wert ist nicht monetär, auch wenn die Menschen immer versuchen, der Natur einen Preis zu geben. Sein wahrer Wert liegt in seiner natürlichen Schönheit und in dem, was er uns über uns selbst in Erinnerung ruft. Dass unter unserer rauen Oberfläche ein brillantes Juwel liegt, das aus den Tiefen der

Erde an die Oberfläche gelangt ist. Vieles an Diamanten ist noch immer ein Geheimnis, aber das gilt auch für uns selbst, meint Ihr nicht?“ Sie legte den Edelstein auf dem Schreibtisch ab und begegnete Tabithas Blick.

„Ich nehme an, mein Enkel weiß, dass Ihr ihn hattet?“

„Gestern Abend hat er den echten Diamanten durch eine Imitation ersetzt. Es war der Pastenstein, den ich gestohlen hatte, aber nachdem er herausgefunden hatte, dass ich eine Diebin war, gab er mir den echten Diamanten. Er ließ ihn neben meinem Bett liegen...“ Sie hielt inne, als ihr klar wurde, was sie gerade angedeutet hatte.

Die Witwe lächelte nur. „Das muss Euch nicht peinlich sein, meine Liebe. Ich war auch einmal jung. Ihr müsst Fitz sehr beeindruckt haben, wenn er Euch dies geschenkt hat.“ Sie hob den Diamanten wieder auf und hielt ihn Tabitha hin.

Sie lehnte sich von der Hand der Witwe weg. „Nein, ich kann ihn nicht annehmen.“

„Es ist nur ein Stein“, beharrte die Witwe. „Ich habe Euren Werdegang mit großem Interesse verfolgt, und wenn ich richtig informiert bin, behaltet Ihr die Gegenstände, die Ihr an Euch nehmt, nicht für Euch selbst. Ich nehme an, dass Ihr stattdessen etwas Nützliches damit macht, nicht wahr?“

„Das tue ich. Ich verkaufe die Wertgegenstände, und das Geld kommt Wohltätigkeitsorganisationen zugute, die von den oberen Schichten der Gesellschaft oft übersehen werden. Aber das hier kann ich nicht annehmen. Es war ein Fehler, ihn überhaupt in Betracht zu ziehen.“ Sie wünschte, sie könnte Lady Helston erklären, was der Diamant für sie bedeutete. Dass er wertvoll war, weil er ein Geschenk von Fitz war. Seine Art zu beweisen, dass er sie mochte, auch wenn sie nur eine Nacht miteinander verbringen konnten. Sie wollte nicht, dass der Stein auseinandergebrochen und verkauft oder gar versteckt wurde. Sie wollte, dass er bei Lady Helston und Fitz blieb, damit er verstand, dass sie ihn liebte. Das war ihr Geschenk an ihn, das einzige Geschenk, das sie ihm machen konnte.

„Ihr liebt meinen Enkel", sagte Lady Helston.

Ein schmerzhafter Kloß bildete sich in Tabithas Kehle. „Es wäre nicht richtig, etwas zuzugeben, und dann nicht entsprechend handeln zu können."

„Aber Ihr tut es." Die Witwe legte den Diamanten wieder auf den Tisch. „Ist es, weil Ihr keine Familie habt? Keine Beziehungen? Ihr glaubt, Ihr steht unter ihm?"

„Ja, aber es ist mehr als das. Wir sind so verschieden. Wir passen nicht zueinander, und er kann so..." Sie hielt inne, als ihr bewusst wurde, dass sie sich gerade bei seiner eigenen Großmutter über Fitz beschweren wollte.

„Oh, er kann furchtbar stur sein und sich auf die falschen Dinge konzentrieren, nicht wahr? Aber ich glaube, dass dieses Manko meine Schuld ist. Ich habe ihn nicht so gedrängt, wie ich es hätte tun sollen. Als er seine Eltern verlor, klammerten wir uns in unserer Trauer aneinander. Seine Art, vorwärtszukommen, bestand darin, sich auf die Regeln seiner Welt zu konzentrieren und sie unumstößlich zu machen. Aber diese Welt ist, im Gegensatz zu diesem Diamanten, furchtbar fehlerhaft. Und so hat er Rationalisierungen um diese Mängel herum aufgebaut. Ich fürchte, das hat zu einigen einschränkenden Lebensentscheidungen geführt. Und jetzt seid Ihr hier, reißt seine Mauern ein und brecht alle seine Regeln. Kein Wunder, dass er heute Morgen aus dem Haus geflohen ist." Ein Hauch von Lächeln umspielte die Lippen der Witwe.

„Und doch glaube ich, dass es genau das ist, was er braucht.“

Tabitha starrte Lady Helston verwirrt an. „Wirklich?“

„Oh ja, er *braucht* Euch, Miss Sherborne, genau wie ich vermute, dass Ihr ihn braucht.“ Sie tippte nachdenklich an ihr Kinn. „Lasst den Diamanten bei mir. Was mich betrifft, so wurde er nie gestohlen, und der Tumult von gestern Nacht war ein einfaches Missverständnis. Lasst mich darüber nachdenken, meine Liebe. In der Zwischenzeit glaube ich, dass Ihr nach London zurückkehren solltet. Meint Ihr nicht?“

Tabitha war noch verwirrter als sonst, aber sie wusste, dass sie damit höflich entlassen worden war.

Hannah und Julia warteten im vorderen Eingangsbereich auf sie, während Liza draußen bei ihrer Kutsche stand und darauf achtete, dass ihre Reisekoffer ordentlich verpackt wurden.

„Wo bist du gewesen, Tabby? Wir haben uns solche Sorgen gemacht“, flüsterte Julia, während sie zu dritt die Treppe hinuntereilten. Ein Bediensteter öffnete die Tür und half jeder von ihnen in die Kutsche.

Doch Tabitha schüttelte nur den Kopf und sprach erst, als sie allein waren und die Kutsche die Straße hinunterfuhr. Sie musste sicher sein, dass niemand ihr Gespräch mithören konnte.

„Ich hatte heute Morgen eine Audienz bei Lady Helston.“

„Hat sie dich verdächtigt?“, keuchte Hannah erschrocken.

Tabitha schloss die Augen und fürchtete sich vor diesem Geständnis. „Nein, hat sie nicht. Aber sie brauchte mich nicht zu verdächtigen, weil ich... ihn ihr zurückgegeben habe.“

„Du hast den Diamanten *zurückgegeben*?“ Julia schnappte nach Luft. „Warum? Was ist, wenn sie uns bei Scotland Yard meldet?“

„Sie weiß nicht, dass du oder Hannah in den Diebstahl verwickelt seid. Soweit sie weiß, bin ich die Einzige, der hinter all den Diebstählen steckt. Und sie hat nicht die Absicht, mich anzuzeigen. Sie...“ Tabitha brachte es nicht über sich, zu erwähnen, wie dieses Gespräch geendet hatte. Noch nicht.

Julias Gesicht straffte sich vor Anspannung. „Wir stecken da zusammen drin, Tabitha. Und wir werden nicht zulassen, dass du allein den Kopf dafür hinhältst. Aber *warum* hast du das getan? Wir brauchten den Diamanten.“

„Ich weiß.“ Tabitha versuchte, das in ihr aufsteigende Elend zu ignorieren.

„Warum gibst du ihn dann zurück?“ Julias Stimme erhob sich ein wenig.

Hannah legte Julia sanft eine Hand auf den Arm, um sie zu beruhigen. „Es geht um Helston, nicht wahr?“, sagte sie leise zu Tabitha. „Du hast ihn seinetwegen zurückgegeben.“

„Warum sollte sie...?“ Julias Augen weiteten sich. „Oh nein, Tabby. Du... Sag mir, dass du dich nicht in *ihn* verliebt hast.“ Die Art und Weise, wie sie *ihn* sagte, klang so entsetzt, als ob Julia sich persönlich betrogen fühlte.

Das war alles zu viel. Tabitha wischte sich über ihre brennenden Augen.

„Oh je“, stöhnte Hannah und reichte Tabitha ein Taschentuch. „Du solltest uns lieber erzählen, was genau passiert ist.“

Die nächste Stunde ihrer Fahrt verbrachten sie damit, die Vergangenheit wieder aufleben zu lassen. Tabitha erzählte von ihrer Begegnung mit Fitz an jenem ersten Abend in London, von dem Moment während des Konzerts, der sie auf Anhieb verbunden hatte, und davon, wie sich die Beziehung während ihrer Zeit auf der Hausparty vertieft hatte. Sie erzählte von den Momenten im Gewächshaus, in denen sie die weiche Seite von Fitz kennengelernt hatte und wie er sie geküsst hatte. Einige Details behielt sie für sich, aber sie wollte, dass ihre Freundinnen verstanden, dass sie so etwas noch nie für jemanden empfunden hatte.

„Und dann hat er herausgefunden, dass du den Diamanten gestohlen hast?", fragte Julia.

„Ja. Nachdem du mein Zimmer verlassen hattest, kam er, um zu sehen, ob es mir gut geht. Er dachte, der Dieb könnte sich eingeschlichen haben, während ich schlief. Als er Blut am Ärmel meines Nachthemdes sah, erkannte er, dass ich der Dieb war, den er verletzt hatte. Oh, er war so wütend, *so verletzt*. Und ich hatte ihm das angetan."

Julias Augen erweichten sich. „Ich dachte immer, Helston hätte ein Herz aus Stein, nach dem, was er unserer Anne angetan hat."

„Er hat eingesehen, dass es falsch war, die Verlobung eurer Freundin aufzulösen", erklärte Tabitha. „Obwohl er dachte, er hätte es mit guten Absichten getan, wurde ihm klar, dass es ihn seine Freundschaft mit Louis Atherton gekostet hat."

Hannah wandte sich wieder dem dringlicheren Thema zu. „Also benutzte er ein Imitat als Köder. Und er hat dir dann trotzdem den echten Diamanten gegeben?"

„Er hat den Stein heute Morgen neben meinem Bett

liegenlassen“, flüsterte sie. Sie legte ihre Hand auf ihren Bauch, eine Geste, die Hannah nicht entging.

„Oh, Tabby, was ist, wenn du ein Kind bekommst?“

Tabitha wischte sich weitere Tränen weg. „Ich weiß, dass ich dich nicht darum bitten kann, mich bei dir wohnen zu lassen. Es wäre zu skandalös, eine unverheiratete Mutter unter deinem Dach zu haben. Ich dachte, ich könnte mich vielleicht um eine Stelle bemühen, wenn ich dich als Referenz angeben könnte.“

„Ach, Unsinn. Du kannst nicht einfach gehen“, protestierte Hannah. „Ein Kind hin oder her, du gehörst für mich zur Familie, Tabitha. Wir können mit einem Kind umgehen, wenn es kommt; es könnte sogar ganz wunderbar sein, ein Kind im Haus zu haben. Wir haben einen kleinen Teil der Einnahmen aus jedem unserer Abenteuer für deine Zukunft beiseitegelegt. Diese Rücklagen können wir für das Kind verwenden, wenn es nötig ist.“

Julia berührte Tabithas Knie. „Hannah hat recht. Wir sind alle eine Familie. Du verlässt uns doch nicht, oder, Tabby?“

Tabitha schniefte und lächelte. „Ich werde so lange bei euch bleiben, wie ihr es wünscht.“

„Es gibt keinen Grund zu weinen“, antwortete Julia. „Es ist alles geklärt. Du bleibst bei Hannah, und alles wird gut.“ Sie sagte das mit einer solchen Zuversicht, dass Tabitha fast gelacht hätte. Doch nach einem Moment schien Hannah wieder besorgt zu werden.

„Du glaubst doch nicht, dass Helston jemandem von uns erzählen wird?“

„Er weiß nichts von euch beiden. Er sagte mir, ich solle etwas Gutes mit dem Diamanten tun, aber ich könne ihn nicht behalten. Er müsste zerteilt werden, um seine Herkunft zu verbergen.“

Ihre Freundinnen widersprachen ihrer Entscheidung nicht, aber das hinderte sie nicht daran, sich Gedanken über die Zukunft der Fröhlichen Rotkehlchen zu machen. Es gab noch so viel zu tun, um den Bedürftigen zu helfen. Sie würden jemand anderen finden müssen, der ihre besondere Aufmerksamkeit verdiente.

Tabitha starrte hinaus auf die Landschaft, die sich mit dem nahenden Winter neu färbte. Sie spürte ein Frösteln, eine winterliche Leere, die sich in ihr festsetzte. Sie hoffte, dass Fitz, wo auch immer er war, nicht dasselbe empfand. Dieses Gefühl würde sie niemandem wünschen.

Sie schloss die Augen und genoss in Gedanken noch einmal die Nacht, die sie in seinen Armen verbracht hatte. Wie er sich angefühlt hatte, der Geschmack seiner Lippen, und sein Duft, der sie an Regen und Winter erinnerte. Die Art, wie sein Blick zu schmelzen schien, wenn er sie im Kerzenlicht ansah. Das Klopfen seines Herzens im Takt mit ihrem eigenen. Wie konnte ein Mensch mit nur einer Hälfte seines Herzens leben?

KAPITEL 12

Zwei Wochen später
Die Flucht nach Edinburgh hatte nicht so funktioniert, wie Fitz es sich vorgestellt hatte. Zwei Wochen später war er in sein Londoner Stadthaus zurückgekehrt, immer noch geplagt von seiner Nacht mit Tabitha. Die Erinnerungen an sie in seinen Armen hafteten an ihm wie ein schwacher Duft oder vielleicht ein verblasster Traum. Er hatte versucht, sich in der Arbeit zu vergraben, mit Aufgaben, die die Tage schneller vergehen lassen sollten.

Aber egal, was er tat, er träumte bis spät in die Nacht von Tabitha und wachte mit ihrem Namen auf den Lippen auf. Das Wissen, dass er sich nicht zu ihr umdrehen und sie in seinem Bett in die Arme schließen konnte, brachte ihn Tag für Tag, Stunde für Stunde um. Sie ging ihm nicht aus dem Kopf und, wie es schien, auch nicht aus seinem Herzen.

Fitz starrte auf das Feuer, das im Kamin seines Arbeitszimmers brannte. Er stützte sich mit einer Hand auf dem

Kaminsims ab und schwenkte seinen Brandy, seine Gedanken waren tausend Meilen weit weg.

Wo war sie jetzt? Tanzte sie in den Armen eines anderen Mannes, und er glaubte, dass sie für ihn schwärmte, während sie ihm geschickt seine goldene Taschenuhr abnahm? Diese Vorstellung brachte ihn fast zum Lächeln, obwohl das Gefühl bittersüß war.

Sein fröhlicher *Robin Hood*. Gott, er vermisste sie. Welchen Unfug würde sie jetzt gerade anstellen?

Nachdem er heute Morgen nach London zurückgekehrt war, waren Evan und Beck an seiner Tür aufgetaucht und hatten ihm nur zu gerne gesagt, dass es ein Fehler gewesen war, die Hausparty so zu verlassen, wie er es getan hatte. Ganz zu schweigen davon, dass er den Dieb hatte gehenlassen.

Er erzählte seinen Freunden, dass er den Dieb zur Rede gestellt habe und ihm die wahren Beweggründe für den Diebstahl klar geworden seien. Wenn man ihn darauf ansprach, sagte er nur, dass er eine Gefängnisstrafe nicht für angemessen halte. Evan hatte verlangt, dass Scotland Yard benachrichtigt wurde, aber Beck war zurückhaltender gewesen. Er wollte nur die Identität des Diebes erfahren, die Fitz jedoch nicht preisgeben wollte.

Nach seiner Rückkehr aus Edinburgh war ihr Drängen auf Antworten nur noch stärker geworden. Er hatte Beck und Evan erzählt, dass er den Diebstahl des echten Diamanten zugelassen hatte. Er hatte ihnen mitgeteilt, dass er dem Dieb den echten Diamanten aus freien Stücken gegeben hatte. Als seine Freunde ihn immer noch verwirrt angestarrt hatten, hatte er ihnen das Einzige gesagt, was seiner Meinung nach in dieser Situation wichtig war. Er war der Meinung, dass die Absichten der Diebe gerecht waren und dass sie den Diamanten mehr verdienten als er. Das war das Ende der Angelegenheit gewesen.

Seine Freunde hatten ihn widerwillig für den Rest des Tages alleingelassen. Sein Schreibtisch war immer noch übersät mit Zeitungen voller Artikel über die Raubüberfälle aus der Zeit, als er die Fröhlichen Rotkehlchen zum ersten Mal hatte fangen wollen, aber als er die Artikel las und die Zeitungen untersuchte, fand er Hinweise auf mysteriöse Spenden an verschiedene Wohltätigkeitsorganisationen von unbekannten Wohltätern. Mit dem, was er jetzt über Tabitha wusste und was sie mit den gestohlenen Juwelen tat, war ihm nun klar, wohin das Geld floss.

Tabitha hatte ihm die Wahrheit gesagt. Sie hatte ihr Bestes getan, um denen zu helfen, die es brauchten. Jetzt, da er die Wahrheit so klar sah, fühlte er eine seltsame Art von Frieden, trotz der Leere, die daraus resultierte, sie nicht in seinem Leben zu haben. Der Helston-Diamant war sein Erbe, aber er hatte ihn nicht verdient. Nun würde das Juwel einer guten Verwendung zugeführt werden.

Fitz wandte sich vom Feuer ab und trank den letzten Schluck seines Brandys, bevor er sich an seinen Schreibtisch setzte und mehrere Schecks an die in den Artikeln erwähnten Wohltätigkeitsorganisationen ausstellte, sowie einen Brief an seinen Gutsverwalter schrieb, um dafür zu sorgen, dass dieselben Wohltätigkeitsorganisationen jeweils zweihundertfünfzig Pfund für den Anfang erhielten. Er hatte vor, im Laufe des Jahres häufiger zu spenden.

Damit wusste er, was er als nächstes tun musste. Dies würde der schwierigste Teil werden. Er holte seinen Hut und seinen Mantel von einem Diener, der an der Eingangstür wartete.

„Ich werde erst heute Abend zurückkommen. Bitte lasse Stewart mein Gepäck für eine einmonatige Reise packen und sage ihm, er soll sich morgen früh mit mir auf den Weg machen.“

Der junge Mann nickte. „Jawohl, Euer Gnaden.“

Fitz verließ sein Haus und ging allein durch die beleuchteten Straßen, seine Gedanken kreisten um die unangenehme Aufgabe, die vor ihm lag. Als er sein Ziel nur ein paar Straßen weiter erreichte, zögerte er einen Moment auf der untersten Stufe, bevor er schließlich nach oben ging und an die Tür klopfte. Ein Butler öffnete einen Moment später.

„Guten Abend, Euer Gnaden. Was kann ich für Euch tun?“, erkundigte sich der Butler. Sein Gesichtsausdruck war gleichgültig, obwohl er Fitz sehr gut kannte.

„Ich würde gerne mit Atherton sprechen.“

„Bitte tretet ein, Euer Gnaden. Ich werde sehen, ob Mylord verfügbar ist.“

Fitz nahm seinen Hut ab und trat ein. Normalerweise wäre ein Besuch bei seinem Freund nicht so förmlich gewesen. Aber die Dinge hatten sich geändert, und er hatte das schreckliche Gefühl, dass er wusste, warum. Er hatte das Gefühl, auf zerbrochenem Glas zu wandeln.

Während Fitz in der Eingangshalle stand, ging der Butler den kurzen Korridor hinunter zu Louis‘ Arbeitszimmer und trat ein. Die Tür stand einen Spalt breit offen, und angesichts der abendlichen Stille war die Stimme des Butlers für Fitz deutlich genug zu hören.

„Sir, Lord Helston ist hier, um Euch zu sprechen. Soll ich ihn hereinbitten?“

„Helston?“ Es herrschte eine peinliche Stille, bevor

Louis wieder sprach. „Nein. Nein, sagt ihm, dass ich heute Abend keine Besucher empfangen kann."

„Jawohl, Sir."

Fitz stand still, den Hut in den Händen, und seine Brust zog sich zusammen. Er hatte gehofft, dass er sich die Beleidigung an jenem Abend im Kartenzimmer nur eingebildet hatte, aber das war wohl nicht der Fall. Louis hatte ihm seinen gerechten Anteil direkt gegeben.

Der Butler kam zurück und sagte mit entschuldigender Miene: „Der Herr ist heute leider unpässlich."

„Danke." Fitz räusperte sich. „Würde es Euch etwas ausmachen, ihm eine Nachricht von mir zu übermitteln?"

Der Butler nickte feierlich.

„Sagt ihm... sagt ihm, dass ich ein verdammter Narr war und morgen nach New York reise, um die Sache in Ordnung zu bringen."

Die Augen des Butlers weiteten sich. „Ich.... Ich werde diese Nachricht übermitteln, Euer Gnaden", versprach der Diener.

„Danke." Fitz setzte seinen Hut wieder auf und ließ sich von dem Mann hinausbegleiten. Als er auf dem Bürgersteig stand und zum fernen Sternenhimmel hinaufblickte, atmete er langsam und gleichmäßig ein.

Tabitha hatte recht gehabt. Es war falsch von ihm gewesen, Louis von seiner geliebten Anne zu trennen, und sie hatten beide schrecklich darunter gelitten. Alles, was er jetzt tun konnte, war zu versuchen, es wiedergutzumachen. Er konnte nur beten, dass es ihm gelang.

FITZ' REISE NACH AMERIKA HATTE MEHR ALS ZWEI Wochen gedauert, aber er fühlte sich immer noch nicht auf die Sache vorbereitet, für die er so weit gereist war. Er stand im Ballsaal der derzeitigen Königin der New Yorker Gesellschaft, Caroline Astor. Als er sich in der Menge umsah, war er erstaunt über die vielen Männer und Frauen, die dem winterlichen Wetter getrotzt hatten, nur um von der New Yorker Gesellschaft in dem prächtigen Haus an der Fifth Avenue gesehen zu werden.

Als er vor wenigen Augenblicken das Haus betreten hatte, war er durch ein kuppelförmiges Vestibül gegangen, das mit den Büsten der Vorfahren von Mrs. Astor gesäumt war. Hinter dem Vestibül gab es eine große Marmorhalle und eine ebenso große freitragende Treppe. Er folgte den anderen Gästen in einen Empfangssaal im Adam-Stil mit gewölbter Kuppeldecke und kunstvollen Stuckarbeiten. Hinter dem Empfangssaal kam er zum Eingang des Ballsaals, der von zwei großen Vasen und goldenen Satinvorhängen flankiert wurde. Er fühlte sich, als würde er durch die Vorhänge auf eine Bühne treten und gleich zum Schauspieler in einem Theaterstück werden.

Das Haus der Astors konnte es locker mit vielen Häusern in London aufnehmen, und Fitz gab zu, dass er davon beeindruckt war. Er hatte die Amerikaner immer für etwas verzweifelt gehalten, wenn sie ihren Reichtum zur Schau stellten.

Da er einen halben Kopf größer war als die meisten Männer in seiner Nähe, spürte Fitz die neugierigen Blicke der Leute auf sich ruhen. Er war erst ein paar Tage in der Stadt gewesen, gerade lange genug, um ein Zimmer im Fifth Avenue Hotel zu buchen und die Abendzeitungen über seine Ankunft berichten zu lassen, als Mrs. Astors

Visitenkarte und die Einladung zu ihrem bevorstehenden Ball eingetroffen waren. Er war dankbar für seinen Titel und die Möglichkeiten, die ihm sein Herzogtum bot.

Und so kam es, dass er nun am Rande des Ballsaals von Mrs. Astor stand.

Eine dunkelhaarige Frau in den Vierzigern kam auf ihn zu, ihre Augen strahlten vor Schalk. Er vermutete, dass einige sie bei einer flüchtigen Betrachtung als schlicht bezeichnen würden, aber sie hatte etwas an sich, das sie fesselnd und stark machte.

„Guten Abend, Euer Gnaden", begrüßte sie ihn, als sie ihn erreichte.

Er beugte sich über ihre Hand und drückte ihr einen Kuss auf die behandschuhten Fingerspitzen.

„Meine Güte, die Berichte aus London werden Euch einfach nicht gerecht", rief die Frau aus, wobei ihre Wangen noch mehr erröteten. „Ich habe einen gutaussehenden Mann erwartet, aber Ihr seid weit mehr als das."

„Es freut mich, dass ich Eure Erwartungen erfülle, Mrs. Astor", antwortete er mit seinem charmantesten Lächeln.

Sie erwiderte den Flirt mit einem amüsierten Kichern. „Ich glaube, das tut Ihr, Euer Gnaden. Nun, Ihr erwähntet in Eurer Antwort auf die Einladung von heute Abend, dass ich Euch in irgendeiner Weise behilflich sein könnte. Ich wäre mehr als glücklich, alles für den Duke of Helston zu tun, was ich kann."

Er streckte seinen Arm aus, und Mrs. Astor legte ihren Arm um den seinen, während sie am Rand des Ballsaals entlanggingen, um sich vor neugierigen Blicken zu schützen. Die Tänzerinnen wirbelten zur Musik, ihre farbenfrohen Kleider waren in tausend verschiedenen Tönen gehalten. Sie ließen die Frauen wie wunderschöne exotische Vögel erscheinen, die sich im Flug bewegten, während ihre bauschigen Röcke um ihre Beine wirbelten. Der zur Schau gestellte Reichtum war atemberaubend. Es schien, als ob alle Damenkleider in Bezug auf Dekoration und Details miteinander konkurrierten, so wie die Häuser auf der Fifth Avenue gebaut worden waren, um mit den Schlössern in Europa zu konkurrieren.

Auch die englische Gesellschaft stellte ihren Reichtum gerne zur Schau, aber nie in einem so heftigen Ausmaß wie hier. Fitz fragte sich, was Tabitha wohl sagen würde, wenn sie heute Abend hier wäre. Er war in Greenwich Village an einer Warteschlange vorbeigekommen und hatte die armen Männer und Frauen gesehen, die auf ein paar Krümel warteten. Das hatte ihn in seiner Entschlossenheit bestärkt, das Richtige zu tun. Wenn Tabitha diesen Reichtum sah, wusste er, dass sie sich wünschen würde, dass die Männer und Frauen, die heute Abend hier waren, mehr Geld ausgeben würden, um anderen zu helfen, als ihre eigenen Käfige mit Luxus zu vergolden.

„Nun, Euer Gnaden? Womit kann ich Euch helfen?“, drängte Mrs. Astor in einem konspirativen Flüsterton. „Seid Ihr etwa auf Brautschau? Ich kenne hier einige junge Damen, die mehr als geeignet wären, Eure Duchess zu werden.“

„Nein, ich bin nicht auf Brautschau. Nun, ich nehme an, das stimmt nicht ganz. Aber sie würde die Braut für einen Freund sein, nicht für mich. Sie war mit ihm verlobt, versteht Ihr, und...“

Er hielt inne und schluckte seinen Stolz hinunter. Mrs. Astor musste die Wahrheit erfahren, zumindest so viel, dass sie ihm helfen konnte.

„Ich habe mich törichterweise eingemischt, und die

Verlobung wurde daraufhin gelöst. Die junge Frau war gezwungen, stattdessen hier eine Partie zu suchen."

„Ist sie vielleicht auch hierhergekommen, um den negativen Gerüchten über ihre Eignung als Braut zu entgehen?" Mrs. Astor war scharfsinnig. „Ihr sprecht von dem Girard-Mädchen, nicht wahr?"

Es hätte Fitz nicht überraschen dürfen, dass Mrs. Astor wusste, wen er meinte, aber er war es trotzdem. Sie gluckste und tätschelte seinen Arm, als sie sein Gesicht sah.

„Dies ist meine Stadt, Euer Gnaden. Es gibt nicht eine Person der High Society, die ich nicht kenne, wenn sie hier ankommt. Das Girard-Mädchen war ein besonderer Fall von Wohltätigkeit. Normalerweise lasse ich die Neureichen nicht in mein Reich, aber sie traf eine Freundin von mir auf ihrer Reise von London und beeindruckte sie mit ihrer aufrichtigen Liebenswürdigkeit und ihrem Charme. Ich habe beschlossen, die Gerüchte, die ihr folgten, zu ignorieren und sie unter meine Fittiche zu nehmen."

„Sehr großmütig von Euch", murmelte Fitz.

„Also, was genau ist der Grund Eures Kommens?", fragte Mrs. Astor.

„Ich bin gekommen, um die junge Lady um Verzeihung zu bitten." Er hielt inne und dachte über seine nächsten Worte nach. „Und wenn das nicht dazu führt, dass sie verlangt, dass ich gehe oder geohrfeigt werde, werde ich sie bitten, mit mir nach London zurückzukehren, damit ich die Verbindung zwischen meinem Freund und Miss Girard wiederherstellen kann."

Mrs. Astor schwieg einen langen Moment. Ihr Blick schweifte über die Tänzerinnen und Tänzer mit den Augen einer Frau, die wie eine Monarchin über ihr Volk herrschte.

„Ich gebe zu, das ist höchst faszinierend. Aber eine Frau *muss* sich fragen, was einen Mann wie Euch zu einer solchen Veränderung bewegen kann. Nach dem, was ich in den Zeitungen gelesen habe, seid Ihr nicht die Art von Mann, die sich entschuldigt."

„Ich habe wegen meines Stolzes und meiner Eitelkeit eine unschuldige Frau geschädigt und meinen Freund verloren", antwortete er. „Ich werde kämpfen, um ihn zurückzugewinnen, und das bedeutet, dass ich zuerst seine Frau zurückgewinnen muss. Ich vertraue darauf, dass Ihr meine Anwesenheit mit Diskretion behandeln werdet?"

Mrs. Astor kicherte. „Mein lieber Duke, ich werde kein Wort sagen, aber die Leute hier kennen Eure Meinung über Miss Girard. Euer plötzliches Auftauchen hier könnte einige Fragen aufwerfen und einige Vermutungen aufkommen lassen."

„Das ist unvermeidlich", gab Fitz zu, „aber mein Wunsch, diese Situation zu verbessern, überwiegt alle Bedenken hinsichtlich meines eigenen Rufs."

„Nun gut, Euer Gnaden. Ich glaube, ich sehe Miss Girard dort drüben zwischen den anderen Mauerblümchen sitzen. Ich könnte sie für ein privates Gespräch zu Euch rufen, wenn Ihr es wünscht."

„Nein, danke. Ich glaube, was von mir verlangt wird, ist eine sehr *öffentliche* Handlung. Ich werde sie wohl zum Tanzen auffordern."

„Ein Tanz wäre ein gutes Zeichen, nicht wahr? Vom Duke of Helston auserwählt worden zu sein? Es würde ihr sicherlich helfen, etwas von dem zurückzugewinnen, was sie verloren hat."

Fitz hoffte, dass er weit mehr als das bewirken würde,

aber darüber würde er sich noch früh genug Gedanken machen.

„Wenn Ihr meine Hilfe benötigt, bin ich jederzeit bereit", versicherte Mrs. Astor ihm, als sie gemeinsam durch die Reihe der traurig an der Wand lehnenden Damen gingen.

„Ich danke Euch. Ich werde Euch einen Gefallen schulden, Mrs. Astor", versprach er.

Die Frau lächelte. „Und ich werde mich freuen, diesen Gefallen eines Tages einlösen zu können. Ich wünsche Euch viel Glück, Euer Gnaden." Sie entfernte sich, um mit einigen Gästen in der Nähe zu sprechen, und überließ es ihm, seinen Plan in die Tat umzusetzen. Fitz straffte die Schultern und ging auf die hübsche junge Frau in ihrem weinroten Abendkleid zu.

Anne Girard war eine blonde Schönheit mit ein paar Sommersprossen auf der Nase und haselnussbraunen Augen, die einst Licht und Wärme ausstrahlten. Sie saß in der Mitte der Reihe der Mauerblümchen und hatte ihr Gesicht nach unten gerichtet. Als er näherkam, erkannte Fitz eine stille Zerrissenheit in ihrem Ausdruck, und die Verzweiflung schien ihre Schultern in sich zusammenfallen zu lassen.

Ich *habe ihr das angetan.*

Er hatte seine Beziehungen spielen lassen und seinen Freund von einer guten und anständigen Frau weggetrieben, deren einziges Verbrechen die bescheidenen Verhältnisse ihrer Familie waren. Verflucht seien sein Stolz und seine Eitelkeit. Und das alles nur, weil er sich an die Idee des sozialen Status als Lebensretter geklammert hatte, und zwar so sehr, dass er den Gedanken nicht ertragen konnte, dass sogar seine Freunde ihr soziales Leben aufs Spiel setzen könnten.

Tabitha hatte recht gehabt. Jemanden zu lieben war das Risiko wert. Es war den Kampf wert.

Anne war nicht anders als Tabitha. Fitz hatte sich in nur wenigen Tagen in Tabitha verliebt und sie dann verloren. Er konnte sich nicht vorstellen, wie sich Louis gefühlt haben musste, der seine Liebe nur wenige Tage vor der Hochzeit verloren hatte.

Auf seiner Reise über den Atlantik hatte Fitz unzählige Male nachts auf dem Deck des Dampfers gestanden und in das dunkle, aufgewühlte Wasser des Meeres gestarrt. Er hatte sich vorgestellt, dass er und Tabitha heiraten würden, nur damit Evan in der letzten Stunde vor der Zeremonie zu ihm käme und ihnen mitteilte, dass er die Hochzeit abbrechen müsse.

Allein der Gedanke daran drehte ihm den Magen um, und es fiel ihm schwer zu atmen. Das hatte *er* Louis angetan. *Er* hatte jemandem, der ihm etwas bedeutete, und dieser jungen Frau diese große und schmerzhafte Wunde zugefügt.

Ich werde jetzt kein Feigling sein. Ich werde zu meinen Dummheiten stehen, koste es, was es wolle.

Er trat vor Anne und räusperte sich. Sie hob überrascht den Kopf, dann erkannte sie ihn. Entsetzen und Schock ersetzten ihre Überraschung.

„Ein Tanz, Miss Girard?"

Sie starrte ihn an, die Augen weit aufgerissen, als sie ihr Dilemma erkannte. Jeder wusste, dass sie keine freien Tänze auf ihrer Tanzkarte hatte, und es wäre unhöflich, ihn abzuweisen.

„*Bitte*, Miss Girard." Er senkte seine Stimme ein wenig.

„Es gibt Dinge, die ich Euch sagen möchte, und ich glaube, Ihr wollt sie hören. Ich hätte keinen Ozean überquert, wenn ich nicht glauben würde, dass Ihr vielleicht doch hören wollt, was ich zu sagen habe."

Sie stand langsam auf, und als sie seinem Blick begegnete, sah er ihren Mut, als sie sich entschloss, sein Angebot anzunehmen und ihn anzuhören. Fitz hatte das seltsame Gefühl, dass er für viele Dinge blind gewesen war, bis er Tabitha getroffen hatte. Jetzt erst sah er wirklich die Welt um sich herum.

Anne legte ihre Hand in seine und er führte sie auf die Tanzfläche, als ein Walzer begann. Sie legte eine Hand auf seine Schulter und ihre andere in seine. Er behielt die Menge im Auge und hielt sie von jedem fern, der nahe genug herankam, um ihr Gespräch zu belauschen.

„Was macht Ihr hier, Euer Gnaden?"

„Ich bin hier, um mich zu entschuldigen", antwortete Fitz, und ihre dunkelgoldenen Augenbrauen wölbten sich vor Überraschung.

„Ihr wollt Euch bei mir entschuldigen?" Sie atmete scharf ein, und er zog sie ein wenig näher an sich heran und sprach leise, während sie tanzten.

„Ich werde mich kurzfassen und auf den Punkt kommen, Miss Girard. Ich hätte Louis *niemals* etwas über seine Verlobung mit Euch raten dürfen. Ich war ein verdammter Narr, und ich habe euch beiden unendlich wehgetan. Das tut mir aufrichtig leid. Das schwöre ich bei meiner Ehre. Bei dem wenigen davon, das ich noch besitze."

Anne wandte den Blick ab, ihre Augen glitzerten vor Tränen. Sie schluckte schwer und räusperte sich, bevor sie sprach.

„Was… was genau habe ich getan, das Euch so zuwider war, dass Ihr Louis gesagt habt, ich würde sein Leben zerstören? Was könnte ich getan haben, das Euch dazu gebracht hat, ganz London davon zu überzeugen, das Schlimmste von mir zu glauben? Das habe ich mich jeden Tag gefragt, seit Louis unsere Beziehung beendet hat." Ihre Stimme wurde unruhig. „Louis sagte, Ihr seid der beste Mann, den er je gekannt hat, und wenn Ihr mich für ungeeignet haltet, muss ich etwas getan haben, damit Ihr so denkt."

Ihre Vermutung verblüffte ihn. Louis hatte so viel von ihm gehalten, dass er geglaubt hatte, Fitz könne nichts falsch machen. Wie falsch dieser Gedanke doch gewesen war.

In Fitz' Kehle bildete sich ein Kloß. „Es war nichts, was Ihr getan habt. Der Fehler lag allein bei mir. Es waren meine Annahmen, meine törichten Überzeugungen. Ich dachte, ich würde meinem Freund helfen, aber in Wahrheit waren es meine eigenen Unsicherheiten, die mich dazu brachten, so zu handeln, wie ich es tat." Er erkannte nun die Macht, die seine Worte hatten, und es war eine Macht, die er nie wieder ausüben wollte.

„Louis hört auf Euch, weil er Euch wie einen Bruder liebt", sagte Anne, und ihr Tonfall war sanft, als sie von ihm sprach. Irgendwie machte das den Schmerz in Fitz' Brust nur noch schlimmer, weil er wusste, dass er eine Frau verletzt hatte, die seinen Freund so sehr geliebt hatte.

„Er liebt Euch immer noch, Anne", erklärte Fitz und wagte es, ihren Vornamen zu benutzen, obwohl er wusste, dass er kein Recht hatte, sich diese Freiheit zu nehmen.

„Wie könnte er das? Wenn er mich lieben würde, hätte er unsere Verlobung nie gelöst."

„Er wollte nicht, er glaubte, er müsse es tun. Ich malte ein Bild vom finanziellen Ruin, der Euch beide zerstören würde, und ich hatte dieses Bild aus nichts anderem als meinen eigenen Ängsten aufgebaut. Ich habe Louis überzeugt. Erst viel später hat er meine Worte als das erkannt, was sie waren. Jetzt werde ich dafür bestraft, und das zu recht. Ich bin nicht mehr sein vertrauter Freund. Er hat mich aus seinem Leben gestrichen, als Vergeltung dafür, dass er Euch verloren hat, und ich kann es ihm nicht verdenken", gestand Fitz. „Bitte kommt mit mir zurück nach England. Lasst mich das Unrecht, das ich Euch und Louis angetan habe, wiedergutmachen."

Der Walzer endete, und Anne trat zurück und betrachtete ihn aufmerksam.

„Was hat sich verändert, Euer Gnaden?", fragte sie leise. „Der Mann, den ich kannte, hätte dafür niemals einen Ozean überquert. Ihm wäre es egal gewesen, was aus mir wird."

Die bissige Bemerkung traf ihn hart, aber der Schmerz war wohlverdient.

„Ich habe jemanden getroffen, der Euch in vielerlei Hinsicht nicht unähnlich ist. Sie ist mutig, wunderschön, ihr Herz ist voll von Mitgefühl. Es hat mich mit Staunen erfüllt, einfach in ihrer Nähe zu sein. Und mir wurde klar... Ich war ihrer nicht würdig. Nicht einmal annähernd."

Verständnis erhellte Annes Gesicht. „Ihr habt etwas Schreckliches getan, um sie zu verlieren, nicht wahr?"

Er schluckte schwer. „Ich fürchte, es ist schlimmer als das. Ich habe sie gehenlassen. Wir haben so unterschiedliche Leben gelebt. Sie testete mich und fand mich unzulänglich. Da wurde mir klar, dass sie recht hatte, dass ich nicht der würdige Partner für sie bin. Ich habe unter meinen Freunden Gott gespielt, und das hat mich Louis gekostet. Sie hat mir die Wahrheit gezeigt.“

Das hätte er niemandem sonst sagen können, nur Anne, der Frau, die seinen Schmerz am meisten verstehen würde, die aber am wenigsten Grund hatte, Mitgefühl zu zeigen.

Anne streckte die Hand aus und berührte Fitz’ Unterarm. „Ich werde mit Euch nach England zurückkommen, wenn Ihr glaubt, dass ich noch eine Chance habe, Louis‘ Herz zurückzugewinnen.“

Fitz schüttelte den Kopf. „Er ist derjenige, der Euch zurückgewinnen muss. Das Herz einer Lady ist das Geschenk, nicht das eines Mannes. Ich mag ihn in die Irre geführt haben, aber er muss sich Euer Vertrauen und Eure Liebe erst wieder verdienen. Aber ich werde alles tun, was in meiner Macht steht, um ihn daran zu erinnern.“

„Dann muss ich wohl so schnell wie möglich packen“, sagte Anne.

„Ich muss Euch warnen. Es wird sicherlich Gerede geben, wenn wir zurückkehren, skandalösen Klatsch und Gerüchte“, warnte Fitz. „Ich werde tun, was ich kann, um sie zu unterdrücken, aber das wird nicht verhindern, dass alle über Eure Rückkehr spekulieren werden. Vor allem, wenn Ihr mit mir auftaucht.“

„Wenn Louis und ich heiraten, wird es mir egal sein, was die Leute über mich sagen“, antwortete sie ohne zu zögern, und er glaubte ihr.

Nachdem er Mrs. Astor noch einmal kurz für ihre Hilfe gedankt hatte, begleitete Fitz Anne aus dem Ballsaal und half ihr in seine Kutsche. Als sie sicher in ihrem Haus war und ihre Sachen gepackt hatte, kehrte er in sein Hotel zurück und schickte seinen Kammerdiener los, um die

Fahrkarten für die Heimreise mit dem ersten verfügbaren Schiff zu kaufen. Es stellte sich heraus, dass das nächste Schiff nach Southampton erst am übernächsten Tag ablegte.

Als Fitz sich an diesem Abend umzog, konnte er nicht anders, als an die Frau zu denken, die diese Veränderung in ihm ausgelöst hatte. Er schloss die Augen und fuhr sich mit den Fingern über die Lippen, als er sich ihren letzten Kuss, als sie zusammen im Bett gelegen hatten, noch einmal vor Augen führte.

Er wünschte sich, er könnte zu diesem Moment zurückkehren und sich für immer in dieser kurzen Zeitspanne vergraben. Aber das war es, was das Leben ausmachte – diese perfekten Momente waren so exquisit, weil sie nie wiederholt werden konnten, sondern nur in Erinnerung blieben. Tabitha war in seinem Herzen, ganz gleich, wie die Jahre zwischen ihnen vergehen würden. Und dafür war er dankbar.

Er wusste, dass sein letzter bewusster Gedanke auf dieser Erde an sie gerichtet sein würde, und wenn er in die tiefste Nacht entschwand, würde sie immer noch ein Teil von ihm sein und von dem, was er nach dem Tod werden würde.

So viele Dinge konnten im Laufe der Zeit verloren gehen, bis auf eines. Die Liebe, die wahre Liebe, gab sich niemals der Zeit hin. Sie überdauerte alles, und ausnahmsweise war der Schmerz der Liebe und des Verlustes, den er empfand, etwas, das Fitz begrüßte... denn es war alles ihretwegen.

KAPITEL 13

„Seid Ihr sicher, dass er mich noch will?", fragte Anne Girard. Im schwachen Lampenlicht seiner Privatkutsche sah Fitz, wie die junge Frau ihre Samthandschuhe vor Angst zwischen den zitternden Fingern hin und her zerrte.

„Er wäre ein Narr, wenn er es nicht tun würde", versprach Fitz ihr. Er spürte ein flaues Gefühl im Magen, weil er wusste, dass er diese einst lebhafte, selbstbewusste junge Frau zu einer Person gemacht hatte, die an sich selbst zweifelte. Fitz musste an Tabitha denken und daran, dass die Wiederherstellung eines Paares, das füreinander bestimmt war, nicht nur für Tabitha war, sondern auch für ihn selbst. Es war ein neuer Anfang für ihn, aber es erleichterte seinen eigenen Herzschmerz nur geringfügig.

Die Kutsche kam vor Louis Athertons Stadthaus zum Stehen. Einer von Fitz' Dienern öffnete die Kutschentür. Fitz stieg zuerst aus, bevor er sich umdrehte und Anne die Hand reichte. Sie nahm sie an und stieg aus der Kutsche. Als er sie die Treppe zu Louis' Haus hinaufführte, wurde ihm schmerzlich bewusst, dass sie einmal vorgehabt hatte, dieses Stadthaus ihr Zuhause zu nennen.

Er klopfte an die Haustür und wartete darauf, dass der Butler öffnete. Als er die Tür öffnete, weiteten sich die Augen des Mannes bei dem unerwarteten Anblick von Fitz und Anne, die dort standen.

Fitz begegnete dem Blick des Butlers kühl, aber insgeheim betete er, dass der Mann ihn nicht ein zweites Mal wegschicken würde.

„Guter Mann, bitte fragt Atherton, ob er mich empfangen kann. Und sagt ihm, ich habe ein Geschenk, das er nicht ablehnen kann."

Der Butler winkte sie ins Haus. Anne griff nach Fitz' Arm und klammerte sich nervös an ihn. Im letzten Monat auf See hatte er viel Zeit mit Anne verbracht und ihr Vertrauen zurückgewonnen. In einem Moment wie diesem tat es gut zu wissen, dass es ihr klar war, dass er sie unterstützen würde. Fitz tätschelte ihre Hand, um sie zu beruhigen. Das letzte Mal, als Louis und Anne miteinander gesprochen hatten, war es in Tränen ausgeartet. Dieses Mal würde es anders sein. Er würde dafür sorgen.

Der Butler verließ sie nur kurz und kehrte dann zurück. „Mylord ist in seinem Arbeitszimmer und wird Euch empfangen. Aber ich muss Euch warnen, er hat recht tief in seine Flasche geschaut. Ich glaube nicht, dass er für den Besuch einer Lady geeignet ist", warnte der Butler mit einem Blick des Bedauerns in Richtung Anne.

Fitz wandte sich an Anne. „Lasst mich einen Moment mit ihm allein sprechen. Ich werde Euch hereinrufen, wenn ich glaube, dass er bereit ist." Fitz drückte ihre Finger sanft, bevor er sie wieder losließ.

Sie nickte und folgte ihm zur Tür des Arbeitszimmers,

blieb aber wie angewiesen davor stehen. Fitz rückte seinen Mantel zurecht, betrat Louis' Refugium und schloss dann die Tür hinter sich.

Sein Freund saß zusammengesunken in einem Stuhl am Kamin. Die Gläser standen auf dem Getränkewagen, und Louis hatte eine volle Flasche Scotch in der Hand. Louis' Halstuch fehlte. Sein Haar war zerzaust, als hätte er wiederholt mit den Händen hindurchgefahren, und sein Hemd war teilweise aufgeknöpft, als würde er der Welt sein Herz präsentieren und darum betteln, dass ihm jemand einen Dolch hineinstieß. Der Raum war so stickig, dass es Fitz vorkam, als hätte Louis diesen Ort schon lange nicht mehr verlassen.

„Du bist also zurückgekommen?" Louis' Stimme war nicht undeutlich, was Fitz eine gewisse Erleichterung verschaffte. Doch der Biss in den Worten seines Freundes war eine deutliche Warnung.

„Ja, ich bin aus New York zurückgekehrt", antwortete Fitz. „Bist du nicht neugierig auf das Geschenk, das ich dir aus dieser illustren Stadt mitgebracht habe?"

„Ich habe genug von deinen *Geschenken*, Fitz. Und von deinen wertvollen *Ratschlägen*!" Louis sprang plötzlich auf und knallte die Flasche Scotch auf einen Tisch in der Nähe. „Ich habe dich hereingelassen, damit ich dir diese Worte ins Gesicht sagen kann. Es ist aus mit uns. Du bist nicht mehr mein Freund", knurrte Louis.

Fitz warf Louis einen finsteren Blick zu. „Halt die Klappe und hör mir zu." Er wusste, wenn er sich jetzt nicht zu Wort meldete, würde sein Freund ihm nie mehr zuhören.

Louis' braune Augen verfinsterten sich vor Wut. „*Ich* soll schweigen? Es lässt mich kalt, wenn es von dir kommt.

Dir zuzuhören hat mein Leben zerstört!" Louis schwang eine Faust, und der unerwartete Schlag traf Fitz am Kinn.

Fitz stolperte zurück und hob die Fäuste zur Verteidigung, aber es kamen keine weiteren Schläge. Louis rieb sich die Fingerknöchel, seine Augen leuchteten vor Schmerz.

„Du hast mich zu einem Feigling gemacht, Fitz. Du, der Mann, den ich Bruder nannte, du hast mich dazu gebracht, mich selbst zu verachten. Ich war ein Narr, mich von dir überreden zu lassen, mit Anne Schluss zu machen. Sie war meine *Welt*. Aber das kannst du nicht verstehen, nicht wahr? Du hast kein Herz, überhaupt keins."

Louis' Worte brannten in Fitz und verletzten ihn weit mehr als jeder Schlag. „Wenn das nur wahr wäre", murmelte er vor sich hin. Wenn er kein Herz hätte, dann hätte er den Schmerz seines eigenen gebrochenen Herzens nicht so erlitten, wie er es getan hatte. Sein eigener Herzschmerz würde sich unendlich weniger anfühlen, wenn er kein Herz hätte.

„Was?" Louis hörte ihn, aber nicht deutlich genug.

Er räusperte sich. Das lief nicht ganz nach Plan. „Vielleicht solltest du nachsehen, was ich mitgebracht habe?"

„Ich sagte, ich will nichts von dir", blaffte Louis und drehte sich weg. „Raus hier!"

Die Tür öffnete sich hinter Fitz, und Anne betrat den Raum. Sie sah so gefasst aus wie eine Prinzessin, aber Fitz entging nicht das leichte Zittern ihrer Schultern.

„Louis", sagte Fitz leise.

„Nein." Louis wirbelte herum, aber das Feuer in seinen Augen erlosch in dem Moment, als er sah, dass Fitz nicht allein war. Er taumelte einen Schritt vorwärts, aber der ganze Zorn wich aus ihm, und er schien plötzlich nur einen Augenblick vom Zusammenbruch entfernt zu sein.

„Anne?“ Er sprach ihren Namen mit einem solchen Schmerz aus, dass Fitz spürte, wie sein eigener Schmerz über den Verlust von Tabitha noch einmal aufflammte. Er kannte diesen Schmerz, diese Qual. Das Wissen, dass er seinem Freund so wehgetan hatte, dass er derjenige war, der zwei Seelen so unglücklich gemacht hatte... Fitz fühlte sich wie ein Mann, der dazu verdammt war, für seine Verbrechen gegen die Liebe, einschließlich seiner eigenen, zu hängen.

„Louis.“ Anne sprach den Namen ihres Geliebten mit Zärtlichkeit aus. „Seine Gnaden hat mich aus New York zurückgebracht. Für dich.“

Louis‘ verwirrter Blick wanderte zwischen den beiden hin und her. „Er hat was?“

„Er sagte, dass du mich immer noch liebst. Dass du vielleicht... Nimm mich zu deiner Frau.“ Solche Worte zu sagen, erforderte Mut, und den hatte Anne reichlich. Fitz konnte sich nicht vorstellen, solche Dinge selbst zu sagen. Sie war viel mutiger, als er es je sein könnte.

Louis starrte ihn ausdruckslos an, als wüsste er nicht, ob er das alles nur geträumt hatte, weil er so viel Scotch getrunken hatte, oder ob es die Realität war.

„Du hast recht, Louis. Mit allem. Ich hätte dich nie daran hindern dürfen, Anne zu heiraten. Heirate sie. Weil du sie liebst. Weil sie zu dir gehört. Und lass dich nie wieder von einem Freund oder einem ehemaligen Freund dazu überreden, dein Herz zu ignorieren.“

Fitz verbeugte sich höflich vor Anne und verließ den Raum, bevor einer der beiden etwas sagen konnte. Louis und seine Geliebte hatten sich viel Privates zu sagen, und er hatte keine Lust, sie noch länger mit seiner Anwesenheit zu belasten.

Er setzte seinen Hut wieder auf und ließ sich vom Butler zur Tür führen. Er war schon halb die Treppe hinunter, als jemand seinen Namen rief. Fitz drehte sich um und blickte zurück zur Tür des Stadthauses. Louis stand dort, eine Hand auf den Türpfosten gestützt, seine Brust hob und senkte sich, als wäre er gerannt, um Fitz einzuholen.

„Du bist den ganzen Weg nach New York gereist, um mit ihr zu sprechen? Warum?"

„Obwohl meine Worte euch beiden geschadet haben, hat sie weit mehr gelitten, und ich war es ihr einfach schuldig, mich persönlich bei ihr zu entschuldigen. Auch wenn ich kein Herz habe, würde ich alles für dich tun. Weil du mein Freund bist."

Louis' Gesicht wurde rötlich. „Ich habe nicht gemeint, was ich gesagt habe, Fitz. Das habe ich wirklich nicht. Ich war wütend und..."

„Doch, du hast die Worte ernst gemeint, und ich habe es verdient, sie zu hören. Ich werde dafür sorgen, dass die feine Gesellschaft Londons Miss Girard wieder in ihren Kreis aufnimmt. Sie wird von nun an nur noch Freunde haben, keine Feinde mehr. Ich schwöre, dass ich dafür sorgen werde."

Louis trat einen Schritt näher an Fitz heran, bis er oben auf der Treppe stand und nach unten sah.

„Was ist mit dir passiert?", fragte Louis. „Der Fitz, den ich kannte, hätte so etwas nicht getan."

Fitz antwortete nicht sofort, während er über seine Antwort nachdachte. Es gab so viel, was er jetzt bedauerte, so viel Scham, die er für die Art und Weise empfand, wie er sich nicht nur Fremden, sondern auch seinen Freunden gegenüber verhalten hatte. Tabitha hatte ihm einen Einblick in ein anderes Leben gegeben, ein besseres, das er haben könnte, wenn er sich nur trauen würde, seine Torheiten zuzugeben und sich zu ändern. Er stieß einen leisen Seufzer aus und sah Louis wieder an.

„Der Fitz, den du kanntest, war ein blinder und ignoranter Mann. Dieser Fitz ist verschwunden. Ich sehe mich jetzt in einem neuen Licht, und ich will mich weiter ändern."

Louis schwieg einen langen Moment. „Weißt du, ich glaube, das ist der Fitz, von dem ich immer dachte, dass er mein Freund ist, seit wir uns zum ersten Mal getroffen haben. Ich bin froh, ihn endlich wiederzusehen." Louis hielt wieder inne. „Du musst nicht gehen. Du kannst gerne auf einen Drink bei uns bleiben."

Fitz lächelte und versuchte, die Melancholie, die er empfand, aus seinem Gesicht zu halten. „Ich danke dir, aber ich muss gehen. Du und Anne... ihr braucht Zeit für euch, um alles zu besprechen. Aber wenn du mich wiedersehen willst, weißt du ja, wo du mich findest."

Louis nickte verständnisvoll, und Fitz kehrte zu seiner Kutsche zurück.

Als er sich in die Dunkelheit der Kabine setzte, stieß er einen schweren Seufzer aus. Er hatte alles getan, was er konnte, um Anne und Louis wieder zusammenzubringen, und er war zuversichtlich, dass es ihm gelungen war. Doch nur die Zeit würde zeigen, ob Louis ihre Freundschaft erneuern wollte. Alles, was Fitz tun konnte, war auf Vergebung zu hoffen. Alles, was darüber hinausging, wäre ein Segen.

Als er in sein Stadthaus zurückkehrte, war er sich der Stille mehr denn je bewusst. Er wollte, dass dieses Haus wieder so voll war, wie es einst gewesen war, als Beck und seine Familie hier gewohnt hatten. Zum ersten Mal in seinem Leben war er bereit zuzugeben, dass er eine eigene Familie wollte. Sein Blick suchte den Treppenabsatz, auf dem er Tabitha zum ersten Mal gesehen hatte. Er zog seinen Hut und seine Handschuhe aus, starrte auf die Stelle und erinnerte sich an den Moment, als sie sich zu ihm umgedreht hatte. Schon damals hatte er gewusst, dass da etwas Wundersames in sein Leben getreten war. Wenn er nur in der Zeit zurückgehen und die Fehler, die er gemacht hatte, korrigieren könnte, damit er sie wiederhaben könnte.

Er hätte sie an sich gezogen und ihr zugeflüstert, dass sie keinen Diamanten zu stehlen bräuchte, wenn sie stattdessen ihn haben könnte. Er hätte ihr alles gegeben, was sie sich wünschte, auch Geld für ihre Wohltätigkeitsorganisationen. Er hätte sie mit Juwelen behängt und sie in die schönsten Kleider gekleidet. Aber natürlich wusste er es jetzt besser. Sie wollte keine schönen Kleider oder Juwelen. Sie wollte Liebe. Sie wollte Zeit mit ihm verbringen, wie die Stunden, die sie in der Dunkelheit und Wärme eines gemeinsamen Bettes verbracht hatten, oder das sanfte Necken ihrer Unterhaltung im Gewächshaus. Das war es, was sie wollte. Zeit und Liebe. Aber er hatte zu viel zwischen sie kommen lassen, und er wusste nicht, ob sie ihm jemals glauben konnte, dass er kein kalter Bastard war, der sich nicht um andere kümmerte. Konnte er ihr beweisen, dass ein Mann sich ändern konnte? Würde das ausreichen? Für einen Mann, der gewohnt war, auf alles eine Antwort zu haben, war es sehr beunruhigend, dass er auf diese brennenden Fragen keine hatte.

„Bist du endlich zu Hause, mein lieber Junge?" Die

Stimme seiner Großmutter riss ihn aus seinen Gedanken. Er hatte sie nicht mehr gesehen, seit er vor fast zwei Monaten die Hausparty verlassen hatte.

„Ja." Er drehte sich zu ihr um, als sie auf ihn zukam. Sie trug eines ihrer bequemeren dunkelblauen Kleider für einen Abend zu Hause, und ihr silbriges Haar war über eine Schulter geflochten.

„Wie war New York?" Sie verschränkte die Arme vor der Brust und runzelte noch tiefer die Stirn. „Ich nehme an, deine Mission war erfolgreich?"

„Ja, sehr erfolgreich. Obwohl ich Mrs. Astor noch einen Gefallen schulde." Er lächelte, aber das Gesicht seiner Großmutter blieb ernst. „Es tut mir leid, ich hätte dich über meine Reisepläne informieren müssen."

„Ja, das hättest du tun sollen. Ich glaube nicht, dass diese Dampfer wirklich seetüchtig sind. Es hätte dir etwas passieren können. Hast du überhaupt daran gedacht?"

Er kam zu ihr und küsste sie auf die Stirn. „Aber es ist nichts passiert. Mir geht es gut, Großmutter. Das Schiff war ein sicheres Reisemittel, das versichere ich dir. Du solltest selbst einmal eine Reise in Erwägung ziehen."

„Das ist ziemlich unwahrscheinlich." Sie sah ihn finster an und griff dann in die Tasche ihres Kleides. „Ich hatte keine Gelegenheit, dich zu sehen, bevor du nach New York gereist bist. Ich wollte dir das hier geben." Sie streckte ihre geschlossene Faust aus.

Er öffnete seine Hand und sie ließ etwas Kaltes und Schweres hineinfallen. Als Fitz erkannte, was es war, blieb sein Herz stehen.

Der Helston-Diamant. Der echte. Der Stein, den er neben Tabitha liegengelassen hatte, während sie geschlafen hatte.

„Wie hast du...?“ Er verstummte, als ihm das letzte Bild von Tabitha im Bett in den Sinn kam, ihr Haar, das im Licht der Morgendämmerung über die Kissen fiel. Alles, was er in diesem Moment gefühlt hatte, kam ihm wieder in den Sinn.

„Eine sehr bemerkenswerte junge Frau hat ihn mir zurückgegeben.“

Tabitha hatte ihn zurückgegeben? Ein plötzlicher heftiger Schmerz in seiner Brust machte ihm das Atmen schwer.

„Sie wollte ihn also nicht behalten“, sagte er, halb zu sich selbst.

„Oh, doch. Sie *wollte*“, antwortete die Witwe. „Ich glaube eher, das war das Problem. Sie wollte ihn behalten, weil er alles war, was sie von dir hatte. Aber wenn sie ihn behalten hätte, hätte sie keine andere Wahl gehabt, als ihn für das zu verwenden, was sie ursprünglich beabsichtigt hatte. Der Diamant würde in Stücke zerbrochen und verkauft werden. Sie hat ihn zurückgegeben, damit er so bleibt, wie er ist. Um die Erinnerungen zu bewahren, die sie an dich hat.“

Fitz krümmte seine Finger um den Diamanten und hielt ihn fest. „Was hat sie dir über diese Erinnerungen erzählt?“

„Nicht viel, aber ich habe lange genug gelebt und geliebt, und ich sehe die Liebe in meinem Alter klarer als junge Leute es tun. Diese Frau ist hoffnungslos in dich verliebt. Die Frage ist, was wirst du nun tun?“

„Es gibt nichts, was ich tun kann.“ Fitz fühlte sich von seinen eigenen Worten betrogen.

„Ich dachte immer, die Leute deiner Generation heiraten aus Liebe und verdammen den Rest?“

Er schmunzelte über ihre Worte. „Ach ja, wirklich?"

„Du bist ein *Duke*, Fitzwilliam. Wenn du nicht heiraten kannst, aus welchem Grund auch immer, welchen Sinn hat dann diese Welt?"

„Großmutter, du verstehst das nicht. Sie hat auf der Straße gelebt. Sie hat keine Familie, keine Beziehungen. Sie ist eine Taschendiebin. Eine Diebin. Sie ist eines dieser Fröhlichen Rotkehlchen, die du so bewunderst und die von den Behörden gesucht werden. Willst du mir sagen, dass du einer solchen Frau erlauben würdest, die nächste Duchess of Helston zu werden?"

„Aber ja, sie ist die perfekte Art von Frau. Findest du nicht?", antwortete seine Großmutter, ohne zu zögern. „Familienbande können solch eine Qual sein. Sobald sie deine Frau ist, wird sie zu *unserer* Familie gehören. Sie wird meine Enkelin sein. Sie wird jede Verbindung haben, die sie braucht. Das ist einer der vielen Vorteile der Ehe, abgesehen davon, dass man mit der einen Person zusammen ist, die man liebt. Welchen anderen Sinn hat das Leben als den, andere zu lieben und von ihnen geliebt zu werden? Die Liebe ist das Einzige, was ein Mensch mitnehmen kann, wenn er stirbt." Sie streichelte seine Hand, die den Diamanten hielt. „Der Rest ist nur Augenwischerei. Außerdem ging es nie um die Frage, ob *ich* mich für die Frau interessiere, die du eines Tages wählen würdest. Was zählt, ist, ob *du* dich für sie interessierst. Ist dieses Mädchen nur eine flüchtige Ablenkung oder ist sie deine Welt, Fitz? Auf diese Frage kennst nur du die Antwort. Und wenn sie deine Welt ist... was machst du dann noch hier und redest mit deiner alten Großmutter?"

Deine Welt. Louis hatte gesagt, Anne sei seine Welt. Eine Quelle der Hoffnung blühte plötzlich in ihm auf.

In den fast zwei Monaten, in denen er sich von Tabitha getrennt hatte, war ihm klar geworden, dass sie sein Ein und Alles war. Obwohl er wusste, dass er nicht mit ihr zusammen sein konnte, war er jeden Tag mit einem Gedanken an sie aufgestanden und zu Bett gegangen, weil sein Herz schmerzte.

Früher hatte er die Dichter für Narren gehalten, die von einer alles verzehrenden Liebe sprachen, aber jetzt verstand er ihre Worte. Seine Großmutter hatte recht. Die Liebe war das Einzige, was zählte. Romantische Liebe, familiäre Liebe, Liebe zu seinen Freunden, sogar Liebe zu Fremden, die sie vielleicht am meisten brauchen. Tabitha hatte diese Wahrheit die ganze Zeit gekannt und versucht, sie ihm zu zeigen. Seine schöne, mutige, brillante Diebin mit einem Herz aus Gold.

„Wie ich höre, ist sie heute Abend auf dem Ball von Lady Crawford", sagte seine Großmutter. „Du hast eine Einladung erhalten, also kannst du hingehen, wenn du möchtest."

„Woher weißt du, wo sie ist?", fragte er seine Großmutter.

„Ich bin in erster Linie Großmutter, mein Lieber, und in zweiter Linie eine Duchess. Es ist meine Aufgabe, zu wissen, wo die Frau, die mein Enkel liebt, gerade ist. Jetzt geh dich umziehen. Du darfst nicht zu spät kommen."

Sie drückte ihm noch einmal die Hand. Dann eilte er die Treppe hinauf, wobei er zwei Stufen auf einmal nahm.

Alle Ängste und Sorgen, die er in Bezug auf eine Zukunft mit Tabitha gehabt hatte, waren blass und belanglos geworden, wenn er sie gegen den Gedanken an ein Leben ohne sie abwog. Es war ihm völlig egal, was passieren würde, wenn die Wahrheit über ihre Vergangenheit ans Licht käme. Das Einzige, was zählte, war, dass er keinen einzigen Moment seines Lebens mehr ohne sie verbringen wollte.

Er rief nach seinem Diener. „Stewart! Ich muss zu einem Ball!"

✦

ER WAR NICHT HIER.

Das war alles, woran Tabitha jedes Mal denken konnte, wenn sie in den letzten Monaten einen Ball besucht hatte. Der Duke of Helston war in New York, nicht hier in London. Doch das hielt ihr törichtes Herz nicht davon ab, jedes Mal einen Sprung zu machen, wenn ein Gentleman den Ballsaal betrat.

Jeder wusste, dass Fitz London verlassen hatte. Seitdem seine Ankunft in New York nach England telegrafiert worden war, kursierten Gerüchte über den Grund. Sie hatte gehört, dass er einen der Bälle von Mrs. Astor besucht hatte. Da sie nicht wusste, wer Mrs. Astor war, hatte sie Hannah nach der Frau gefragt. Dies hatte zu einer Diskussion darüber geführt, *warum* Tabitha sie danach gefragt hatte, was zu einer zweiten Diskussion über die Tatsache geführt hatte, dass Tabithas Gefühle für Fitz seit ihrer Trennung nicht nachgelassen hatten.

Nichts davon war angenehm gewesen. Sie wollte nicht über Fitz sprechen, geschweige denn an ihn denken. Es tat einfach zu sehr weh. Dennoch dachte sie jeden Tag an ihn.

Warum war er nach New York gegangen? Die Gerüchte reichten von geschäftlichen Belangen bis hin zur Braut-schau, aber keine der Quellen war zuverlässig. In Berichten war die Rede davon, dass er nur ein paar Tage geblieben war, bevor er ein Schiff zurück nach England bestiegen haben sollte, was noch mehr wilde Spekulationen ausgelöst hatte.

Er sollte jeden Tag zurück sein, aber sie hatte die Hoffnung aufgegeben, ihn jemals wiederzusehen. Er würde ihr zweifellos aus dem Weg gehen und sich weigern, an Veranstaltungen teilzunehmen, bei denen sie anwesend sein könnte, und sie konnte es ihm nicht verübeln.

Julia gesellte sich plötzlich zu ihr in die Stuhlreihe, in der sich die Frauen zwischen den Tänzen ausruhten. „Tabby, du wirst es nicht glauben!" Ihre Freundin ordnete die Röcke ihres blassgrünen und beerenroten Faltenkleides, als sie sich neben Tabitha setzte.

„Was ist los?"

„Er ist wieder da."

„Wer?", fragte Tabitha, obwohl sie anhand von Julias Tonfall keinen Zweifel daran hatte, wen sie meinte.

„Lord Helston kam offenbar am späten Nachmittag in London an und wurde dabei gesehen, wie er eine Frau vom Schiff in seine Privatkutsche begleitete."

Eine Frau? Das ergab doch keinen Sinn... es sei denn, die Gerüchte über die Brautschau waren wahr. Aber er war doch nur ein paar Tage in New York gewesen und...

„Und du wirst nicht glauben, mit wem er beim Verlassen des Schiffes gesehen wurde!", verkündete Julia und unterbrach damit Tabithas panische Gedanken.

„Mit wem?"

Julia warf ihr einen wissenden Blick zu, ein leichtes Lächeln zeigte sich auf ihrem Gesicht. Es gab nur einen Namen, den sie sich vorstellen konnte, der diese Reaktion hervorrufen konnte. Julia würde wissen, dass jede andere junge Frau, die mit Fitz gesehen worden wäre, Tabitha das Herz gebrochen hätte.

„Anne Girard?", fragte Tabitha leise.

„Genau die." Julias Gesicht war vor Aufregung gerötet. „Sie ist wieder da! Es ist einfach wundervoll! Du wirst sie vergöttern, Tabby, das verspreche ich dir!"

Tabitha verstand immer noch nicht. „Warum sollte sie mit Lord Helston unterwegs sein? Du glaubst doch nicht, dass sie verheiratet sind?"

„Anne? Verheiratet mit Lord Helston? Um Himmels willen, wie kommst du denn auf diese Idee?"

Tabitha hatte keine Antwort darauf, nur Verwirrung und irrationale Ängste.

„Verstehst du denn nicht, Tabby? Er ist nach New York gefahren, um sie zurückzuholen. Für Louis. Er versucht, es wiedergutzumachen. Oh, das ist wundervoll. Warte, bis ich es Hannah erzähle! Sie wird es nicht glauben! Und wenn man bedenkt, dass ich ihn einen Bastard genannt habe... Na ja, damals war er es wohl, aber auch ein Bastard kann sich ändern!" Ein paar Frauen in der Nähe stöhnten empört auf, als Julia das Wort *Bastard* benutzte, aber Julia schien sich nie darum zu kümmern, was andere von ihr dachten.

Sie ließ Tabitha stehen, als sie Hannah am Erfrischungstisch entdeckte, und eilte hinüber, um ihr die Neuigkeiten ins Ohr zu flüstern. Hannahs Augen weiteten sich, und sie tauschten aufgeregte Blicke aus, bevor sie in Tabithas Richtung blickten.

Tabitha wandte den Blick ab, spielte mit der Tanzkarte, die sie um ihr Handgelenk gewickelt hatte, und starrte auf die Paare, die vor ihr tanzten. Fitz war wieder zu Hause. Hatte er die junge Dame wirklich für seinen Freund nach

Hause gebracht? Sie wollte es gern glauben, aber sie war sich nicht sicher. Hatte er wirklich seine Meinung über sie geändert? Wenn ja, dann war die große Geste, den ganzen Weg nach Amerika zu reisen, um diese Frau zurückzubringen, gelinde gesagt, beeindruckend.

Die Tänzerinnen und Tänzer auf der Tanzfläche trennten sich, und einige von ihnen hielten in ihren Schritten inne, als ein Mann zielstrebig durch sie hindurch schritt. Im Lampenlicht schimmerte sein Haar tiefgolden, und seine blauen Augen waren auf sie gerichtet, erfüllt von denselben Stürmen, die sie zu lieben gelernt hatte. Ihr Herz klopfte wie wild und ihr Verstand schwirrte, als sie versuchte, ihre Gedanken zu ordnen, aber alles, an was sie denken konnte, war sein Name, immer und immer wieder.

Fitz.

Sie konnte nicht über diese eine Erkenntnis hinaus denken. *Er* war hier.

Fitz blieb vor ihr stehen, verbeugte sich und reichte ihr die Hand. Wie in einem Traum erhob sie sich und legte ihre behandschuhte Hand in seine. Er schlang seine Finger fest um ihre, und Tabitha bekam eine Gänsehaut, als die elektrische Verbindung zwischen ihnen wieder aufflammte. Er zog sie in seine Arme, und die Musiker stürzten sich wie auf ein Stichwort hin in einen neuen Walzer.

Sie blickte zu ihm auf, als sie gemeinsam unter den Kristallleuchtern im strahlenden Licht tanzten und keiner von ihnen sprach. Hier gehörte sie hin. In die Arme dieses Mannes und nirgendwo sonst. Ihr Herz flatterte jetzt in ihrer Brust, wie ein Singvogel, der seine Flügel ausbreitete und bereit war, an einem klaren Wintermorgen zu singen. Dieser Mann war ihr Zuhause.

Sie sahen sich in die Augen, während sich ihre Füße im

Takt der Musik bewegten. Seine große Hand an ihrer Taille war warm, sein Griff fest. Seine andere Hand umklammerte ihre, als fürchtete er, sie könnte verschwinden, wenn der letzte Ton des Walzers verklungen war.

Schließlich ergriff sie das Wort und brach den Bann zwischen ihnen. „Ist es wahr, dass du nach New York gereist bist?"

„Ja. Ich musste mich bei jemandem entschuldigen", antwortete er mit weicher Stimme. „Es war eine längst überfällige Entschuldigung."

„Und, hast du dich entschuldigt?"

„Das habe ich." Dieser friedliche Blick, das Gefühl, das Richtige getan zu haben, hatte sein einst so herrisches Gesicht in ein viel einladenderes verwandelt, was sein ohnehin schon sündhaft gutes Aussehen noch verstärkte. „Ich habe Mademoiselle Girard gebeten, mit mir nach Hause zu kommen. Sie und Louis sind dabei, sich wieder näherzukommen. Die Zukunft liegt jetzt in ihrer Hand. Ich habe getan, was ich konnte, um die Dinge in Ordnung zu bringen."

Tabitha starrte ihn an, unfähig, Worte zu bilden.

„Und das ist erst der Anfang", gestand er. „Ich muss noch viel in meinem Leben in Ordnung bringen."

„Wirklich?"

Er lächelte traurig. „Allerdings."

Plötzlich hatte sie einen Geistesblitz. Alle Wohltätigkeitsorganisationen, die sie und ihre Freundinnen unterstützt hatten, hatten in den letzten Wochen Schecks von einem neuen anonymen Spender erhalten. Das musste Fitz gewesen sein, aber sie wollte ihn nicht zwingen, es zuzugeben.

„Ich habe so viel Zeit meines Lebens damit verbracht,

Mauern aufzubauen, um mich zu schützen, nachdem ich meine Eltern verloren hatte. Ich hatte Angst, verletzt zu werden, aber genau diese Mauern hielten mich vom Leben ab. Ich dachte, ich müsste nicht leben, und dass es besser sei, in Sicherheit zu sein… aber du hast alles für mich verändert", erklärte er. „Ich hätte nie erwartet, dass du meine Mauern überwinden würdest, Tabitha. Du hast dich eingeschlichen wie die Diebin, die du bist, und hast mich von mir selbst weggeholt und mir gezeigt, dass das Leben… dass *die Liebe* den Schmerz wert war. Du hast nicht nur den Helston-Diamanten gestohlen – du hast mein Herz gestohlen."

Sie hielt den Atem an, aber als er schwieg, wagte sie schließlich zu sprechen. „Und möchtest du es zurück?"

„Ich würde mein Herz nur zurückwollen, wenn du mit ihm kommst", antwortete er, und seine Augen wurden weicher. „Ich weiß, ich habe alles vermasselt. Ich habe dich verlassen und das hätte ich nicht tun sollen. Ich hätte mit dir gegen die Welt antreten und in deinem Namen Drachen töten sollen… aber stattdessen bin ich geflohen."

Sie hörte abrupt auf zu tanzen, und er hielt sie fester, als fürchtete er, sie würde gleich fliehen. „Fitz… Ich habe dich nie gebeten, Drachen zu töten oder mich vor der Welt zu beschützen. Alles, was ich will, alles, was ich je wollte, ist, von dir geliebt zu werden."

Er schwieg, ohne die wachsende Menschenmenge zu bemerken, die stehengeblieben war, um sie zu beobachten.

„Fitz, alle beobachten uns", warnte sie flüsternd.

„Dann lass sie doch. Ich bin fertig damit, mich von meiner Angst beherrschen zu lassen. Ich will mich stattdessen von der Liebe beherrschen lassen."

Er nahm ihre Hände in die seinen, ging vor der

Menschenmenge auf die Knie und griff in seine Westenta-sche. Dann zeigte er ihr etwas Großes und Glitzerndes in seiner Handfläche.

„Ich glaube, das gehört dir. Ich biete dir diesen Diamanten, meinen Namen und mein Leben als dein Ehemann an."

„Du willst mich heiraten?"

„Ja, wenn du mich haben willst." Er hielt ihre Hände fest und legte ihr den großen Diamanten in eine ihrer Handflächen. „*Du* bist das einzige Juwel, das ich begehre."

Seine Augen waren nun frei von Stürmen, und in diesem Moment erblickte Tabitha die Zukunft, die sie gemeinsam haben würden, die Jahre, die langsam vorbei-zogen und einen Wandteppich voller Szenen zweier Leben hinterließen, die immer dazu bestimmt waren, miteinander verwoben zu sein. Eines Tages würden diese Fäden enden, aber die ihrer Kinder und Enkelkinder würden weitergehen und den Wandteppich ihrer Liebe weiter in die Zukunft tragen.

Dieses Gefühl, ihr Schicksal zu kennen, und zu wissen, dass es richtig war, machte sie fassungslos. Die Jahre der Trauer, die ihre Seele und die von Fitz zu verschlingen drohten, als sie einen Verlust nach dem anderen erlitten hatten, hatten ihnen nun die Chance gegeben, zu wachsen, sich über die Trauer hinaus zu strecken und ihre Herzen zu erweitern, sodass die Liebe wieder hervorbrechen konnte.

Ein einziges Wort hatte die Macht, das verborgene Tor zu öffnen, das zu dem Garten führte, den ihre Herzen teil-ten. Tabitha war so voller Freude, so voller Unglauben über ihr eigenes Glück, dass sie zwei Anläufe brauchte, bevor sie das Wort aussprechen konnte.

„Ja."

Fitz richtete sich auf, zog sie in seine Arme und küsste sie leidenschaftlich und verzweifelt, so wie es ein Mann tat, der befürchtete, etwas Wertvolles zu verlieren, wenn er es jemals loslassen würde.

Tabitha klammerte sich an ihn, erwiderte den Kuss und versicherte ihm ohne Worte, dass er niemals am Schwur dieses einen Wortes zu zweifeln brauchte.

Als sich ihre Lippen voneinander lösten, war es im Raum so still wie in einer Kirche, und sie lächelte ihn unter Freudentränen an.

„Ja", sagte sie noch einmal, diesmal lauter und entschlossener.

Fitz sah sich unter den Gästen um, entdeckte Hannah und Julia und nickte ihnen feierlich zu, bevor er Tabitha in die Arme schloss.

„Fitz! Was machst du denn da?", keuchte Tabitha. Die Gäste um sie herum hielten sich schockiert die behandschuhten Hände vor den Mund.

„Ich bringe dich nach Hause, meine Gemahlin."

„Aber wir sind noch nicht verheiratet", protestierte sie lachend.

„Mein Herz hat sich in der Nacht, in der wir uns kennengelernt haben, mit deinem vermählt. Der Rest ist nur eine Zeremonie."

Darauf hatte sie keine Antwort, außer sich noch etwas fester an ihn zu klammern.

„Wohin gehen wir?"

„Nach Hause, denn ich kann es nicht ertragen, noch einen Moment länger auf deinen nächsten Kuss zu warten."

Fitz trug sie aus dem Ballsaal und auf die Straße, wo seine Kutsche bereits auf sie wartete.

KAPITEL 14

Die Kutsche hielt vor Fitz' Stadthaus an, und Tabitha blickte durch das kleine Fenster auf das schöne Haus hinauf. Sie saß auf Fitz' Schoß und hatte in diesem Moment keine Lust, sich von ihm zu lösen. Während der Fahrt hatten sie zum ersten Mal seit ihrer Trennung in der Nacht, in der sie sich geliebt hatten, miteinander reden können. Sie hatte ihm damals alles gestanden und ihm sogar von Hannah und Julia erzählt. Sie hatte ihm wirklich vertraut, dass er ihre Geheimnisse bewahren und ihre Freundinnen beschützen würde, und er hatte ihr versichert, dass er das tun würde. Er wiederum hatte ihr erzählt, wie er den ganzen Weg nach New York gereist war, und alles über den Abend im Ballsaal von Mrs. Astor, als er Anne um Verzeihung angefleht und sie zurückgebracht hatte. Er hatte sogar von seinem Treffen mit Louis erzählt und von seiner Hoffnung, dass sein Freund ihm verzeihen würde, nachdem er alles getan hatte, um die Dinge wieder in Ordnung zu bringen.

Zum ersten Mal in ihrem Leben fühlte sich Tabitha...

ganz. Sie war mit dem Menschen zusammen, dem ihr Herz gehörte, und sie hatte keine Zweifel mehr – bis auf einen.

„Meine Großmutter ist heute Abend zu Hause. Ich möchte, dass du sie noch einmal kennenlernst... als meine zukünftige Frau."

„Deine Großmutter!", keuchte sie. „Oh Gott, Fitz. Wir können nicht... sie kann mich unmöglich als Frau für dich gutheißen."

„Eigentlich ist sie diejenige, die mich zur Vernunft gebracht hat", kicherte er. „Ich versichere dir, dass sie unser Vorhaben gutheißt."

„Aber das kann sie nicht. Sie weiß, dass ich ihren Diamanten gestohlen habe und was ich bin." Das war das Einzige, was Tabitha befürchtete. Sie wollte nicht, dass Fitz und seine Großmutter sich wegen ihr stritten. Sie wollte nicht der Grund für einen Bruch zwischen ihnen sein.

Er strich ihr sanft mit einer Fingerspitze über die Nase. „Sie schert sich nicht um deine Vergangenheit. Im Gegenteil, sie ist eine große Bewunderin der Fröhlichen Rotkehlchen. Sie hat euch bereits als eine Art Familie betrachtet."

Tabitha konnte sich keinen Reim auf seine Worte machen. Es war einfach nicht möglich, dass eine Duchess sie gutheißen, geschweige denn mögen würde.

„Ich verspreche dir, sie wird sich freuen, dich zu sehen." Er beugte sich vor, um ihre Wange zu küssen, und sie schloss die Augen und wünschte, sie könnten noch ein wenig länger hier in dieser Kutsche bleiben, eingehüllt in die warme Dunkelheit, und müssten sich nicht der Welt dort draußen stellen.

„Komm schon, Liebling", sagte er. „Du hast sie doch

schon kennengelernt, und sie war ziemlich beeindruckt von dir.“

„Aber nicht so, nicht in den Armen getragen wie die Beute eines Wikingers.“

Fitz lachte. „Wikinger, was? Nun, mir wurde gesagt, wir Helstons haben Wikingerblut in unseren Adern. Du musst mir also verzeihen, wenn ich dich in meinen Armen davontrage, um dich zu schänden.“

Trotz ihrer Befürchtungen musste sie darüber lachen. Dieser spielerische Fitz erinnerte sie an den Mann aus dem Gewächshaus, den sie kennengelernt hatte, als er seine Vorsicht über Bord geworfen hatte.

„Also gut, mein Wikinger. Trag mich fort.“ Sie winkte mit einer Hand wie eine sächsische Fürstin.

„Mit Vergnügen.“ Fitz rief seinem Bediensteten zu, er solle die Kutschentür öffnen. Und kaum war sie aus der Kutsche ausgestiegen, hatte Fitz sie schon wieder in seine Arme genommen. Fitz‘ Butler wartete im Haus auf sie – mit einem schockierten Gesichtsausdruck beim Anblick der beiden, oder besser gesagt beim Anblick seines Herrn, der eine Frau auf dem Arm trug.

„Tracy, ist meine Großmutter noch wach?“

„J- ja, sie ist in der Bibliothek“, stotterte der Mann und blinzelte Tabitha an.

„Sehr gut. Tracy, Ihr habt Miss Tabitha Sherborne bereits kennengelernt. Ich freue mich zu verkünden, dass sie bald meine Duchess sein wird.“

Der Butler erholte sich schnell von seinem Schock und verbeugte sich vor Tabitha.

„Willkommen, Miss Sherborne.“

„Danke sehr.“ Tabitha klammerte sich an Fitz‘ Hals, während er sie die Treppe hinauf in die Bibliothek trug.

Dankbar setzte er sie ab, als sie vor der offenen Bibliothekstür stehenblieben.

Die alte Duchess saß am Feuer und las in einem Buch, das sie auf ihrem Schoß ausgebreitet hatte. Als sie eintraten, blickte sie auf.

„Großmutter", sagte Fitz feierlich, als er Tabitha zu ihr führte.

Die Witwe legte ihr Buch beiseite, stand auf und schenkte Tabitha ein warmes Lächeln.

„Du hast also die Diebin zurückgebracht, die dein Herz gestohlen hat", sagte Lady Helston, während ihre Augen Tabitha sanft von Kopf bis Fuß musterten.

Tabitha wartete geduldig darauf, dass die ältere Frau ein Urteil fällte. Obwohl sie sich schon einmal getroffen hatten, spürte Tabitha, dass dieser Moment der wichtigste überhaupt war.

„Nun... du wirst diese Rolle und die damit verbundenen Pflichten ganz sicher gut erfüllen, meine Liebe. Wirklich sehr gut." Sie streckte die Hand aus und streichelte Tabithas Wange, wie es eine Großmutter tun würde. „Willkommen in unserer Familie."

Tabithas Kinnlade klappte vor Schreck herunter. Das hatte sie nicht erwartet, trotz Fitz' Beteuerungen.

„Es macht Euch nichts aus, dass wir heiraten werden?" Sie wollte, dass später kein Streit oder Groll zwischen ihnen stand, und sie musste sicher sein, wie die Witwe dazu stand.

„Ich bestehe sogar darauf, mein Kind. Ich wusste schon an dem Abend, an dem wir uns bei meinem Konzert kennengelernt haben, dass etwas mit dir nicht stimmt. Du warst so authentisch, und jetzt weiß ich auch warum. Du hast gelebt, gelitten und für jeden Moment in deinem

Leben *gekämpft*. Die Helstons sind eine starke Familie. Wir unterstützen uns gegenseitig und teilen unsere Stärke. Du und Fitz werdet in jeder Hinsicht zusammenpassen, um ein erfolgreiches und glückliches Leben miteinander zu führen." Sie wandte sich an ihren Enkel. „Nun, ich werde morgen früh mit euch beiden mit den Hochzeitsvorbereitungen beginnen, aber jetzt werde ich mich erst einmal zurückziehen." Sie lächelte sie an. „*Redet* nicht bis in die Nacht hinein." Sie betonte das Wort *reden* und verließ die Bibliothek mit einer natürlichen Anmut, um die Tabitha sie beneidete.

Fitz wartete, bis sie allein waren, um Tabitha wieder in seine Arme zu ziehen, und sie schmolz an ihm dahin. Es war unmöglich, nicht vor Verlangen zu brennen, wenn dieser Mann sie so hielt, wie er es jetzt tat.

Er küsste ihr Ohr, und sie zitterte vor Erwartung.

„Sollen wir das in meinen Gemächern fortsetzen?", fragte er mit tiefer, einladender Stimme.

Sie griff nach den Knöpfen seiner Weste. „Deine Gemächer sind zu weit weg." Sie wollte ihn eigentlich hier haben, jetzt, und es war ihr egal, ob es ein Bett gab oder nicht.

„Hier?" Seine Stimme wurde rau, als er seine Hände in ihre Röcke krallte und begann, sie hochzuziehen.

„Hier. Oder irgendwo." Sie brauchte die Nähe zu ihm, brauchte die Intimität, die sie einst geteilt hatten, und sie konnte keinen Moment länger warten. Ein Klopfen an der Bibliothekstür ließ ihre Finger auf halbem Weg zu den Knöpfen seiner Weste stoppen.

Fitz fluchte leise vor sich hin und ließ ihre Röcke los. Tabitha ließ ihre Stirn gegen seine Brust sinken und atmete frustriert über die unerwartete Unterbrechung aus.

Der Butler räusperte sich in der Tür. „Verzeiht die Unterbrechung, Euer Gnaden, aber Ihr habt Besuch, den Ihr, wie ich glaube, heute Abend auch empfangen möchtet.“

„Oh?“ Fitz drehte seinen Körper leicht, um Tabitha ein wenig vor Mr. Tracys Blicken zu schützen, obwohl sie vollständig bekleidet war. „Ich nehme nicht an, dass dieser Besuch eine Stunde warten könnte?“, neckte er den Butler, was den armen Mann so sehr schockierte, dass er rot wurde. „Das war nur ein Scherz. Wie viele Gäste sind es?“

„Tja, nun. Es sind mehrere Gäste hier. Sie bestehen alle darauf, mit Euch und Miss Sherborne zu sprechen.“

Fitz blickte sie fragend an, aber sie hatte keine Ahnung, wer an der Tür sein könnte.

„Dann sollten wir wohl nachsehen, wer es ist“, meinte er und nahm ihre Hand in seine. Selbst ein einfaches Händchenhalten wie dieses gab ihr das Gefühl von Wärme und Verbundenheit mit ihm.

Als sie das obere Ende der Treppe erreichten, den Ort, an dem sie sich zum ersten Mal getroffen hatten, stahl Fitz ihr einen sinnlichen, lang anhaltenden Kuss, der dafür sorgte, dass sich in Tabithas Kopf auf die beste Art und Weise alles drehte.

„Ich glaube, du hast Mr. Tracy ganz schön erschreckt. Der arme Kerl, sein Gesicht war ganz rot. Ich glaube nicht, dass er es gewohnt ist, so geneckt zu werden“, meinte sie mit einem sanften Lächeln. „Aber ich mag dein neues Ich. Ja, ich mag diese Seite von dir, Fitz.“

„Die menschliche Seite?“, fragte er.

„Die *wahre* Seite.“ Sie strich mit ihren Händen über seine Weste bis zu seinem Kragen und krümmte ihre Finger in dem Stoff, während sie seinen winterlichen Duft einatmete. „Das ist der Mann, der du im Inneren immer warst, und das ist der Mann, den ich liebe. Lass dich nie wieder von der Welt verändern. *Bleib so.*“

Er hob ihr Kinn mit seinen Fingerspitzen an und streichelte ihr Gesicht mit seinem.

„Immer, mein Herz“, versprach er und schloss sie in seine Arme. Die Wärme seines Körpers strömte in den ihren und gab ihr erneut dieses Gefühl der Sicherheit und Wertschätzung, wie sie es nie für möglich gehalten hatte.

Die Geräusche eines Streits unten unterbrachen den süßen Moment.

„Was zum Teufel?“, murmelte Fitz, während er zum Eingang hinunterstarrte. Vier Personen standen dort zusammen und sprachen mit erhobenen Stimmen.

Hannah und Julia diskutierten mit Lord Brightstone und Mr. Beckley. Tabithas und Fitz‘ engste Freundinnen und Freunde waren aneinandergeraten.

„Ich will die Ohrringe meiner Cousine zurück“, forderte Brightstone.

„Ihr könnt sie aber nicht haben. Sie sind weg“, antwortete Julia triumphierend.

„Und wo sind sie nun?“

„Ich fürchte, sie wurden verkauft, Mylord“, flötete Hannah mit einem Hauch mehr Höflichkeit als Julia.

„*Verkauft?*“, zischte Brightstone. „Ihr verdammten Diebe. Ich kann nicht glauben, dass sich auch nur eine der Ladys zu solch niedrigen Taten herablassen würde.“ Trotz Brightstones harscher Worte hätte Tabitha schwören können, dass sie einen Hauch von etwas... Spielerischem hörte. Nein, das war nicht ganz das richtige Wort. Etwas Intrigantes vielleicht? Was auch immer es war, sie glaubte nicht, dass Brightstone so wütend war, wie er es vorgab.

„Ich glaube eher, dass Eure Cousine diejenige ist, die ihr Verhalten überdenken sollte", antwortete Hannah. „Ihr solltet Euch damit trösten, dass der Verkauf dieser Ohrringe einer redlichen Wohltätigkeitsorganisation zugutekommt, die ältere Menschen unterstützt, die sich nicht mehr selbst versorgen können."

Brightstone schimpfte. „Das ist ja alles schön und gut, aber verdammt noch mal, musstet Ihr sie denn *stehlen?* Ich hätte Euch Geld gespendet. Ihr hättet nur fragen müssen."

Tabitha entging nicht, dass Brightstones Tonfall deutlich weicher geworden war.

„Es gibt einen guten Grund, warum wir sie gestohlen haben", warf Hannah ein.

Beck schien der Einzige zu sein, der sich nicht an diesem Streit beteiligte und bemerkte daher als Erster Tabitha und Fitz auf der Treppe.

„Fitz, Miss Sherborne", begrüßte Beck sie mit einem Nicken, sein Tonfall war neutral, als wäre alles, was um sie herum geschah, vollkommen normal. Der Streit verstummte abrupt, als Hannah und Julia auf Tabitha zustürzten.

Julia warf einen misstrauischen Blick zu Fitz und dann einen besorgten zu Tabitha. „Tabby, geht es dir gut? Als er dich wie ein Barbar von diesem Ball entführt hat, hatten wir Angst um dich."

„Es ist alles in Ordnung. Mir geht es gut, und es war unnötig, sich Sorgen zu machen", versicherte Tabitha ihr. „Du und alle anderen haben doch gesehen, wie er mir einen Antrag gemacht hat."

„Ich nahm an, dass es sich um eine seltsame Wahnvorstellung oder Halluzination handelt", sagte Julia. „Du musst zugeben, er ist nicht gerade der romantische Typ."

Manchmal waren ihre Freundinnen viel zu überfürsorglich. Ein Mann, den sie anbetete und der sie in seinen Armen in die Nacht trug – nun, das war etwas, das man feiern sollte, und nichts, worüber man sich Sorgen machen musste.

„Oh, aber er ist es, Julia. Wenn du ihm nur eine Chance geben würdest, würdest du das auch sehen", verteidigte Tabitha ihn, und Julia warf einen verlegenen Blick zu Boden. Tabitha verstand, dass ihre Freundinnen ihm immer noch misstrauten, nachdem er Anne Girard und Louis so viel Leid zugefügt hatte, aber er hatte sich geändert und das Richtige getan.

„Euer Gnaden, könnten wir einen Moment mit Tabitha allein sein?", fragte Hannah.

„Natürlich. Mein Arbeitszimmer ist gleich die Treppe hinauf und dann links." Er zeigte auf die Treppe.

„Ich danke Euch."

Bevor Tabitha ein weiteres Wort sagen konnte, wurde sie die Treppe hinauf und in Fitz' Arbeitszimmer gedrängt, und die Tür wurde fest hinter ihr geschlossen. Ihre beiden Freundinnen standen ihr gegenüber.

„Tabitha, hast du schon einmal wirklich darüber nachgedacht, was es bedeuten würde, mit einem Duke verheiratet zu sein? Dass die gesamte Gesellschaft auf dich schaut? Wir wollen, dass du glücklich bist, aber wir wollen auch, dass du vorbereitet bist", erklärte Hannah sanft.

„Das bin ich. Ich bin bereit, mich allem zu stellen, was kommt. Und Fitz und seine Großmutter scheinen fest entschlossen zu sein, mich gegen die Welt zu verteidigen. Sie sehen mich als Familie. Ich hätte nie gedacht, dass so etwas möglich ist", gestand Tabitha.

Hannahs Augen wurden weich und tränenüberströmt.

„Ist es das, was du wirklich willst, Tabby?", fragte Hannah. „Ich weiß, du sagst, du liebst ihn, aber bist du dir sicher? Brauchst du mehr Zeit, um darüber nachzudenken? Niemand würde dich verurteilen, wenn du dir ein längeres Werben wünschst."

„Wie lange hat dein Mann dir den Hof gemacht, bevor du ihn geheiratet hast", fragte Tabitha Hannah.

Ihre Freundin wurde rot und lächelte. „Offiziell... nur einen Monat. Es war ein ziemlicher Skandal, so früh zu heiraten, aber um ehrlich zu sein, kannten wir uns schon seit Jahren." Sie räusperte sich. „Wir wollen nur, dass du glücklich und sicher bist. Das hat jede Frau verdient."

„Ich bin mir sicher", beruhigte Tabitha sie. „Ich habe mich bei ihm immer unglaublich sicher gefühlt. Er behandelt mich, als ob ich ihm mehr bedeute als alles andere auf der Welt." Sie atmete leise aus. „Ich wünschte, ihr könntet das verstehen. Er ist einfach wunderbar zu mir."

Ihre Freundinnen tauschten einen Blick aus, und sie fuhr fort, in der Hoffnung, ihnen zu zeigen, wie wunderbar der echte Fitz war.

„Er ist nach New York gereist, um deine Freundin zurückzubringen. Wie viele Männer kennst du, die einen Ozean überqueren würden, um sich bei jemandem zu entschuldigen, dem sie Unrecht getan haben? Und er brachte sie mit zurück, damit sie und Louis Atherton wieder zusammenkommen konnten. Er hat all das getan, weil er sich ändern wollte. Er wollte für mich besser sein, *meinetwegen*. Ich kann es immer noch nicht fassen."

„Ich auch nicht", murmelte Julia.

„Ich glaube dir", sagte Hannah langsam. „Wahre Liebe kann jeden Menschen verändern. Ich hätte nur nie erwartet, dass ein Mann wie Helston sie finden würde. Aber du musst verstehen, dass wir sichergehen wollen, dass du das wirklich willst – dass du *ihn* willst.“

„Das tue ich. Ich will ihn mehr als alles andere“, gestand Tabitha. „Er ist mein absoluter Traum. Ich hätte nie gedacht, dass ich ein Leben wie dieses haben würde, ein Leben voller Liebe.“

„Nun dann. Wir werden dich ihm überlassen, aber du bist immer noch unsere Schwester. Vergiss das nie.“

Hannah und Julia umarmten sie für einen langen Moment, und sie spürte das Band der Schwesternschaft zwischen ihnen.

„Und jetzt sagt mir, was machen Lord Brightstone und Mr. Beckley hier?“, fragte Tabitha.

Julias Gesicht rötete sich. „Es scheint, dass sie genauso um Helstons Wohlergehen besorgt waren, als er dich entführt hat. Du musst wissen, dass es ihm gar nicht ähnlich sieht, so zu handeln... galant und romantisch, und auch noch an einem öffentlichen Ort. Wir haben Lord Brightstone und Mr. Beckley auf der Treppe draußen getroffen. Es scheint, dass Mr. Beckley herausgefunden hat, dass wir die Fröhlichen Rotkehlchen sind, weil Fitz sich ihnen gegenüber so seltsam verhalten hat und du der einzige Gast warst, den Fitz nicht bei Scotland Yard gemeldet hat. Weil er in dich verliebt ist. Dann kam Mr. Beckley darauf, dass du Hilfe hattest, und er vermutete, dass wir die anderen Rotkehlchen waren. Natürlich war Lord Brightstone wütend, weil wir seine schreckliche Cousine bestohlen haben.“

„Meine Güte, was für ein Abend“, seufzte Julia dramatisch. „Unsere Geheimnisse sind aufgedeckt worden, und Tabitha hat einen Heiratsantrag von einem Duke bekommen.“

„Nicht aufgedeckt", korrigierte Hannah. „Preisgegeben."

Tabitha war nun doch etwas beunruhigt in Bezug auf das, was als nächstes passieren könnte. „Meint ihr, sie werden uns anzeigen?"

„Mr. Beckley wird das nicht tun, er schien über die ganze Sache recht amüsiert zu sein, nachdem er alles zusammengefügt hatte, und er erklärte, er habe nicht die Absicht, zu Scotland Yard zu gehen. Er sagte, die Leute, die wir bestohlen haben, hätten es verdient. Was Brightstone betrifft, so werde ich dafür sorgen, dass er unser Geheimnis bewahrt", versprach Hannah.

„Aber wie willst du das machen?"

„Lord Brightstone hatte eine gewisse *Zuneigung* zu mir, als ich damals mein Debüt gab. Er hätte versucht, mir den Hof zu machen, wenn ich nicht zuerst Jeremys Antrag angenommen hätte. Ich glaube, er wird zustimmen zu schweigen, wenn ich ihn darum bitte."

Julia schien nicht überzeugt zu sein, aber sie ließ die Angelegenheit vorerst auf sich beruhen. „Was glaubst du, was als Nächstes passieren wird? Vielleicht lädt uns die Königin zu Weihnachten nach Balmoral ein."

Hannah gluckste. „Tabitha, möchtest du heute Abend mit mir nach Hause kommen?"

„Eigentlich würde ich gerne hierbleiben, wenn es dir nichts ausmacht." Tabitha war erleichtert, als ihre Freundinnen ihr erlaubten, heute Nacht bei Fitz zu bleiben. Sie scherte sich nicht um den Anstand. Ihr ging es nur darum, bei ihm zu sein, nachdem sie ihn so lange so sehr vermisst hatte.

„Ich denke, wir sollten jetzt gehen, Julia. Es wird morgen viel zu tun geben."

„Und wir sollten dafür sorgen, dass Brightstone und Mr. Beckley Helston nicht weiter belästigen", fügte Julia hinzu. „Es wäre nicht gut, wenn Brightstone Helston davon überzeugen könnte, auf seiner Seite zu stehen."

„Fitz wird nichts sagen", versicherte Tabitha ihnen.

„Sei dir da nicht zu sicher", warnte Julia.

Hannah nahm Tabitha in Schutz. „Nein, sie hat völlig recht. Eine Duchess kann nicht Gegenstand von Ermittlungen sein, also wird er sie immer schützen."

Julia tippte sich ans Kinn. „Zugegeben. Aber dann müssen wir uns noch Lord Brightstone vom Hals schaffen."

„Mach dir keine Sorgen. Ich werde schon mit ihm fertig", versicherte Hannah.

Tabitha konnte nicht anders, als sich zu fragen, wie Fitz wohl nun mit seinen Freunden umging.

⁂

„Du hast es gewusst, nicht wahr?", verlangte Evan von Fitz zu wissen, als die Damen sich in Fitz' Arbeitszimmer zurückgezogen hatten.

„Was gewusst?" Fitz täuschte Unwissenheit vor.

„Dass die drei... Diebinnen sind."

„Ich wusste von Tabitha. Von der Beteiligung der anderen beiden habe ich erst heute Abend erfahren." Er war überrascht gewesen, als er auf der Rückfahrt von Lady Crawfords Ball erfuhr, dass Hannah und Julia tatsächlich ihre Komplizinnen waren.

„Und wann wolltest du uns das wohl sagen?", fragte Beck.

„Sobald wir verheiratet waren und Tabitha damit geschützt war. Die Behörden würden es schwerer haben, gegen eine Duchess zu ermitteln als gegen eine alleinstehende junge Frau von der Straße."

„Ihr werdet also heiraten?", fragte Beck. „Ich war mir nicht sicher, ob ich glauben kann, was ich auf Lady Crawfords Ball gesehen habe. Du musst zugeben, dass es nicht zu deinem Charakter passt."

„Ein solches Verhalten ist für jeden Mann untypisch", fügte Evan hinzu.

„Ja, das war wohl etwas gewagt", gab Fitz zu. „Aber die Wahrheit ist... Ich mag die Art von Mann, die ich tief in mir bin. Ich habe sehr lange so getan, als wäre ich jemand, der ich nicht bin, und wenn ich mit ihr zusammen bin, bin ich frei, der Mann zu sein, der ich sein möchte. Der Mann, der ich sein *sollte*."

Seine Freunde starrten ihn an, aber die Besorgnis verschwand langsam aus ihren Gesichtern.

„Ich muss zugeben, dass ich diese Version von dir ziemlich mag", sagte Beck.

Evan lächelte schließlich. „Dem stimme ich zu. Aber verdammt, Mann, du musst uns doch warnen, bevor du etwas tust wie einer Frau vor allen einen Antrag zu machen."

„Oder nach New York abzuhauen, ohne uns etwas zu sagen", fügte Beck hinzu. „Wir sind deine Freunde, Fitz. Wir wollen dir helfen."

Fitz ertappte sich bei einem verlegenen Grinsen. „Das freut mich, denn ich möchte Tabitha so bald wie möglich heiraten. Ich sehe keinen Sinn in einem langwierigen Werben, wenn ich genau weiß, mit wem ich für den Rest meines Lebens zusammen sein will."

Beck schmunzelte. „Lass mich das noch einmal zusammenfassen. Sie stiehlt erst deinen Diamanten, und dann stiehlt sie dein Herz und gewinnt dich als Ehemann? Sie muss eine verdammt gute Diebin sein.“

„Das ist sie in der Tat“, kicherte Fitz.

„Ja, aber das bringt mir nicht die Ohrringe meiner Cousine zurück.“

„Evan, du warst ziemlich hartnäckig wegen dieser Ohrringe. Hatten sie einen gewissen Wert für dich?“, erkundigte sich Beck.

„Was? Nein, aber meine verdammte Cousine hört nicht auf, über sie zu reden. Ich bin es einfach leid, sie darüber jammern und klagen zu hören.“

„Ah“, gluckste Beck. „Jetzt kommen wir zum Kern der Sache. Warum kaufst du ihr nicht ein neues Paar, damit sie Ruhe gibt? Du könntest doch einen Juwelier anheuern, der ihr eine Kopie ihrer geliebten Ohrringe anfertigt. Ich bezweifle, dass sie den Unterschied merken würde.“

„Sicher nicht. Aber sie steht nicht einmal auf der Liste meiner Lieblingscousinen, und ich habe Dutzende“, schnaubte Evan.

„Dann können wir uns also darauf einigen, die Sache auf sich beruhen zu lassen?“, fragte Fitz seine Freunde. „Ich möchte meine Ehe ohne Ärger mit Scotland Yard beginnen.“

„Du wirst von mir keinen Ärger bekommen“, versprach Beck.

„Sie ist immer noch eine Diebin und hat das Gesetz gebrochen.“ Evan stieß einen niedergeschlagenen Seufzer aus. „Aber um deinetwillen bin ich bereit, darüber hinwegzusehen, vorausgesetzt, ihre kriminellen Tage sind vorbei.“

„Gut. Wollt ihr beide mir bei meiner Hochzeit als Trauzeugen beistehen?“

Evan und Beck nickten. „Und was ist mit Louis?“, fragte Beck.

„Ich werde ihn fragen, aber ich weiß nicht, was er dazu sagen wird“, gab Fitz zu. „Ich werde es ihm nicht übelnehmen, wenn er sich weigert.“

„Hast du wirklich Miss Girard für ihn aus New York mitgebracht? Der komplette Ballsaal war ganz aus dem Häuschen wegen dieser Neuigkeit.“ Evan sah ihn erwartungsvoll an.

„Das habe ich.“

„Gut. es war eine ziemlich romantische Geste, Miss Girard für Louis zurückzubringen und dann Miss Sherborne einen Antrag zu machen. Das erhöht allerdings die Erwartungen an den Rest von uns enorm.“

„Vielleicht ist das ja ebenfalls eine gute Sache.“ Fitz lachte und drehte sich um, als die Damen sein Arbeitszimmer verließen, allen voran Hannah.

„Nun, Mylord“, begann sie, „wir lassen Tabby heute Nacht in Eurer Obhut, aber wir werden sie morgen wieder abholen. Es gibt viel für die Hochzeit zu planen, und wir möchten Eurer Großmutter helfen, wenn sie uns lässt.“

„Ihr seid in meinem Haus jederzeit herzlich willkommen, meine Damen“, informierte er sie. „Und ich versichere Euch, meine Großmutter wird Eure Hilfe begrüßen.“

„Dann sollten wir uns wohl auch auf den Rückweg machen, was, Beck?“ Evan stupste Beck in die Rippen. Aber Becks Aufmerksamkeit war ganz auf Julia gerichtet, als würde er ein sehr kompliziertes Puzzle untersuchen. Er war eindeutig fasziniert. Fitz bemerkte es, aber Julia schien es nicht zu bemerken.

Beck riss sich schließlich aus seinen Gedanken. „Ja,

genau. Die Turteltäubchen wollen allein sein. Das können wir ihnen nicht verdenken.“

Fitz kicherte, als die beiden Frauen seine Freunde zu ihren wartenden Kutschen begleiteten. Als sie weg waren, zog er Tabitha sofort in seine Arme.

„Gott sei Dank, ich dachte schon, sie würden nie gehen.“

„Mir ging es auch so.“ Tabitha kicherte und vergrub ihr Gesicht an seiner Brust.

Er drückte sie fester an sich und freute sich, ihr Lachen zu hören. Der mädchenhafte Klang ließ sein Herz anschwellen vor Freude. Er wollte, dass sie sich freute, dass sie etwas von ihrem mädchenhaften Glück zurückbekam. Sie war gezwungen worden, viel zu schnell erwachsen zu werden.

„Nun... wo waren wir?“, fragte er sie und beugte sich zu einem Kuss vor, der lange anhielt. Dann küsste er ihre Nasenspitze und strich ihr eine lose Haarsträhne hinter ein Ohr. „Sollen wir nach oben gehen?“

„Ja, bitte“, antwortete sie mit einem sanften Lächeln, das sein Herz stolpern ließ.

Fitz führte sie in sein Schlafgemach im ersten Stock und wunderte sich, wie ruhig er sich fühlte. Es war, als ob alles auf der Welt richtig wäre, und erst in diesem Moment wurde ihm bewusst, wie falsch alles gewesen war, bevor er dieses Geschenk des Universums erhalten hatte.

„Es kommt mir alles wie ein Traum vor“, gestand sie.

„Ja, nicht wahr?“ Fitz hatte nie geglaubt, dass er sich so schnell verlieben könnte. Für ihn war Liebe etwas, das über Jahre hinweg langsam wuchs, wie die Bäume in den alten Wäldern des Nordens. Aber jetzt erkannte er, dass Liebe in einem einzigen Augenblick geboren werden konnte.

„Als ich ein Junge war, nahm mich mein Vater mit nach Brighton. Warst du schon einmal dort?"

Sie schüttelte den Kopf und Fitz zog sie an sich. „Ich werde dich in den Flitterwochen dorthin bringen."

„In Ordnung", antwortete sie, während sie darauf wartete, dass er fortfuhr.

„Als ich dort zu Besuch war, gab es eines Nachts ein schreckliches Gewitter und ein Blitz schlug in den Sand am Strand ein. Am nächsten Morgen nahm mich Vater mit auf die Suche nach etwas, das er Fulgurit nannte."

„Was ist ein Fulgurit?"

„Nun, wenn ein Blitz in nassen Sand einschlägt, verwandelt sich der Sand in Glas und bildet ein Muster aus Röhren, das dem Weg des Blitzes entspricht."

Er strich ihr mit den Fingerknöcheln über die Wange. „Es geschieht in weniger als einem Augenblick. Fulguriten sind wie Glasadern in der lebendigen Erde. So fühlte ich mich in der Nacht, als wir uns trafen. Ich war der Sand, du warst der Blitz. Die Adern unserer Liebe sind in diesem ersten Augenblick entstanden."

Er hielt einen Moment inne, um nachzudenken. „Der rationale Mensch in mir will es sich gut überlegen und sich mit der Heirat Zeit lassen, aber der Teil von mir, der nicht rational ist, summt wie eine Stimmgabel, und die Töne, die ich höre, sind absolut rein in ihrer Botschaft. *Heirate sie jetzt, liebe sie für immer, blicke nie zurück, stelle es nie in Frage.* Ergibt das Sinn, oder klinge ich verrückt?"

Tabitha schniefte und schüttelte den Kopf. „Verrückt? Weit gefehlt. Du klingst ganz *wunderbar*."

„Und doch weinst du." Er wischte eine Träne mit seinem Daumen weg.

„Ich nehme an, du solltest gewarnt sein, dass Frauen oft

weinen, wenn sie glücklich sind. Ich bin da keine Ausnahme."

Er grinste. „Ich betrachte mich also als gewarnt."

„Wir haben so viel zu besprechen, so viel zu planen, dass mir ein wenig schwindelig wird", sagte sie.

„Dann erlaube mir, dich abzulenken." Er hob ihr Kinn an und senkte seinen Kopf. Ihre Münder verschmolzen zu einem Kuss. Kein bittersüßer Abschied mehr, sondern ein Willkommensgruß an das eigene Zuhause. Wie einfach das Leben geworden war, erkannte Fitz. Alles, was er tun musste, war, sich für die Liebe zu öffnen. Ja, es bestand die Möglichkeit, dass er diese Frau oder sie ihn verlieren könnte, aber der Gedanke, jetzt ohne sie zu leben, war eine Vorstellung, die er nicht länger ertragen konnte.

Tabithas Lippen öffneten sich unter seinen, und er verschlang sie, indem er seine Zunge gegen ihre drängte, während seine Hände ihr Kleid am Rücken aufknöpften. Die Melodien eines halb vergessenen Walzers hallten in seinem Kopf wider, während er sich seiner Liebe zu dieser Frau hingab. Er gab ihr alles, was er hatte, und erfreute sich daran, dass sie sich ihm im Gegenzug schenkte.

Als ihm die Knöpfe an ihrem Kleid ausgingen, unterbrach er den Kuss und forderte sie sanft auf, sich von ihm abzuwenden, damit er ihr aus ihrem Kleid und all den albernen Schichten von Unterwäsche helfen konnte. Er zerrte an den Schnüren ihres blau-goldenen Korsetts, bis sie frei war, und warf ihr Unterhemd weg.

„Mein Gott, du bist atemberaubend", keuchte er, als er sah, wie sie sich an das Ende seines Bettes setzte. Er stolperte fast, als er versuchte, sich seiner eigenen Kleidung zu entledigen, so eifrig war er, sich zu ihr zu gesellen. Tabitha verdeckte ihren Mund, um ein Lachen zu unterdrücken, als er sich schließlich auf das Bett stürzte und sie zusammen zurückfielen. Er schmiegte sie an seinen Körper und drückte sie an sich, während er erneut ihren Mund eroberte.

Ihre Hände bewegten sich kühn über seine Haut und beanspruchten Besitz von ihm. Sie zögerte, als ihre Hände seine Hüften berührten.

„Ja, berühre mich, Liebling, wo immer du willst", ermutigte er sie mit einem leisen Knurren, während ihre Fingerspitzen seinen Schaft neckten und sich dann um ihn schlossen. Sie streichelte ihn leicht, und es war ein himmlisches Gefühl.

Ihr Daumen strich über den Scheitel seines Schafts. Er knabberte an ihrer Unterlippe, während er von einem fast wilden Bedürfnis besessen war, mit ihr Liebe zu machen. Ihre erforschende Berührung würde sein Tod sein, aber was für ein glorreicher Tod es sein würde!

„Noch nicht", hauchte er gegen ihre Lippen, als sie ihn wieder streichelte und ihn dazu ermutigte, in sie einzudringen.

„Oh, Fitz, bitte... Ich *will* dich."

Er spürte, dass sie dasselbe verzweifelte Bedürfnis hatte wie er und wollte nicht länger warten.

„Wie willst du es haben, Liebling?" Er hatte sein Bestes gegeben, um nicht an all die Möglichkeiten zu denken, wie er mit ihr Liebe machen wollte, während sie getrennt gewesen waren, aber er hatte es dennoch getan, und jetzt fühlte er sich wie ein Kind, das einen Tisch voller Desserts vorgesetzt bekam, ohne dass ihm jemand sagte, dass es nicht alle probieren darf.

„Du meinst, es gibt mehr als einen Weg, um...?" Sie winkte schüchtern zwischen ihren Körpern hin und her.

„Wir sind nur durch unsere Fantasie begrenzt“, antwortete Fitz grinsend.

„Ich kannte bisher nur die Art und Weise, wie wir es gemacht haben... und ich habe ein paar Mal Männer auf der Straße gesehen... in den Gassen mit Frauen. Aber ich schien nicht ganz zu verstehen, wie sie den Akt vollziehen konnten...“ Sie errötete heftig und vergrub ihr Gesicht an seiner Schulter.

„Versteck dich niemals vor mir“, sagte er. „Wir werden den Rest unseres Lebens Zeit haben, diese intimen Abenteuer gemeinsam zu erleben.“ Er hob ihr Gesicht zu seinem, küsste sie sanft für einen langen Moment und genoss einfach die Kunst, sie zu küssen. Ja, es war eine Kunst, ihre Lippen mit seinen zu berühren, aber viel schöner als jedes Gemälde.

Als sich ihre Lippen voneinander lösten, lächelte Tabitha zu ihm auf, mit einem Hauch von Schalk in den Augen. „Also, noch mal zu diesen anderen... Wegen?“

„Oh ja, lass sie mich dir alle zeigen.“ Er kicherte und rollte sie sanft auf den Bauch und bedeckte ihren Körper mit seinem, wobei er darauf achtete, sie mit seinem Gewicht nicht zu verletzen.

„Etwa so...“ Er spreizte mit einem Knie ihre Beine von hinten und stieß dann mit seinem Schwanz in ihre feuchte Hitze. Sie stöhnte leise auf, als er in sie eindrang. Es gab nichts, um es zu beschreiben, dieses *Lieben* seiner zukünftigen Frau, außer, dass es sich anfühlte, als käme er nach Hause. Das war der Grund, warum die Liebe alles war. Das ganze Leben barg das Risiko des Schmerzes, des Verlustes einer so wundersamen Sache wie der Liebe, aber sie nie zu kennen, sie nie zu besitzen, und sei es auch nur für ein paar kurze Augenblicke... das war überhaupt kein Leben.

Fitz küsste sanft ihren Nacken und ihre Schulter, während er sich über ihr und in ihr bewegte und das Vergnügen für sie beide hinauszögerte, indem er das Tempo seiner Stöße veränderte.

Er biss sie leicht in die empfindliche Stelle an ihrer Halsbeuge und sie stöhnte auf und schloss die Augen, als sich ihre inneren Wände um seinen Schaft zusammenzogen. Sie war so schnell gekommen, aber er wollte, dass sie noch einmal kam. Fitz zog sich aus ihr zurück und richtete ihre Körper so aus, dass er sich im Sitzen gegen das Kopfteil lehnte. Dann ließ er sie auf seinen Schoß sinken und glitt noch einmal in ihre einladende Hitze.

„Leg deine Arme um meinen Hals", murmelte er.

Ihre Gesichter waren nah genug, um sich zu küssen, aber er widerstand der Versuchung und beobachtete stattdessen ihre Augen. Sie hob und senkte sich experimentell auf ihm und ritt langsam, als sie diese neue Position erlernte. Ihre vollen Brüste rieben an seiner Brust, und er biss die Zähne zusammen, um seine eigene Erlösung zurückzudrängen. Aber in dem Moment, als sich ihre Augen verdunkelten und sie in einem zweiten Höhepunkt seinen Namen schrie, packte er ihren Po und bewegte sich schneller, bis er seine Kontrolle verlor. Er stieß immer und immer wieder in sie, wollte ihre enge, feuchte Hitze nicht verlassen. Er spannte sich an, als er schließlich seine Erlösung fand.

Es schien eine lange Zeit später zu sein, als Tabitha sich auf seine Brust legte, ihre Körper immer noch miteinander verbunden, und die Worte sprach, die sein Leben ein zweites Mal verändern würden.

„Ich habe dir noch etwas zu sagen. Etwas, das dir hoffentlich Freude machen wird."

Er streichelte ihr mit den Fingerspitzen über das Haar und strich ihr eine Strähne hinters Ohr. Er war vollkommen erfüllt von einer wilden Zärtlichkeit für diese Frau, *seine* Frau.

„Du kannst mir alles sagen. Wir sind Partner. Wir werden alles in unserem Leben teilen. Ich vertraue dir, und ich hoffe, du weißt, dass du mir alles anvertrauen kannst."

Sie atmete tief ein und sprach.

„Ich glaube, ich trage ein Kind in mir, Fitz. *Unser* Kind. Ich habe letzte Woche einen Arzt aufgesucht, und er glaubt es auch. Es muss in jener Nacht bei der Hausparty passiert sein."

Fitz konnte nicht sprechen, konnte nicht atmen. In dieser perfekten und doch herzzerreißenden Nacht, als er dachte, er hätte sie für immer verloren, hatten sie ein kleines Leben erschaffen. Er hatte keine Worte, um das Geschenk zu beschreiben, das ihr Kind für ihn sein würde. Sie hob ihr Gesicht und sah ihn an. Ihr Blick wurde ängstlich, als sie die Tränen sah, die über seine Wangen liefen.

„Fitz?"

Er lächelte und wischte sich über die Augen. „Frauen sind nicht die einzigen, die vor Glück weinen können, wie es scheint." Er zog ihren Kopf zu sich und küsste sie innig.

Die Freude, die ihn bei diesem Kuss durchströmte, verstärkte die Adern der Liebe in ihm, wie Sand, der ein zweites Mal vom Blitz getroffen wird. Das Leben war ganz einfach schön. Seine Liebe zu Tabitha und ihrem Kind war wie ein Diamant, der tief in der Erde gefunden wurde – ihre Liebe war für immer.

EPILOG

Ein *Jahr später*

Tabitha spielte auf einer Holzbank mit den blauen Blütenblättern einer Kornblume und beobachtete, wie der einst berüchtigte, gefühllose Duke of Helston den Kinderwagen, in dem ihre Tochter Rose saß, über die Wege des Hyde Parks schob.

Mehr als einmal hielt er inne, beugte sich über den Kinderwagen und legte die Decken vorsichtig wieder um das Kind, dann küsste er die Spitzen ihrer Finger und drückte sie an die Wange des Kindes. Der Ausdruck auf seinem Gesicht – er war so verliebt in ihre Tochter – war etwas, von dem Tabitha sich nie erträumt hatte, es zu sehen. Und doch war er da, dieser Blick der unendlichen Hingabe des Mannes, den sie liebte. Er drehte sich zu ihr um und winkte ihr mit diesem charmanten Lächeln, das sie immer in die Knie zwang.

Sie hätte sich nie vorstellen können, dass das Leben so perfekt werden könnte. Sie war Mitglied eines geheimen Rings von Juwelendieben, die Bedürftigen halfen, sie hatte zwei liebe Freundinnen, die ihr so nahestanden wie Schwestern, und sie hatte eine Großmutter, einen Ehemann und eine Tochter. Das Leben hatte nach einer so langen Zeit der Dunkelheit einen strahlenden Sonnenaufgang hervorgebracht, und sie würde sich jeden Augenblick in seinem Glanz sonnen.

Die Dowager Duchess saß neben Tabitha und beide ruhten sich in der Wintersonne aus, während Fitz und die kleine Rose ihre Übungen machten. Das Baby schien sich am wohlsten zu fühlen, wenn es im Freien und in der Obhut seines Vaters war. Zum Glück war es zu Beginn des Winters noch warm, aber sowohl sie als auch Fitz hatten ein wachsames Auge auf ihr Kind, um sicherzugehen, dass es nicht krank wurde.

Rose liebte die Aufmerksamkeit, die sie von ihren Eltern und ihrer liebevollen Urgroßmutter erhielt. Fitz zeigte Rose frische Blumen und erzählte ihr Geschichten über die Bedeutungen, die hinter jeder Blume steckten, genau wie seine Mutter es getan hatte, und sie zappelte und kicherte und gab leise kleine Grunzlaute von sich, während sie versuchte, die Blumen zu erreichen, was ihr aber nicht gelang.

Die blauen Augen ihrer Tochter, die denen ihres Vaters so ähnlich waren, nahmen die Welt um sie herum mit einer intensiven Faszination auf. Obwohl Rose viel zu jung war, um seine Worte zu verstehen, liebte sie den Klang seiner Stimme, genau wie ihre Mutter. Fitz sang sogar für Rose, was Tabitha überraschte und sie über alle Maßen erfreute. Sie hatte nicht gewusst, dass Fitz singen konnte, aber es erklärte seine Liebe zur Musik. Tabitha schloss kurz die Augen und ließ die Wintersonne auf ihre Haut wirken und sie wärmen.

„Du musst vorsichtig mit ihm sein", mahnte die Witwe.

Tabitha öffnete ihre Augen und sah ein sanftes Lächeln auf dem Gesicht der Witwe. „Warum?"

„Er wird Rose *alles* geben, was sie will. Du solltest darauf achten, dass sie nicht *zu sehr* verwöhnt wird. Ein bisschen Verwöhnung ist natürlich in Ordnung. Aber nicht zu viel." Die Witwe rollte die Hände um ihren Stock, als sie beobachtete, wie Fitz noch einmal über dem Kinderwagen innehielt, um mit dem Baby zu sprechen.

Tabitha lachte. „Ich werde mein Bestes tun, aber es ist schwer, mit ihm zu streiten." Ihr Mann hatte das Kinderzimmer bereits mit Spielzeug gefüllt, obwohl Rose noch nicht alt genug war, um es zu benutzen, und er dachte schon darüber nach, ihr ein dickes kleines Pony zu kaufen, auf dem sie im Park reiten konnte, obwohl Rose noch Jahre davon entfernt war, überhaupt reiten zu können.

„Guter Gott, es ist fast so weit", unterbrach die Witwe. „Wir müssen gehen, sonst kommen wir zu spät."

Tabitha blickte auf die Taschenuhr, die Fitz ihr zur Hochzeit geschenkt hatte, um sie zu ihren Kleidern zu tragen. Die Witwe hatte recht. Sie würden sich in der Tat verspäten, wenn sie nicht sofort aufbrechen würden.

„Fitz, Liebling, wir müssen zur Eröffnung gehen." Selbst wenn er den Kinderwagen schob, machte er in seinem dunkelblauen dreiteiligen Anzug eine gute Figur. Mehr als eine Lady, die an ihm vorbeiging, war beim Anblick eines so gutaussehenden Mannes, der sich um sein Kind kümmerte, rot geworden. Es war ein ungewöhnlicher Anblick, aber aus der Sicht einer jeden Frau unglaublich attraktiv.

Er kehrte mit dem Kinderwagen zurück und reichte ihr

den einen und seiner Großmutter den anderen Ellenbogen. „Sollen wir, meine Damen?"

Ihr Ziel war zum Glück nicht weit vom Park entfernt, aber sie wollten sich nicht verspäten. Es war einfach ein zu wichtiger Anlass. Als sie die richtige Straße erreichten, sahen sie eine Schlange von Menschen auf dem Bürgersteig, die darauf warteten, in ein Stadthaus vor ihnen eingelassen zu werden. Männer und Frauen aus den höchsten Gesellschaftskreisen grüßten Tabitha, Fitz und die Witwe, als sie an ihnen vorbeigingen. Die Witwe blieb ein paar Schritte zurück, um mit einigen der Wartenden zu sprechen, und bedeutete Tabitha und Fitz mit einer Handbewegung, weiterzugehen.

„Es sind so viele Menschen gekommen. Das ist wunderbar", sagte Tabitha.

„Es ist an der Zeit, dass London seinen Teil dazu beiträgt", meinte Fitz. „Natürlich ist das nur ein kleiner Anfang für das, was ich gerne tun würde."

Hannah und Julia erwarteten sie auf der Treppe des schönen alten Hauses, das Fitz gekauft und mit etwas Hilfe in eine Wohltätigkeitsunterkunft verwandelt hatte.

„Da seid ihr ja!", rief Hannah und eilte auf sie zu. Sie umarmte Tabitha, gab Fitz eine kurze Umarmung und beugte sich hinunter, um Roses kleine Bäckchen zu kitzeln.

„Willkommen im Helston Home for War Veterans", verkündete Julia grinsend, als sie zu ihnen auf die oberste Stufe trat. „Alle haben darauf gewartet, einzutreten, aber wir wollten die Führung nicht ohne Euch beginnen."

In den letzten Monaten hatte Fitz eine viel bessere Beziehung zu Hannah und Julia aufgebaut, als Tabitha erwartet hatte. Sie hätte nicht gedacht, dass sie ihm so schnell verzeihen würden, aber als Anne und Louis zu Fitz' und Tabithas Hochzeit gekommen waren, hatten sie bekanntgegeben, dass sie nur wenige Tage zuvor wieder zusammengekommen waren. Dadurch war viel von dem bösen Blut zwischen Tabithas Freundinnen und Fitz verschwunden. Es hatte sicher auch nicht geschadet, dass Hannah und Julia gesehen hatten, wie glücklich sie mit ihm war.

Fitz folgte Tabitha und ihren Freundinnen ins Haus. Tabitha blieb in der Nähe ihres Mannes und war gespannt auf seine Reaktion. Er hatte alle Details der Pension den Fröhlichen Rotkehlchen überlassen und durfte erst jetzt sehen, was sein Geld bewirkt hatte. Er war ein wenig schüchtern gewesen bei dem Gedanken, sich in ihre Welt der Wohltätigkeit zu drängen, aber er hatte unbedingt die Veteranen zu Ehren seines Vaters unterstützen wollen.

„Ich denke, Ihr werdet mit diesem Haus zufrieden sein. Wir haben alle Eure Wünsche berücksichtigt." Hannah legte eine Hand auf Fitz' Arm und lächelte ihn herzlich an. Sie war gekommen, um zu sehen, wie viel ihm diese Sache bedeutete.

„Vielen Dank, Mrs. Winslow. Ich weiß die Anstrengungen, die Ihr und Miss Sterling unternommen haben, um dies zu ermöglichen, sehr zu schätzen. Tabitha hat Euch sicher gesagt, was das für mich bedeutet."

„Das hat sie", antwortete Hannah und ihr Blick wurde weicher. „Bitte seht es Euch an, bevor wir die anderen zu uns bitten."

Der Innenraum war hell und luftig, nicht mehr düster und schummrig. Das Haus war auch gut mit neuen Möbeln ausgestattet. Fitz hatte dies als einen seiner Wünsche geäußert. Er hatte gesagt, dass sein Vater in seinen letzten Monaten versucht hatte, sich in der Dunkelheit zu verstecken, und er glaubte, dass Sonnenlicht besser für die Gesundheit eines Menschen war.

Eine Frau, die etwas älter war als Hannah und Julia, wartete am Fuße der Treppe auf sie. Tabitha stellte sie ihnen vor.

„Fitz, das ist Mrs. Ewing. Sie kümmert sich um die Gäste des Hauses. Mrs. Ewing, das ist mein Mann, Lord Helston."

„Danke, dass Ihr gekommen seid, Euer Gnaden. Bitte folgt mir. Es ist mir eine Ehre, Euch das Haus zu zeigen und Euch mit unseren derzeitigen Bewohnern bekannt zu machen", sagte Mrs. Ewing, als sie mit der Führung durch das Haus begann. Die übrigen Gäste, die draußen warteten, begannen, nach ihnen hineinzugehen. Ihre Spenden und die von Fitz hatten viel dazu beigetragen, die medizinische Versorgung, die Verpflegung und die Unterbringung der hier untergebrachten Kriegsveteranen zu verbessern.

Tabitha hielt den Arm ihres Mannes und beobachtete sein Gesicht, als er wirklich erkannte, was er in der Welt bewirken konnte. Sie wusste, dass er sich engagieren wollte, aber sie wollte auch, dass diese erste Gelegenheit für ihn eine kleine Überraschung war. Dieses Haus war voller Veteranen, die meisten von ihnen waren behindert oder hatten andere körperliche oder geistige Narben davongetragen. Einige hatten an der Seite seines Vaters gedient, andere in anderen Ländern, aber alle waren durch ihren Dienst und ihren Kampf um die Rückkehr in ihr normales Leben miteinander verbunden. Jetzt waren diese Männer gesünder und glücklicher in diesem warmen Haus, und das alles dank Fitz und den anderen, die jetzt in das Haus strömten. Tabitha wusste, dass die große Eröffnung ein Erfolg werden würde.

„Wir haben einen Arzt, der jede Woche vorbeikommt, und jeder Mann darf ihn kostenlos aufsuchen. Manche brauchen Medikamente, andere müssen einfach nur reden und jemanden haben, der ihnen zuhört“, erklärte Mrs. Ewing.

„Ich kann mir vorstellen, dass viele von ihnen an einem Soldatenherz leiden“, murmelte Fitz. „Mein Vater hatte das auch... aber er hatte niemanden, mit dem er reden konnte.“

Tabitha drückte sanft seinen Arm. „Dank dir haben diese Männer nun die Möglichkeit dazu.“ Tabitha hatte erfahren, dass das sogenannte Soldatenherz *viele* Veteranen betraf. Mehr, als sie sich vorgestellt hatte. Sie wachten nachts schreiend auf oder sprangen bei jedem Geräusch auf. Manchmal erinnerte sie sogar die Stille an die Schreie der Pferde und das Dröhnen der Kanonen. Das trieb manche in den Wahnsinn, und manchmal wurden sie zu einer Gefahr für sich und andere, weil sie der Vergangenheit nicht entkommen konnten.

Die Last der Erinnerungen, die die Veteranen mit sich trugen, war so groß, dass sie selbst den stärksten Mann erdrücken konnte, so wie sie es bei Fitz‘ Vater getan hatte.

Als die Gruppe den Salon betrat, spielte einer der Veteranen, dem ein Arm fehlte, mit zwei anderen Männern Karten. Als er Fitz erblickte, stand er auf und kam zu ihnen herüber.

„Eurer Gnaden?“, sagte der Mann unsicher mit einem dicken schottischen Akzent.

„Ja?“

Der Mann räusperte sich. „Mein Name ist Patrick Dowd. Ich habe mit Eurem Vater gedient. Er war ein guter Mann. Ich war traurig, als ich hörte, dass er gestorben ist.“

Tabitha bemerkte ein Zucken in Fitz' Kiefer, als er versuchte, eine Welle von Emotionen zu bekämpfen.

„Danke", erwiderte er und reichte Patrick die Hand, der sie schüttelte.

„Wie ich höre, ist dieser Ort Euch zu verdanken. Ihr habt eine gute Tat vollbracht, Euer Gnaden. Das hier ist eine verdammt gute Sache. Euer Vater wäre stolz auf Euch gewesen."

Patrick verneigte sich respektvoll und widmete sich dann wieder seinem Kartenspiel. Fitz schwieg während der restlichen Führung, und als alle in den Speisesaal gingen, um sich Sherry und Sandwiches zu holen, zog Fitz Tabitha mit sich zurück in den Korridor, damit sie einen Moment allein sein konnten.

„Ist alles in Ordnung mit dir?", flüsterte Tabitha, während sie mit den Fingern über seine Wange strich. Sie mochte es nicht, wenn er so still wurde.

„Was du getan hast..." Er hielt inne und räusperte sich. „Es ist wundervoll. Ich wünschte nur, mein Vater wäre am Leben, um das zu sehen. Um dich kennenzulernen. Meine Eltern hätten dich vergöttert, Tabitha." Er legte seine Hände um ihre Taille und drückte seine Stirn an die ihre.

„Wie fühlst du dich jetzt, wo du es gesehen hast?", fragte Tabitha im Flüsterton. Sie lernte immer besser, die subtilen Veränderungen in seinen Stimmungen zu erkennen, aber er hielt seine Gedanken und Gefühle immer noch mehr vor der Welt verborgen, als ihr lieb war.

„Ich gebe zu, dass ich überwältigt bin, aber ich wage zu behaupten, dass das eine gute Sache ist. Wenn ich das alles hier sehe, fühle ich mich überglücklich... und doch voller Kummer. Wir können nicht jedem helfen, nicht wahr?" Der Ausdruck auf seinem Gesicht brach ihr fast das Herz.

Wie konnte man ihn nur für kaltherzig halten? Dieser Mann hatte *zu viel* Herz – er hatte nur Angst, es zu zeigen.

„Nein, das können wir nicht", pflichtete sie bei. „Aber diejenigen, denen du hilfst, werden die Welt verändern."

Er drückte ihr einen sanften Kuss auf die Lippen, und sie spürte eine tiefe Veränderung in ihrer Seele, als ihre Liebe zu ihm sie durchfloss. Ihn zu lieben, sich selbst zu lieben, andere zu lieben, das alles gab ihrem Leben eine so wunderbare Fülle. Sogar ihre Momente der Trauer machten die Momente des Glücks, die folgten, stärker.

„Wenn ich an mein Leben und meine Zukunft denke, sehe ich nur dich", sagte er. „Wenn Hannah und Julia nicht durch den Diebstahl einer Taschenuhr auf dich aufmerksam geworden wären, hätte ich dich vielleicht nie getroffen", überlegte Fitz.

Sie lächelte gegen seine Lippen. „Ist das deine Art zu sagen, dass du froh bist, dass ich eine Diebin war?"

Ihr geliebter Mann, der einst so kalt und grüblerisch gewesen war und sich vor den Freuden des Lebens versteckt hatte, lächelte sie nun an. Die Sonne schien blass im Vergleich zu Fitz' Gesicht, das von seiner Liebe zu ihr glühte.

„Ich nehme an, das bin ich."

Obwohl Tabitha und ihre Freundinnen ihre gewagteren und schlagzeilenträchtigeren Eskapaden aufgegeben hatten, wäre es falsch zu sagen, dass sie sich völlig zurückgezogen hatten.

Es gab immer noch viele privilegierte Männer und Frauen mit zu viel Geld und zu wenig Einfühlungsvermögen, denen eine Uhr, eine Brieftasche, ein Ohrring oder sogar eine Halskette fehlte.

Ihre Großzügigkeit fand immer den Weg an die richtigen Stellen, und die Welt wurde ein kleines bisschen besser als zuvor.

Er zog sie näher an sich heran, schmiegte ihren Körper an seinen und küsste sie erneut. Diesmal viel länger und viel intensiver, genau so, wie sie es mochte.

„Ich frage mich, ob es in der Nähe ein Gewächshaus gibt?"

„Ich glaube, Julia und Hannah können eine Zeit lang auf Rose aufpassen. Ich bin sicher, wir finden einen Ort, an den wir gehen können." Sie kicherte, packte ihren Mann an seinem Halstuch und zog ihn zu einem weiteren Kuss herunter. Sie war eine glückliche Frau, die nicht nur einen Diamanten gestohlen hatte... sondern auch das Herz eines Dukes.

⚜

ZWEI TAGE SPÄTER

Evan Haddon, der Earl of Brightstone, saß in seinem Sessel in der Spielhölle Fox and Hound und studierte die Karten in seiner Hand. Es war natürlich ein Gewinnerblatt. Das war es immer. Er war in jeder Hinsicht ein ausgesprochener Glückspilz, bis auf eine Ausnahme. Diese eine Sache – oder besser gesagt, diese eine Person –, für die er alles geben würde, war auch die einzige Person, die für ihn unerreichbar war.

Hannah Winslow.

Er warf sein Kartenblatt in die Mitte des Tisches, und die Männer um ihn herum fluchten, als sie realisierten, dass sie alle verloren hatten.

„Brightstone, du hast wahrlich das Glück des Teufels", murmelte einer der Männer.

Evan grinste unbarmherzig, als er die Zettel einsammelte, auf denen stand, was die verschiedenen Männer ihm schuldeten. „Tut mir leid, alte Knaben." Er hatte nicht vor, bei einem von ihnen zu kassieren, aber das brauchten diese Männer noch nicht zu wissen. Trotz seiner melancholischen Stimmung fühlte er sich seltsam wohltätig. Er schob die Schuld auf Hannah und ihre Freunde.

Auf eine Bande blutiger Juwelendiebinnen.

Er wollte sich gar nicht ausmalen, was sie alles versuchen würden, wenn es ihnen einmal langweilig werden würde, die Elite Londons zu bestehlen. Es gab immer noch gelegentliche Diebstähle, die Scotland Yard gemeldet und in den Zeitungen abgedruckt wurden, aber es schien, dass weitaus mehr Artikel über Spenden an Wohltätigkeitsorganisationen erschienen. Damit hatte Evan überhaupt kein Problem; er hatte sogar selbst ein paar diskrete Spenden an die Wohltätigkeitsorganisationen, die die Fröhlichen Rotkehlchen unterstützten, getätigt, natürlich anonym. Aber der Gedanke, dass eine feine Lady wie Hannah Winslow ihre Hand in Taschen steckte oder Ringe von Fingern zog... Verdammt, er wusste nicht, ob er bei dem Gedanken fluchen oder lachen sollte.

„Mein Gott", stöhnte ein Mann in der Nähe mit leichtem irischem Akzent. „Seht Euch das an."

Evan folgte dem Blick des Gentleman, und sein Herz setzte beim Anblick einer Frau einen Schlag aus. Es war nicht irgendeine Frau – eine feine Dame in einem tiefvioletten, mit silbernen Quasten besetzten Kleid. Sie stand zögernd im Eingangsbereich der Spielhölle, bevor sie eintrat. Die plissierte Seide ihrer Röcke kräuselte sich verführerisch, als sie sich bewegte, und die Schleppe ihres Kleides bot ein Bild der Vollkommenheit, das alle anwesenden Damen vor Neid erblassen ließ. Der Ausschnitt war für diese Frau, die sonst eher in hohen Kragen zu sehen war, recht tief. Es war klar, dass sie eine Dame von Rang war, doch ihre exquisite Schönheit würde bald zu verlockend sein, als dass selbst die sanftmütigsten Männer in diesem Raum ihr widerstehen könnten.

Was zum Teufel hatte Hannah hier zu suchen? Nur Mätressen trauten sich ins Fox and Hound, und selbst dann blieben sie in Begleitung von Männern, die sie beschützen konnten.

Ihr Blick schweifte über die Menge der Männer. Als sie ihn entdeckte, sah er einen Anflug von Erleichterung in ihrem Gesicht. Sie kam geradewegs auf ihn zu und ignorierte die Männer, die ihr Spiel unterbrachen, um sie anzustarren, als sie vorbeiging. Ein Hauch von Röte in ihren Wangen war das einzige äußere Zeichen dafür, dass sie sich ihrer unhöflichen Blicke bewusst war.

Evan sprang auf, als sie ihn erreichte.

„Lord Brightstone", sagte sie mit dieser sanften, ach so süßen Stimme, die ihm immer das Herz zerriss.

„Evan, bitte", korrigierte er sie, so wie er es bei jeder ihrer Begegnungen tat. Sie kannten sich schon seit Jahren, aber sie nannte ihn immer noch Lord Brightstone, egal wie sehr er darauf bestand.

Evan liebte sie seit dem Tag, an dem sie ihr Debüt vor der Königin gegeben hatte, und er hatte nie aufgehört, sie zu lieben. Aber sie war nie sein gewesen. Sie hatte einen anderen geliebt und würde es immer tun, auch wenn dieser Mann nicht mehr lebte.

Verdammte Scheiße, er war eifersüchtig auf einen Geist.

Ihre haselnussbraunen Augen verließen kurz sein

Gesicht, um wieder durch den Raum voller Männer zu schweifen, dann kehrten sie zurück. „Könnte ich mit Euch unter vier Augen sprechen?"

„Aber natürlich. Ich kann uns hier ein privates Zimmer suchen." Er führte sie in den hinteren Teil der Sündenhöhle und wählte einen der Räume mit einer unverschlossenen Tür. Während das Hauptgeschäft hier das Glücksspiel war, boten Räume wie dieser Privatsphäre für andere, intimere Aktivitäten.

In der hinteren Ecke stand ein Bett, auf einem kleinen Tisch befand sich eine Schale mit frischem Obst, und im Kamin brannte ein Feuer. Es war eine Szene, die reif für eine Verführung war – was natürlich nicht passieren würde. Aber er wollte verdammt sein, wenn seine Gedanken nicht in eine Situation abschweiften, in der er und Hannah dieses Bett ausgiebig nutzen würden. Er schloss die Tür, und sie zog sich auf einen Platz am Feuer zurück, um ihre Hände zu wärmen, obwohl es an diesem Abend nicht besonders kalt war.

„Was kann ich für dich tun, kleines Rotkehlchen?", neckte er sie.

Sie drehte sich zu ihm um, ihr dunkles Haar fiel in verlockenden Wellen über ihre Schultern, sodass er am liebsten seine Hände in die Strähnen gesteckt und sie geküsst hätte. Was er wiederum nicht tun konnte.

„Sag das nicht, nicht hier!", zischte sie und er rückte näher an sie heran.

„Warum nicht?", fragte er.

„Weil mich jemand für eine Diebin halten könnte."

„Aber du *bist* eine Diebin", antwortete er kichernd, und sie verdrehte die Augen.

„Ich *war* eine Diebin." Sie schaute finster drein, aber ihr Gesichtsausdruck war bezaubernd.

Evan gluckste. „Komm schon, Hannah, es ist niemand hier. Du hast vielleicht vor, dich vorerst zurückzuhalten, aber ich kenne dich. Und jetzt, da ich eure Überlegungen und Methoden kenne, weiß ich, dass ihr genauso wenig aufhören werdet, wie ich aufhören würde, Wetten abzuschließen oder Karten zu spielen. Es geht nicht mehr nur um das Gute, das ihr tun könnt, nicht wahr? Es geht um den Nervenkitzel, den du empfindest, wenn du diejenigen bestrafst, die es verdienen, und damit durchkommst. Du bist eine Diebin, eine schöne, talentierte Diebin mit einem Herz aus Gold."

Hannah errötete daraufhin. „Selbst wenn das wahr wäre, sollte man es nicht laut sagen."

„Dein Geheimnis ist hier gut aufgehoben. Das Einzige, woran ich im Moment denke, ist, dass ich verdammtes Glück habe, dich ganz für mich allein zu haben. Die Männer stellen sicherlich Vermutungen an, aber nur, was deine Tugend betrifft."

„Lord Brightstone!", keuchte sie entrüstet.

Evan zuckte mit den Schultern und verbarg die Tatsache, dass er es liebte, ihre Wangen erröten zu sehen. „Du bist in eine Spielhölle gekommen, hast um ein Gespräch unter vier Augen mit mir gebeten, und jetzt sind wir hier. Morgen früh werden die Leute tuscheln, das kann ich nicht verhindern."

Hannah erbleichte bei seinen Worten, als hätte sie die Konsequenzen ihres Handelns zuvor nicht bedacht.

„Was mich auf meine ursprüngliche Frage zurückbringt. Was kann ich für dich tun?"

Sie verschränkte ihre Finger auf ihren Röcken und atmete dann aus.

„Eine junge Frau kam heute Abend zu mir. Ihr wurde der Smaragdring ihrer Mutter gestohlen. Ich möchte ihr helfen, ihn zurückzubekommen."

„Wie hat diese Frau dich gefunden? Sag mir nicht, dass ihr jetzt eure Dienste in der Zeitung anbietet?" Das war ein halber Scherz, aber als er es laut aussprach, wurde ihm klar, dass es nicht ganz unwahrscheinlich war.

„Nein, natürlich nicht." Hannah rollte mit den Augen. „Anscheinend hat diese junge Frau versucht, mit ein paar von Tabithas alten Freunden aus ihrer Zeit auf der Straße zu sprechen. Sie suchte verzweifelt nach jemandem, der ihr helfen konnte, und die Frauen, mit denen sie sprach, gaben ihr unsere Namen."

„Du meinst, diese Straßenkinder wissen, dass du, Tabitha und Julia die Elite Londons bestehlen? Das ist furchtbar gefährlich. Was, wenn einer von ihnen von den guten alten Männern vom Yard geschnappt wird und sie deinen Namen fallenlassen, um nicht ins Gefängnis zu müssen? Hast du das bedacht?"

Sie hob ihr bezauberndes Kinn an und sah ihn mit einem Blick an, der jeden Mann zu Stein erstarren lassen würde... nun, fast jeden Mann. Er blühte in dieser Diskussion mit ihr auf. So lebendig hatte er sie nicht mehr gesehen seit... seit sie ihren Mann verloren hatte.

„Wir haben es in Betracht gezogen. Die Frauen, die von unseren Identitäten wissen, gehören zu einem kleinen, vertrauenswürdigen Kreis. Sie würden Tabitha niemals verraten. Sie hat zu viel für sie und die Menschen, um die sie sich sorgen, getan. Für die Menschen, die Nahrung und Unterkunft brauchten. Ganz zu schweigen davon, dass diese Art von Bindungen, die in einem so jungen Alter geknüpft werden, fast unmöglich zu brechen sind. Diese Frauen sind wie Tabithas Schwestern."

Evan verstand diese Art von Bindung. Er würde selbst alles für Fitz, Beck oder Louis tun.

„Na gut. Was habe ich dann mit deiner aktuellen Situation zu tun? Du bist die Diebin, nicht ich. Kannst du den Ring der jungen Dame nicht zurückholen?"

„Ich habe es versucht, aber die Männer, die ihn dieser jungen Frau weggenommen haben, sind beängstigend. Ich war nicht in der Lage, den Aufenthaltsort festzustellen oder mir einen Überblick über das Gebäude zu verschaffen, bevor ich weggeschickt wurde, und ich hatte Angst, dass ich, wenn ich mein Glück auf die Probe stellen und auf frischer Tat ertappt werden würde, am Ende..." Sie konnte ihren Gedanken nicht zu Ende führen, obwohl klar war, welches Leid sie befürchtet hatte.

„Hat irgendjemand Hand an dich gelegt?", knurrte er. Das Rauschen des Blutes in seinen Ohren machte ihn fast taub. Er würde jeden Mann töten, der es wagte, ihr etwas anzutun.

„Nein, aber die Drohung war eindeutig. Deshalb dachte ich, dass der Besuch eines Earls vielleicht überzeugender wäre als der einer Witwe. Würdest du es tun? Für mich?"

Es gab nichts auf der Welt, was er nicht für Hannah Winslow tun würde, aber das konnte er ihr niemals sagen. Wenn sie jemals die Tiefe seiner Gefühle für sie erfahren würde, würde sie nie wieder mit ihm sprechen. Als Witwe hatte sie sich von anderen Männern ferngehalten und damit klar zum Ausdruck gebracht, dass sie nicht wieder heiraten wollte, und er hatte das immer respektiert.

„Ich würde es tun, aber nicht ohne eine Gegenleistung“, antwortete er.

Sie griff nach ihrem Geldbeutel, aber er hielt ihre Hand fest und schüttelte den Kopf, fast lachend bei dem Gedanken, dass sie versuchen würde, ihn zu bezahlen, wo er doch so viel Geld hatte.

„Wenn nicht Geld, was willst du dann?“, fragte sie unschuldig.

Bevor er sein Handeln überdenken konnte, sagte er das, was er nicht sagen sollte, das, was er am meisten wollte.

„Eine Nacht mit dir in meinem Bett.“

Er hätte mit der Ohrfeige rechnen müssen, aber er hatte ehrlich gesagt nicht gedacht, dass sie ihn so *hart* treffen würde.

„Wenn du mich ausreden lassen würdest...“, sagte er und versuchte, den Schmerz ihres Schlages zu ignorieren. „Ich spreche nicht von Liebe machen. Ich würde dich nicht berühren, und du würdest mich auch nicht berühren. Mein Bett ist ziemlich groß. Wir würden zusammen darin schlafen, mit einem Kontinent zwischen uns.“

Sie zog die Brauen hoch. „Aber... warum solltest du das wollen, wenn nicht, um mich zu berühren?“

Die Antwort, die er ihr geben wollte, hätte sie sicher schockiert. Er wollte sie atmen hören. Er wollte ihren Duft auf seinen Laken. Er wollte sehen, wie sie sich vor dem Schlafengehen die Haare kämmte, während sie über ihren Tag sprach. Er sehnte sich nach all den kleinen, perfekten Momenten, die ein Ehemann mit dieser Frau haben würde. Momenten, die er nie haben würde, weil ihr Herz immer dem Mann gehören würde, den sie verloren hatte. Er war verrückt, weil er eine Nacht lang so tun wollte, als wäre sie sein, als hätten sie endlich ein gemeinsames Leben... denn tief im Inneren hatte Hannah Winslow ihn in den romantischsten Narren verwandelt, der je geboren wurde, und wenn sie auch nur in seiner Nähe war, konnte er nicht klar denken.

Schließlich räusperte er sich.

„Meine Gründe sind privat, aber ich versichere dir, dass ich dich nicht anfassen werde. Meine einzige Bitte ist, dass du *eine* Nacht neben mir in meinem Bett schläfst." Er hob einen einzelnen Finger, und sie zog verwirrt die Augenbrauen zusammen.

„Nun... Ich nehme an, das würde mir nicht allzu schwerfallen."

Es war bezaubernd, die Emotionen in ihrem Gesicht zu beobachten, als sie einen Ausweg aus ihrer misslichen Lage suchte und dabei scheiterte.

„Nun gut. Eine Nacht." Sie hielt ihm die Hand hin, um sie zu schütteln.

Am liebsten hätte Evan ihre Abmachung mit einem Kuss besiegelt, aber ein Mann musste sich die Küsse dieser Frau verdienen, und er hatte keine Ahnung, wo er damit anfangen sollte. Also nahm er ihre Hand in die seine, schüttelte sie und schenkte ihr ein zuversichtliches Lächeln.

„Ausgezeichnet. Und jetzt erzähle mir alles, was du über diese Männer weißt und wie dieser Smaragdring genau aussieht."

Vielen Dank, dass Sie „Dukes und Diamanten" gelesen haben! Weitere Abenteuer in dieser Serie

werden bald folgen! Bis dahin sehen Sie sich bitte meine verfügbaren Titel hier an: https://laurens mithbooks.com/genre/german/

ÜBER DEN AUTOR

Lauren Smith ist tagsüber eine amerikanische Anwältin. Bei Nacht schreibt die Autorin abenteuerliche Liebesgeschichten im Lichte ihrer Smartphone-Taschenlampe. Sie wusste, dass sie dazu bestimmt war, eine Romanautorin zu sein, als sie versuchte, den gesamten Titanic-Film neu zu schreiben, nur um Jack vor dem Ertrinken zu bewahren. Sich mit ihren Lesern zu verbinden, indem Sie emotional bewegende, realistische und sexy Romanzen schreibt – egal in welchem Zeitraum diese spielen – ist ihre Leidenschaft. Lauren hat mehrere Preise in verschiedenen Romantik-Subgenres gewonnen.

Um mit Lauren in Verbindung zu treten, besuchen Sie sie unter:
www.laurensmithbooks.com
lauren@laurensmithbooks.com